CLASSICOCOLLÈGE

Felicidad

JEAN MOLLA

Dossier par Gaëlle Brodhag
Agrégée de lettres classiques

BELIN ■ GALLIMARD

Sommaire

Introduction 7

Chapitres 1 à 12 11

Arrêt sur lecture 1 95

Découvrir une dystopie policière

Chapitres 13 à 21 105

Arrêt sur lecture 2 180

Étudier l'évolution des personnages

Chapitres 22 à 33 189

Épilogue 267

Glossaire 271

Arrêt sur lecture 3 274

Comprendre la résolution de l'enquête

Arrêt sur l'œuvre

Des questions sur l'ensemble de l'œuvre 283

Des mots pour mieux s'exprimer 287

Lexique de la surveillance

Lexique du roman policier

Lexique du conflit

À vous de créer 291

Groupements de textes

Groupement 1. Des dystopies aux sources de *Felicidad* 294

Groupement 2. Quand la créature artificielle prend le contrôle 311

→ Questions sur les groupements de textes 323

Autour de l'œuvre

Interview de Jean Molla 326

Contexte historique et culturel 330

Repères chronologiques 332

Les grands thèmes de l'œuvre 333

Un univers dystopique

Une réflexion sur les fondements de notre humanité

Vers l'écrit du Brevet

338

Fenêtres sur...

346

Des ouvrages à lire, des films et des séries à voir, des œuvres d'art à découvrir et des sites Internet à consulter

Introduction

Felicidad est un roman d'anticipation de Jean Molla (né en 1958), qui s'inscrit dans la lignée des grandes dystopies du XXe siècle. Il a paru en 2005.

Dans un futur lointain, la mégapole Felicidad est la capitale de l'État-continent fédéral de la Grande Europe. Le bonheur y est obligatoire et une grande partie de la population vit dans l'opulence et la consommation à outrance. Les progrès scientifiques et technologiques ont conduit à la création d'une catégorie d'êtres vivants humanoïdes, les parumains, génétiquement modifiés en laboratoire et destinés à servir les humains. Une affaire d'État éclate, quand quelques parumains, de modèle Delta 5, s'enfuient pour échapper à leur destruction programmée. Alexis Dekcked, enquêteur de haut vol, est alors chargé de retrouver leur trace...

Construit sous la forme d'une enquête policière, le roman rend hommage au film *Blade Runner*, réalisé par Ridley Scott en 1982. Dans ce récit haletant et plein de rebondissements, le parcours d'Alexis Dekcked nous invite à réfléchir sur les dérives d'un monde parfait, qui masque une société violente et inégalitaire, où les citoyens sont surveillés et contrôlés en permanence.

En hommage à Philip K. Dick[1]
et à Ridley Scott[2]*, évidemment.*

---

1. Philip K. Dick (1928-1982) est un auteur de science-fiction américain dont le roman *Les androïdes rêvent-ils de moutons électriques ?* (1968) a marqué durablement ce genre.

2. Ridley Scott (né en 1937) est un réalisateur britannique, qui a tiré du roman de Philip K. Dick le film *Blade Runner* (1982), film culte pour les fans de science-fiction, avec Harrison Ford et Rutger Hauer. Ce film est la source principale d'inspiration pour *Felicidad*.

1

Felicidad, *capitale fédérale de la Grande Europe. Formée de 98 Zones* et de 15 enclaves, elle compte 16 millions d'habitants, dont 9 millions de Citoyens*, et s'étend sur 14 000* km^2.
Grande Europe, *confédération regroupant l'ensemble des anciens pays européens. Chacune des nations qui la composent est dirigée par un gouverneur général nommé par le Président à vie.*
Présidence *à vie, mode de gouvernement démocratique et rationnel représentant l'aboutissement logique de la pensée politique. Depuis l'instauration de la présidence à vie, voulue par les Citoyens de Grande Europe, notre société jouit d'une prospérité*[1] *et d'une stabilité incontestables.*

Dictionnaire de la langue officielle,
Éditions des GMR[2].

La voiture ministérielle abandonna l'avenue de la Paix, franchit sans encombre deux check points[3] automatiques et emprunta la voie sécurisée qui conduisait au palais présidentiel. Elle parcourut une centaine de mètres, ralentit puis s'immobilisa devant une barrière hérissée de pointes métalliques. Une dizaine de silhouettes en treillis[4] se découpèrent dans la lumière des phares. Ce n'était

* Les mots marqués par un astérisque sont définis par l'auteur dans le Glossaire (p. 271).
1. **Jouit d'une prospérité [...] incontestable** : bénéficie d'une situation économique favorable qu'on ne peut pas remettre en cause.
2. **GMR** : abréviation pour désigner les Grands Magasins Réunis.
3. **Check points** : points de contrôle.
4. **Treillis** : vêtements militaires.

pas des Sections Spéciales*, comme à l'accoutumée, mais des parumains* de la garde rapprochée. Surpris, le chauffeur et son passager remarquèrent les lasers de classe 10 qu'ils portaient à l'épaule. Avec une telle puissance de feu, ils étaient en mesure de retenir une compagnie de chars d'assaut !

L'un d'eux se détacha du groupe et s'approcha du véhicule. Il se pencha, observa les deux hommes à travers le pare-brise puis leva la main. Un puissant projecteur éclaira l'intérieur de la voiture, contraignant ses occupants à protéger leurs yeux. Il s'éteignit tout aussi soudainement et une voix jaillie d'un haut-parleur ordonna :

– Redémarrez et placez-vous sous le portique !

La barrière se souleva. Bien qu'ébloui, le chauffeur obtempéra[1] et avança de quelques mètres. Il avait l'habitude d'effectuer cette manœuvre plusieurs fois par semaine, et les distances à parcourir étaient imprimées dans sa mémoire. Le claquement des sabots[2] bloquant les quatre roues résonna dans l'habitacle surchauffé.

À l'arrière, Claude Buisson, ministre du Bonheur obligatoire, soupira, agacé par ce luxe de précautions inutiles.

– Pourquoi ces simagrées[3] ? lança-t-il à son chauffeur. On sait qui je suis, tout de même, et nous sommes attendus !

Celui-ci se contenta d'un hochement de tête résigné. Buisson se renfonça dans son siège et rumina en silence. Un Conseil extraordinaire ! La nuit de Noël encore, alors que le réveillon s'annonçait prometteur ! Pendant près d'une semaine, son personnel avait travaillé d'arrache-pied[4] pour préparer cette soirée qu'il espérait inoubliable. Le résultat était absolument conforme à ses attentes : décoration, buffets, grands crus[5], tout était parfait !

1. **Obtempéra** : obéit.
2. **Sabots** : cales qui bloquent les roues d'un véhicule pour l'immobiliser.
3. **Simagrées** : singeries ; manières affectées pour atteindre un but.
4. **D'arrache-pied** : avec beaucoup d'efforts.
5. **Grands crus** : vins de très grande qualité.

La fête battait son plein lorsque le maître d'hôtel était entré dans le grand salon. Parvenu à sa hauteur, il lui avait tendu une enveloppe cachetée.

– Un coursier vient de remettre ce message à l'intention de M. le ministre.

Buisson l'avait ouverte. Elle contenait un bristol[1]. Tandis qu'il le parcourait, les conversations s'étaient interrompues et les regards s'étaient tournés vers lui.

– Mes chers amis, avait-il annoncé, me voilà contraint de vous abandonner.

Il n'en avait pas dit davantage mais tous avaient compris pourquoi leur hôte s'absentait : le pli[2] venait du palais présidentiel.

Bien entendu, cette convocation inopinée[3] avait provoqué force murmures[4] dans l'assemblée. Buisson s'en était réjoui, certain que l'anecdote serait répandue et commentée. La preuve de son importance au plus haut sommet de l'État n'était plus à apporter si le Président à vie éprouvait le besoin de le consulter, un soir où traditionnellement les manœuvres politiques connaissaient une trêve[5] ! Quelle douce revanche… Les jaloux n'avaient pas manqué, le jour de sa nomination, pour prétendre qu'on lui avait confié un ministère subalterne[6]. Voilà qui ferait taire ses détracteurs une bonne fois pour toutes !

De déplaisantes vibrations rappelèrent Buisson à la réalité. Le véhicule et ses occupants étaient sondés à l'aide de rayons dont il ignorait tout, y compris l'éventuelle nocivité. Mieux valait ne pas y songer. Le Président à vie ne prenait aucun risque et sa sécurité passait avant celle des autres.

---

1. **Bristol** : carte en papier bristol.
2. **Pli** : message.
3. **Inopinée** : imprévue.
4. **Force murmures** : de nombreux murmures.
5. **Trêve** : interruption.
6. **Subalterne** : de rang inférieur, moins important que d'autres.

Il y eut un chuintement[1] assourdi suivi d'une brève secousse et les roues furent libérées de leurs entraves[2]. Le chauffeur démarra et s'avança jusqu'à la porte qui défendait l'entrée de la demeure présidentielle. Elle bascula vers l'arrière et se referma dès qu'ils eurent franchi le porche. Aussitôt, une ligne de pointillés verts s'alluma au sol. Le chauffeur éteignit ses phares et la suivit, traversant un no man's land[3] plongé dans les ténèbres. Le périmètre était semé de mines. Un léger écart par rapport au chemin indiqué et la voiture avec ses occupants s'envolait vers les étoiles.

Devant eux, le dôme de cuivre qui couronnait le palais luisait sourdement[4].

Le chauffeur atteignit la grande cour carrée et s'arrêta devant un perron[5] de marbre. Un huissier[6] posté au bas des marches ouvrit la portière, se courba avec déférence[7] et déploya un parapluie. Buisson le refusa d'un geste. Les nuages de neige s'étaient dispersés et les rares flocons qui tourbillonnaient dans l'air glacé ne risquaient pas de bouleverser l'impeccable arrangement de sa chevelure. Il entraperçut sa silhouette mince et élégante dans la vitre de la limousine officielle et sourit. Les traitements régénérateurs* étaient de plus en plus efficaces. Jamais on ne lui aurait donné son âge ! Quant au costume à mémoire de forme que lui avait offert son épouse, c'était une pure merveille, capable d'adapter son coloris aux variations de la lumière.

Le ministre et l'huissier gravirent les degrés quatre à quatre. Ils pénétrèrent dans un sas de sécurité où trois caméras identifièrent

---

1. **Chuintement** : son de frottement.
2. **Entraves** : ici, cales qui bloquent les roues.
3. **No man's land** : zone inoccupée qui est située entre deux camps ennemis ; espace intermédiaire.
4. **Sourdement** : faiblement.
5. **Perron** : escalier se terminant par une plateforme ouvrant sur l'entrée d'un bâtiment.
6. **Huissier** : ici, personne chargée d'introduire les visiteurs dans les ministères ou certaines administrations.
7. **Déférence** : respect.

la plupart de leurs caractéristiques morphologiques[1] avant de commander l'ouverture de la porte. Buisson traversa le hall. Il se dirigeait vers le couloir qui conduisait à la salle du Conseil quand la voix de l'huissier retentit:

– Monsieur le ministre, je dois vous demander de me suivre. Le Président à vie a ordonné un génétest* pour tous ceux qui entrent au palais.

Buisson s'arrêta net, cloué par la surprise. Cette procédure avait été mise en place à la suite de l'attentat manqué contre le Président à vie, quarante ans auparavant. Elle n'était cependant pas systématique et devait être interprétée comme le signe de circonstances exceptionnelles.

L'huissier le mena dans une salle de dimensions modestes. Un miroir courait sur le mur du fond. Le ministre n'ignorait pas qu'embusqués derrière, une armada[2] de techniciens et de gardes armés l'épiaient[3]. Au centre de la pièce, un fauteuil ressemblant à celui d'un dentiste l'attendait. S'efforçant au calme, Buisson s'y installa. Aussitôt, le siège se renversa et des courroies de métal cerclèrent ses chevilles, ses poignets, son torse et son front.

Le ministre du Bonheur obligatoire se cambra quand l'aiguille s'enfonça à la base de sa nuque afin d'y effectuer un prélèvement de liquide céphalo-rachidien[4]. Ce n'était pas la première fois que Buisson était soumis à cette épreuve, mais il ne put s'empêcher de penser qu'une machine, si fiable fût-elle, pouvait se dérégler. Si le logiciel contrôlant le bon déroulement du test comportait un bug[5] et déviait l'aiguille de quelques millimètres, il finirait ses jours paralysé. Pire, si le test génétique se révélait

---

1. **Morphologiques**: liées à leurs corps.
2. **Armada**: foule (familier).
3. **L'épiaient**: le surveillaient.
4. **Liquide céphalo-rachidien**: liquide biologique transparent dans lequel baignent le cerveau et la moelle épinière.
5. **Bug**: anomalie, anglicisme qui signifie «dysfonctionnement».

positif, l'ordinateur l'identifierait comme un parumain et il serait immédiatement électrocuté.

Les autorités remettraient à sa chère épouse une urne funéraire surmontée de la médaille du Mérite présidentiel, les journaux télévisés annonceraient au pays qu'il avait glorieusement trouvé la mort au service de l'État, il aurait droit à des funérailles nationales[1] et on l'oublierait.

Buisson serra les dents, s'attendant à recevoir la décharge létale[2]. Un claquement sec rompit le silence. Ses liens se défirent et le siège bascula vers l'avant. Soulagé, le ministre se redressa et essuya son front couvert de sueur. L'huissier s'inclina et l'invita à sortir de la pièce.

1. **Funérailles nationales**: hommages rendus de manière officielle lors d'un décès.
2. **Létale**: causant la mort.

2

Dans les formes de gouvernement archaïques, les chefs d'État élus pour un mandat de quelques années ne disposaient pas de cette vision à long terme qui permet d'envisager un projet politique et économique cohérent. Depuis l'instauration de la présidence à vie, l'utopie[1] *est devenue réalité. Désormais, seuls prévalent l'intérêt et le bonheur des Citoyens !*

Défense et Illustration de la présidence à vie,
Joseph Darlerand, Éditions des GMR.

Trois parumains de la garde rapprochée contrôlaient l'accès à la salle du Conseil exécutif[2].
Le ministre, outré[3], dut se soumettre à une fouille au corps avant d'être autorisé à entrer.

D'ordinaire, Buisson éprouvait un plaisir sans bornes à fouler les tapis épais[4], à jouir des meubles de bois précieux, des tapisseries anciennes, des tableaux de maîtres. Mais ce soir, l'atmosphère était différente, chargée d'une tension presque palpable[5]. Un bourdonnement discret monta à ses oreilles et le ministre remarqua

1. **Utopie** : société idéale.
2. Salle où se réunissent le Président à vie et ses ministres pour prendre les décisions politiques qui seront appliquées dans la Grande Europe.
3. **Outré** : scandalisé.
4. **Fouler** : marcher sur (littéraire).
5. **Palpable** : si forte qu'on la ressent comme si on pouvait la toucher.

seulement les brouilleurs* disposés aux angles de la pièce. Leurs voyants lumineux clignotaient avec une implacable régularité.

Le dispositif était également inhabituel et Buisson y puisa un motif d'étonnement supplémentaire. Les services de la Sûreté intérieure craignaient-ils qu'on espionne leurs entretiens ? Cela semblait parfaitement extravagant, compte tenu des mesures de sécurité prises dans ce que ses concitoyens nommaient le palais présidentiel mais qui était en réalité un bunker[1] capable de résister à une guerre nucléaire. Le Président à vie n'en sortait pour ainsi dire jamais.

Le ministre se dirigea vers la table du Conseil. Visiblement, on n'attendait que lui pour ouvrir la séance.

– Bonheur à vous, monsieur le Président à vie ! dit-il en s'inclinant obséquieusement.

– Oui, c'est ça, bonheur à vous, Buisson, répondit distraitement le chef de l'État.

À quelques pas de là, ses gardes du corps, deux parumains colossaux[2], scrutaient chacun des gestes du ministre.

Dépité[3], Buisson gagna sa place, s'assit et dévisagea les autres participants. L'heure était grave, au vu de la consternation affichée sur les visages. Ramos, ministre des Armées, se raclait sans cesse la gorge et échangeait des regards préoccupés avec le colonel Pavlovski, responsable des unités d'élite au sein des Sections Spéciales. Bérard, ministre de la Sûreté intérieure*, fixait le vide, hautain comme à son habitude, indifférent à ceux qui l'entouraient. Un œillet pourpre[4], coquetterie qui le rendait reconnaissable entre tous, éclaboussait de sang sa boutonnière. Étaient encore présents la plupart des ministres d'importance

---

1. **Bunker** : espace fortifié construit pour se protéger en cas d'attaque.
2. **Colossaux** : gigantesques.
3. **Dépité** : déçu.
4. **Œillet pourpre** : fleur rouge foncé, utilisée parfois pour orner une boutonnière de costume.

et quelques conseillers spéciaux dont les yeux fuyants laissaient présager le pire.

Buisson brûlait de connaître la raison de leur présence en ces lieux, mais prendre la parole sans que le Président à vie la lui eût accordée était contraire au protocole[1].

– Pavlovski, faites votre rapport! Vous comptez nous régaler d'une séquence vidéo, n'est-ce pas?

Le Président à vie observait le patron des unités d'élite. Le visage du chef de l'État n'exprimait aucune émotion, ce qui était généralement de fort mauvais augure[2]. Buisson pensa que la carrière de Pavlovski pourrait trouver son épilogue[3] ce soir. Deux ans plus tôt, Ericsson, son prédécesseur, avait été convoqué au palais pour *une mission de la plus haute importance.* Il s'était évaporé et plus jamais on n'avait évoqué son nom.

Le militaire était livide[4] et sa voix tremblait légèrement quand il répondit:

– Bonheur à vous, monsieur le Président à vie, je...

– Épargnez-nous vos formules creuses, colonel, et allez droit au but. Ça nous changera un peu!

Pavlovski, sonné comme un boxeur, reprit sa respiration et répondit:

– Entendu, monsieur le Président à vie.

Son perso* était posé devant lui. Il l'approcha de ses lèvres et murmura. Aussitôt, un brouillard opalescent[5] se forma sur un des murs de la pièce, estompant progressivement fenêtres et tableaux jusqu'à ce que ne demeure qu'un écran laiteux d'environ quatre mètres sur huit. Les membres du Conseil exécutif se tournèrent dans sa direction.

---

1. **Protocole**: ensemble de règles concernant les honneurs et les usages officiels.
2. **De [...] mauvais augure**: qui est le signe d'une mauvaise nouvelle.
3. **Épilogue**: fin, dénouement.
4. **Livide**: très pâle.
5. **Opalescent**: aux reflets blancs, laiteux.

– Cet hologramme[1] a été réalisé en début de soirée par des sécuricams* de la Zone 2, annonça Pavlovski. Il se passe de tout commentaire.

L'écran se brouilla et une rue de Felicidad surgit de la brume. L'image 3D était d'une netteté si parfaite que Buisson eut l'impression de percevoir la fraîcheur de la nuit sur ses joues. Il retint son souffle et observa la scène.

La neige tombe à gros flocons. Sous la clarté apaisante et dorée des réverbères[2], les arbres ont l'air d'énormes choux nappés de crème fouettée. Au-delà des murets surmontés de grilles en fer forgé, chaque maison est la réplique exacte de la suivante : deux étages, une façade agrémentée d'un pignon bleu, une porte de chêne ornée pour l'occasion d'une couronne de houx, des guirlandes aux fenêtres.

Chacun, à la table du Conseil, a reconnu un quartier résidentiel[3] semblable à celui où il demeure.

Malgré le froid vif, deux adolescents arpentent le trottoir, engoncés dans des parkas noirs. Le plus grand est coiffé d'un bonnet bariolé. De longues mèches blondes s'en échappent. Son compagnon est châtain. Il va tête nue et s'amuse à ouvrir grand la bouche pour gober les flocons qui voltigent. Leurs chaussures s'enfoncent en crissant dans la neige gelée.

Les promeneurs ne prêtent pas plus attention aux sécuricams qui balaient la rue qu'à une camionnette beige garée le long du trottoir. Pourtant, à peine l'ont-ils dépassée que les portes du véhicule s'ouvrent à la volée. Plusieurs silhouettes en jaillissent qui atterrissent souplement sur la chaussée glissante. En un éclair, les deux garçons ont pivoté sur eux-mêmes. Ils observent leurs assaillants.

---

1. **Hologramme** : image photographique en relief qui apparaît comme suspendue dans l'air.
2. **Réverbères** : lampadaires de la rue.
3. **Quartier résidentiel** : quartier d'habitation pour catégories sociales favorisées.

Buisson a immédiatement identifié les nouveaux venus, six parumains de combat des Sections Spéciales – des unités d'élite, pour être exact – reconnaissables à leur tenue : rangers de cuir montants, treillis noir apparemment anodin mais en réalité blindé et bourré d'électronique. Cagoule. Sur leurs yeux, des lunettes panoptiques[1] offrant un champ de vision de 180 °, même dans l'obscurité la plus complète. Elles permettent également de percevoir des échos radar, d'envoyer et de recevoir des images ou des séquences vidéo via Internet. À l'emplacement des oreilles, les écouteurs haute fréquence bossellent le tissu[2].

Chacun de ces individus est une épouvantable machine de guerre, capable de défaire à lui seul un bataillon d'ennemis surarmés. « Seul un marteau-pilon pourrait en venir à bout ! prétendent les bio-ingénieurs[3] qui les ont conçus. Et encore ! »

Pourquoi une telle débauche de moyens[4] *pour deux gamins ?* s'interroge le ministre.

Une seconde encore et les six parumains se disposent en cercle, leurs fusils d'assaut pointés sur les garçons. C'est à peine si l'œil des spectateurs a perçu leurs déplacements, tant ils sont fluides, rapides et précis.

– Bougez pas, les tarés ! ordonne le chef du groupe.

Le ton est calme, la voix mesurée. La caméra zoome sur le visage de l'un des adolescents. Il a quinze ans tout au plus. Ses cheveux longs encadrent un visage d'angelot : des yeux bleus rieurs, un nez fin et droit, des lèvres roses délicatement ourlées. Sur le menton, un duvet blond nimbe la peau d'un halo[5] qui en souligne le velouté.

---

1. **Lunettes panoptiques** : lunettes comportant deux écrans dont le centre est percé de petits trous permettant la vision très rapprochée et, ici, de multiples autres fonctions.
2. **Bossellent** : forment des bosses.
3. **Bio-ingénieurs** : ingénieurs spécialisés dans la bio-industrie, ici dans le domaine de la biologie appliquée et de la génétique.
4. **Débauche de moyens** : abondance de moyens.
5. **Halo** : lueur blanche.

Nouveau cadrage, plan général. Le viseur du parumain qui fait face au garçon dessine un cercle écarlate à l'emplacement de son cœur. Son compagnon est également tenu en respect par deux Sections Spéciales. Nul doute que dans leurs dos, d'autres disques menaçants cernent leurs organes vitaux.

– Et si justement je bouge ? demande le plus petit sans trahir une ombre d'inquiétude.

– On a ordre de vous ramener morts ou vifs. Alors, tu choisis en vitesse, mon gars : la camionnette ou la réforme* ?

La voix est indifférente, quasi mécanique. Le parumain désigne le véhicule du menton.

– Maintenant, vous montez tous les deux gentiment !

Ses jeunes interlocuteurs restent immobiles. Ils semblent réfléchir. Le blond secoue enfin la tête.

– Je n'aime pas qu'on m'appelle « taré », dit-il. C'est très désobligeant.

– Et inexact ! complète le châtain.

Il a prononcé ces mots avec agacement.

– Et ce ne sera ni la camionnette ni la réforme ! ajoute-t-il.

– Alors tant pis ! lâche le parumain en pressant la détente de son arme.

Buisson sursaute quand le faisceau[1] laser fuse et traverse de part en part… l'équipier qui se trouve sur sa trajectoire car l'adolescent s'est jeté sur le côté à une vitesse phénoménale, largement supérieure à celle dont un Section Spéciale pourrait faire preuve.

Le ministre ne peut en croire ses yeux quand le gamin attrape les pieds d'un des commandos, l'arrache du sol et s'en sert comme d'un fléau[2], fauchant deux de ses adversaires comme des fétus de paille. Simultanément, le second garçon fracasse le crâne de celui qui le tient en joue, le soulève et en frappe son adversaire

1. **Faisceau** : rayon lumineux.
2. **Fléau** : instrument servant à battre les céréales, formé d'un manche et d'un battoir reliés entre eux par des courroies.

le plus proche, le transformant en bouillie sanglante. Le dernier commando recule, ajuste le blond et tire.

Le garçon châtain hurle. Il bondit et décoche un formidable coup de pied au parumain, qui décolle et percute un arbre dans un ignoble fracas d'os brisés. Il retombe comme un pantin démantibulé[1]. Trois secondes à peine se sont écoulées. Les six Sections Spéciales gisent au sol. Des spasmes violents les parcourent puis ils se figent.

L'adolescent rejoint son compagnon et s'agenouille. Le blond est étendu sur le dos. Ses traits sont convulsés par la douleur. Un cratère béant[2] s'ouvre au centre de sa poitrine. Il halète. Soudain, une brutale quinte de toux le secoue et une mousse écarlate souille ses lèvres.

– Fous le camp..., gémit-il.

Le mourant tente encore de grimacer un sourire, mais ses yeux se révulsent. Il émet un hoquet puis se raidit. Son compagnon pousse un cri de rage et se redresse d'un bond.

Pourtant, le garçon ne part pas et fixe avec bravade l'objectif de la sécuricam la plus proche.

Soudain, il enfle et gonfle comme une baudruche[3]. Les cheveux châtains blanchissent, le nez droit s'arrondit et prend une teinte ivoire. Sous les pommettes rouges et rebondies, une barbe argentée pousse et recouvre en quelques secondes les joues et le menton. L'abdomen se distend sous la poussée d'un ventre proéminent. Dans le même temps, les vêtements se transforment. Le parka et le pantalon, désormais rouge vif, se bordent d'hermine[4] et les chaussures cèdent la place à des bottes luisantes et noires. Une hotte débordante de cadeaux complète ce bizarre accoutrement.

---

1. **Démantibulé**: disloqué.
2. **Cratère béant**: gros trou.
3. **Baudruche**: ballon très léger.
4. **Hermine**: fourrure blanche, qui orne notamment le manteau de Père Noël du personnage.

Buisson sent son cœur s'emballer. Dans la salle, des voix soufflent, incrédules :

– Un Delta 5 !

L'étrange personnage se penche, ramasse un fusil laser et le dirige vers les sécuricams pointées vers lui.

– Joyeux Noël ! lance-t-il.

Son expression est haineuse. Il tire. Un éclair éblouissant blesse les yeux des spectateurs, leur arrachant un cri de souffrance.

Le brouillard s'obscurcit, devient d'un noir d'encre puis se dissipe. Ahuri, Buisson contemple le mur tendu de tissu vert et or sur lequel les fenêtres découpent leurs lignes harmonieuses. Le bourdonnement diffus des brouilleurs emplit de nouveau ses oreilles. Le ministre sent monter la panique. Un tremblement incoercible[1] agite ses jambes.

– Fin de la séance…, commente sobrement[2] le Président à vie.

---

1. **Incoercible** : qu'on ne peut pas maîtriser.
2. **Sobrement** : simplement, sans faire d'effet particulier.

3

Parumain [parymẽ], n. m. *(contraction de* para *(à côté) et* humain*).*
Organisme issu du génie génétique, imitant l'apparence, le mode de pensée et le comportement des êtres humains.
Les parumains, unanimement considérés comme des machines biologiques ou encore comme des outils intelligents, sont employés dans tous les domaines de la vie courante.

Dictionnaire de la langue officielle,
Éditions des GMR.

Buisson s'agrippa au bord de la table, sourd au brouhaha mêlé d'exclamations de surprise qui s'élevait autour de lui. Une sueur glacée dégoulinait le long de son dos. Au plus haut niveau, on lui avait affirmé qu'il ne restait plus un seul Delta 5 en activité ! De toute manière, jamais ils n'auraient pu se comporter avec une telle sauvagerie.

Un cauchemar, ce ne pouvait être qu'un cauchemar ! Il allait se réveiller et tout rentrerait dans l'ordre !

La voix tranchante du Président à vie s'éleva, mettant fin aux murmures atterrés[1].

– Général Ramos, dit-il, les renseignements dont vous disposiez étaient jusqu'alors classés secret défense et seuls Bérard, Pavlovski et moi-même en avions connaissance. Je vous prie de

1. **Murmures atterrés** : murmures des ministres, consternés par ce qu'ils viennent de voir.

faire un exposé succinct[1] de ce que vous savez aux personnes ici présentes. Bérard nous apportera les informations complémentaires, si besoin.

Le ministre des Armées, un homme aux joues creuses et pâles, sanglé dans un uniforme noir, inclina sèchement la tête et s'exécuta:

– Messieurs – sa voix était légèrement enrouée –, je sais que vous avez reconnu dans ces garçons deux Delta 5.

– Il s'agit d'un coup monté! s'écria Buisson qui avait oublié ses bonnes résolutions. Les Delta 5 n'étaient pas programmés pour le combat et…

– Tiens donc? Un coup monté? Et par qui? interrogea froidement le Président à vie. Vous m'intéressez bigrement[2], mon cher Buisson!

Le ministre blêmit[3], secoua désespérément la tête en signe de dénégation et se recroquevilla sur son siège, conscient qu'il venait de commettre un impair[4]. Bérard, son collègue de la Sûreté intérieure, le considéra d'un œil condescendant[5].

Sur un signe du Président à vie, Ramos reprit:

– Vous n'ignorez pas qu'il y a de cela un an, à la demande conjointe des ministères du Bonheur obligatoire, de l'Économie et de leurs partenaires professionnels de la vente, la société Généqène* a mis sur le marché un modèle original de parumains pères Noël.

– Pardonnez-moi, s'insurgea Buisson, mais je n'ai fait qu'entériner une requête[6] des Grands Magasins Réunis* qui souhaitaient relancer la consommation, en chute libre depuis trop longtemps! Mon collègue du ministère de l'Économie avait d'ailleurs suivi le dossier au même titre que moi. Aussi…

---

1. **Succinct**: bref.
2. **Bigrement**: beaucoup (familier).
3. **Blêmit**: devint livide sous l'émotion; se décomposa.
4. **Commettre un impair**: faire une maladresse, une erreur.
5. **Condescendant**: méprisant.
6. **Entériner une requête**: donner son accord à une demande.

– Peu importent les détails, Buisson ! le coupa le Président à vie. De toute façon, ce pauvre Escallin n'est plus là pour nous aider à éclaircir cette affaire…

Buisson ravala ses arguments. Escallin, sa femme et leurs deux enfants avaient disparu six mois auparavant. Une intoxication alimentaire foudroyante d'origine obscure.

– Le but d'une telle opération, confirma Ramos, était effectivement de stimuler les ventes nationales. Reconnaissons que l'idée était excellente en purs termes de calcul marketing. Les clients achetaient les cadeaux mais ne les emportaient pas. Ceux-ci leur étaient livrés à domicile par des pères Noël spécialement créés par Génégène et pourvus de facultés particulières, entre autres celle de déformer leur corps, de manière à se faufiler par les conduits de cheminée ou d'aération et à remettre en main propre les cadeaux aux enfants, ravis de rencontrer le vrai père Noël !

Ramos s'interrompit pour tousser dans son poing.

– Inutile de rappeler que l'expérience a été une fabuleuse réussite commerciale et que le chiffre de la consommation des ménages a atteint des sommets inégalés. Le cours des actions de Génégène s'est évidemment envolé, ce qui a permis à cette société de racheter plusieurs concurrents en Chinasie et en Australamérique. Quant aux recettes fiscales[1], elles ont été plus que substantielles[2]. Enthousiaste, le conseil d'administration[3] des Grands Magasins Réunis a même formulé une demande officielle afin que la fête de Noël soit reconduite plusieurs fois par an.

– Les responsables des Cultes officiels[4] m'avaient donné leur accord de principe ! ajouta Buisson d'une voix misérable.

---

1. Recettes fiscales : argent collecté grâce aux impôts dus à l'État.
2. Substantielles : très importantes.
3. Conseil d'administration : conseil où se prennent les décisions de fonctionnement et de développement d'une entreprise.
4. Cultes officiels : religions officielles.

Le ministère du Bonheur obligatoire avait construit sa campagne de communication autour des pères Noël, et Buisson était rapidement devenu l'un des ministres les plus populaires.

Ramos le foudroya du regard et reprit :

– Vous savez également que dans les mois qui ont suivi, nous avons dû retirer du circuit lesdits pères Noël, sans aucune explication officielle.

– On a parlé de malfaçon, risqua un conseiller spécial plus téméraire que les autres. J'ai lu que…

– Ça, c'était la bouillie pour les médias et le grand public ! fulmina Ramos. Il ne s'agissait aucunement d'une malfaçon mais d'un pur acte de terrorisme !

4

Il n'y a pas de limites aux modifications que les bio-ingénieurs peuvent apporter au code génétique des parumains, donc à leurs aptitudes intellectuelles et physiques. En d'autres termes, l'humanité dispose désormais d'un matériau extraordinairement plastique[1], capable d'adopter une variété de formes et de fonctions proprement inouïe.

La Génévolution, un nouvel espoir pour l'humanité ?*
Jean-Jacques Spiesser, Éditions des GMR.

À la table du Conseil, l'effarement était général. Le ministre des Armées interrogea du regard le Président à vie, comme s'il hésitait à poursuivre. Celui-ci baissa simplement les paupières. Ramos s'éclaircit la voix :

– Le docteur Chœlcher[2], directeur scientifique de l'équipe Delta 5, celle qui a conçu les pères Noël, a délibérément trafiqué leurs codes génétiques, sans en référer à qui que ce soit ! C'était une espèce de fou furieux qui voulait affranchir les parumains de

1. **Plastique** : malléable, qui peut être modelé.
2. Le nom de ce personnage fictif fait référence à un personnage historique, Victor Schœlcher (1804-1893), à l'origine d'un décret en mai 1848 abolissant l'esclavage en France et dans ses colonies, alors qu'il était sous-secrétaire d'État aux colonies.

leur prétendue servitude[1]. Dans son esprit, les Delta 5 auraient été les fers de lance[2] de cette croisade de libération[3] ! Pures foutaises !

Buisson l'écoutait, anéanti, pressentant que le pire était à venir. Il sursauta quand Ramos frappa la table de sa paume ouverte.

– Son plan était machiavélique[4]. Il a réussi à désinhiber les implants cérébraux qui contraignent les Delta 5 à la docilité[5]. Ensuite, il a accru leurs capacités métaboliques[6] de manière à les transformer en organismes encore plus redoutables que les parumains de combat. Enfin – et nous ne l'avons malheureusement découvert que trop tard – il les a dotés d'une aptitude aberrante : ils peuvent prendre l'apparence de leur choix ! Chœlcher n'a laissé aucun détail au hasard. Les Delta 5 disposent de vêtements et de matériel à mémoire de forme de dernière génération. Ces monstres peuvent donc ressembler à n'importe qui ! Vous y compris !

Il fixa les membres du Conseil l'un après l'autre. Son visage était las.

– Je suppose que vous comprenez mieux les mesures de sécurité auxquelles vous avez été soumis en arrivant au palais. Bref…

Ramos semblait chercher ses mots. Il émit une toux caverneuse[7], massa sa gorge douloureuse et se tourna à contrecœur vers Bérard, le ministre de la Sûreté intérieure.

– Bref, compléta ce dernier, ravi de prendre la parole, ces Delta 5 – les pères Noël du grand public – sont capables de penser et d'agir librement. Et par conséquent ils constituent un terrible

---

1. **Affranchir les parumains de leur prétendue servitude** : libérer les parumains de leur supposée condition d'esclave.
2. **Fers de lance** : éléments jugés les plus combatifs dans un groupe.
3. La libération des parumains est une véritable mission pour Chœlcher.
4. Chœlcher a agi masqué en modifiant les parumains de son programme de recherche pour leur donner des caractéristiques qu'ils n'ont jamais eues et les rendant ainsi capables d'être supérieurs à tous les autres.
5. Chœlcher a désactivé les puces électroniques introduites dans l'organisme qui avaient la fonction d'empêcher toute rébellion des Delta 5.
6. **Métaboliques** : liées au fonctionnement du corps.
7. **Caverneuse** : rauque.

danger ! Pour l'heure, nous n'avons aucune idée de ce qu'ils manigancent. Des semaines de traque et d'écoute sur les réseaux de communication nous avaient permis de retrouver la trace de deux d'entre eux. Ils devaient, semble-t-il, perpétrer un attentat dans un quartier protégé de la Zone 2. Désirant agir dans la discrétion la plus totale, le ministère des Armées a réuni une équipe de six parumains, la fine fleur[1] des unités d'élite, selon Pavlovski. L'état-major était persuadé de pouvoir les arrêter pour les interroger ou, en dernier recours, les détruire. Par malheur, l'officier qui a donné l'ordre d'intervenir a agi dans la précipitation !

Le ministre de la Sûreté intérieure fixait Pavlovski avec détachement. Le chef des unités d'élite pâlit et chercha le regard de Ramos qui s'absorbait dans la contemplation de ses mains crispées.

– Dix minutes de plus, assena Bérard, et les effectifs sur place auraient été multipliés par trois ou quatre ! Les Delta 5 n'auraient eu aucune chance de s'en sortir. Vous connaissez le résultat. Les enregistrements réalisés par les sécuricams sont éloquents quant à leurs talents guerriers. Un point positif, cependant : comme vous l'avez constaté, l'un des membres de l'unité d'élite en a abattu un, ce qui ne lui a pas évité d'être…

Bérard arrondit les lèvres et souffla.

– Pfffuuuit… Vaporisé ! Le second Delta 5 a ensuite entassé les corps des Sections Spéciales et de son compagnon dans la camionnette qu'il a fait exploser. Puis il s'est enfui par les égouts. On y a évidemment perdu sa trace.

Buisson s'agita sur son siège, se souvenant de ce jour où Bérard, encore plus distant que d'ordinaire, lui avait annoncé l'interruption du programme Delta 5, l'exécution de Chœlcher et la destruction immédiate de tout le matériel parumain concerné. Comme il s'étonnait d'une décision aussi soudaine qu'immotivée[2], le ministre de la Sûreté intérieure l'avait traité comme n'importe

1. **La fine fleur** : les meilleurs.
2. **Immotivée** : produite sans motif apparent.

quel sous-fifre[1], lui enjoignant de ne pas chercher à en savoir davantage et d'oublier définitivement l'affaire.

Évitant le regard de Bérard, Buisson bredouilla :

– Je ne comprends pas, la presse avait annoncé qu'ils avaient tous été réformés.

– Pas tous, le corrigea Ramos. Dès que nous avons été mis au courant des agissements de Chœlcher, nous avons pris les mesures qui s'imposaient. Les cinq cents Delta 5 en activité ont été immédiatement réformés. Mais quatre d'entre eux ont échappé à la rafle organisée dans les locaux où ils étaient consignés. Ils ont tué les commandos chargés de les arrêter, ont filé à notre barbe[2] et se sont évaporés dans la nature. Nous en avons abattu un ce soir, il en reste donc trois à éliminer.

– Et leurs bracelets traceurs[3] ? interrogea Vérillon, ministre de l'Éducation et de la Propagande*. On aurait dû pouvoir les suivre et les retrouver, voire les déconnecter à distance.

– Ils s'en sont débarrassés, maugréa[4] Ramos. On n'a aucune idée de la manière dont ils ont procédé. Un coup de Chœlcher, encore…

Il parut chercher ses mots puis ajouta :

– Le risque, maintenant, est qu'ils maîtrisent les techniques que Chœlcher a mises au point, qu'ils installent un labo clandestin équipé de cuves dans une enclave ou ailleurs et qu'ils se dupliquent à la pelle.

– Est-ce une hypothèse sérieuse ? interrogea le chef de l'État.

– Très sérieuse, assura Ramos.

– Que se passera-t-il alors ?

À son intonation, tous comprirent que le Président à vie connaissait déjà la réponse.

---

1. **Sous-fifre** : personne qui occupe un emploi secondaire (familier).
2. **À notre barbe** : sous notre nez.
3. Les bracelets traceurs sont des mouchards permettant de repérer en temps réel le déplacement de ceux qui les portent.
4. **Maugréa** : marmonna.

– Alors, maugréa le ministre des Armées, ils ne feront qu'une bouchée de nos troupes et cueilleront le pouvoir comme une fleur. Je vous laisse imaginer la réaction de la Chinasie et des États-Unis d'Australamérique… Ce sera l'embrasement général[1] !

Un silence pesant suivit ces paroles. Le Président observa les visages défaits de ses subalternes.

– Que proposez-vous, messieurs ?

Comme nul ne se manifestait, Bérard prit la parole :

– Monsieur le Président, ces parumains possèdent des capacités exceptionnelles, je le reconnais, mais ils ne sont pas tout-puissants. Si les Sections Spéciales ont réussi à en pister[2] deux et à en tuer un, c'est que les Delta 5 sont susceptibles de commettre des erreurs, donc vulnérables ! Je propose de compléter le travail des unités d'élite de l'armée et de faire intervenir l'un de mes hommes. Le meilleur policier dont je dispose.

– Cette affaire est du ressort de l'Armée, pas de la Sûreté intérieure ! fulmina[3] Ramos.

Ignorant l'interruption de son ministre, le Président à vie demanda :

– Qui est cette perle rare ?

– Il se nomme Alexis Dekcked[4], répondit Bérard, et c'est un flic d'exception. Je vous en ai déjà parlé, c'est lui qui a réglé l'affaire Kadick[5], l'an dernier. Il dispose d'un statut particulier au sein de la Sûreté intérieure. Je l'ai utilisé à plusieurs reprises pour des opérations de nettoyage délicates et il s'en est acquitté avec zèle[6], efficacité et discrétion.

---

1. **L'embrasement général** : une déstabilisation générale et incontrôlable de la société.
2. **Pister** : suivre à la trace.
3. **Fulmina** : s'indigna.
4. Le nom de l'enquêteur, Dekcked, est une référence au nom de l'enquêteur Rick Deckard, personnage principal du roman de Philip K. Dick et de son adaptation cinématographique par Ridley Scott, auxquels la dédicace de *Felicidad* rend hommage.
5. Le nom de l'affaire citée est un clin d'œil à l'auteur américain de science-fiction Philip K. Dick, à qui est dédié *Felicidad*.
6. **Zèle** : application.

Le Président pinça son menton entre le pouce et l'index et parut méditer cette information. Comprenant que son interlocuteur était à deux doigts d'être convaincu, Bérard poussa son avantage :

– Croyez-moi, il saura les trouver, où qu'ils se cachent ! Ensuite, nous laisserons intervenir les unités d'élite de Pavlovski. À un contre cent, les Delta 5 ne tiendront pas le choc, d'autant que cette fois, nous avons une idée exacte de leur force.

Ramos leva un sourcil étonné.

– Vous ne le surestimez pas, votre policier ?

– Pas le moins du monde ! Dekcked a le défaut d'être un franc-tireur[1], mais il possède de nombreux atouts. Il est d'une intelligence remarquable et il connaît cette ville comme sa poche. Autre point fort, il est lié à des individus peu recommandables mais très informés de tout ce qui se passe à Felicidad et dans les enclaves. Enfin, quand on le lance sur une proie, il la suit jusqu'au bout. Je vous ferai parvenir un récapitulatif de ses états de service. Ils sont impressionnants.

– Vous êtes vraiment sûr de lui ? insista le Président à vie.

– Vous connaissez la formule consacrée, plaisanta Bérard. Comme si je l'avais fait[2] ! N'ayez aucune inquiétude à ce sujet.

Le Président à vie referma le dossier placé devant lui.

– Très bien ! Ramos, intensifiez vos investigations[3]. Mettez-y autant d'hommes que vous le souhaitez. Bérard, j'attends beaucoup de votre limier[4] ! Quant aux autres, vous êtes à leur pleine et entière disposition. Je veux être informé de l'avancée de vos recherches heure par heure. Bonheur à vous, messieurs !

Il se leva et, suivi de ses gardes du corps, disparut par une porte ménagée au fond de la salle.

---

1. **Franc-tireur** : personne qui, dans un groupe, agit de manière indépendante.
2. **Comme si je l'avais fait** : expression qui signifie que l'on connaît quelqu'un parfaitement, comme si c'était son propre enfant.
3. **Investigations** : enquêtes.
4. **Limier** : détective (familier).

5

Le bonheur n'est pas un état d'esprit. Il ne naît ni d'une quelconque disposition naturelle, ni du hasard, encore moins de la chance.
Le bonheur est politique ! Il participe d'une dynamique qui unit chaque Citoyen à l'État.
Le bonheur, enfin, et quoi qu'en pensent certains, se décrète[1] *!*
Merci au Président à vie d'avoir su nous le rappeler.

Extrait du discours d'investiture à la charge de ministre du Bonheur obligatoire, Claude Buisson.

Buisson se sentait abattu[2]. Plusieurs groupes s'étaient formés dans la salle et l'on tenait des conciliabules[3] à voix basse. Personne ne semblait se soucier du ministre du Bonheur obligatoire, resté seul assis à la table du Conseil.

De quelles armes disposait-il? se demanda-t-il, non sans amertume. Contrairement à ses collègues de l'Intérieur ou des Armées, il ne possédait aucun moyen de défense, de contrôle ou d'investigation. L'affaire allait maintenant se régler entre l'Armée et la Sûreté intérieure. Entre Ramos et Bérard. Ils étaient en concurrence depuis de longues années et Buisson soupçonnait le Président à vie d'alimenter la sourde animosité[4] entre les deux hommes. Celui

1. **Se décrète** : se décide ; un décret étant un règlement pris par une autorité politique.
2. **Abattu** : accablé.
3. **Conciliabules** : conversations à voix basse.
4. **Sourde animosité** : secrète hostilité ; antipathie dissimulée.

qui éliminerait les Delta 5 conforterait durablement son pouvoir au sein du gouvernement. Il était urgent de choisir un camp.

Pavlovski se tenait bien entendu aux côtés de Ramos, tandis que Desvades, le dernier ministre de l'Économie en date, et Vandelle, celui de l'Industrie, avaient rejoint Bérard. Fidèle à sa réputation de girouette, Vérillon effectuait de fréquents allers-retours entre les deux groupes. Les autres semblaient hésiter, conscients qu'une décision malencontreuse pouvait se révéler catastrophique à plus ou moins longue échéance.

Buisson pesa rapidement le pour et le contre puis se leva et se dirigea vers Bérard. Après tout, ils avaient pris des initiatives communes au moment de lancer le programme Delta 5. Ils étaient liés par le secret. Bérard ne pouvait l'avoir oublié, en dépit de l'enchaînement catastrophique des événements.

– Vous pouvez compter sur ma collaboration ! déclara-t-il en lui tendant la main.

Le ministre de la Sûreté intérieure dédaigna[1] son salut et rectifia légèrement la position de son œillet. Un sourire moqueur distendait ses lèvres minces.

– Vous m'en voyez ravi, mon cher Buisson, et votre appui me sera précieux. D'ailleurs, le Président à vie me le rappelait ce matin encore : sans vous, rien de tout cela ne serait arrivé !

Le ministre du Bonheur obligatoire laissa retomber son bras et blêmit.

– Il est curieux, reprit Bérard, de constater comment une décision mineure peut conduire à des bouleversements majeurs. *Vos* – il avait insisté sur le mot – pères Noël devaient dynamiser les ventes et apporter un surcroît de bonheur, dans notre belle capitale d'abord, puis dans la Grande Europe entière. Ils nous conduisent peut-être aujourd'hui à une crise politique et militaire de tout premier ordre. Voilà de quoi alimenter nos méditations, n'est-ce pas ?

---

1. **Dédaigna** : ignora.

– Mais…, bredouilla son interlocuteur médusé[1].

– Bien le bonheur à vous !

Bérard lui tapota l'épaule et se détourna. Buisson, décomposé, préféra ne pas s'attarder. Il quitta la salle du Conseil, gagna le hall d'entrée, fit appeler sa voiture et se rendit sur le perron pour l'attendre. L'air glacé le rasséréna[2] et il tenta de faire un point rapide.

Ce qu'il redoutait était en passe de se réaliser. Rien de tel pour apaiser le Président que de trouver un bouc émissaire[3]. Jamais Bérard ne reconnaîtrait une quelconque implication dans le programme Delta 5. Il allait lui en faire endosser l'entière responsabilité, c'était évident ! Buisson heurta du poing la rambarde de fer et étouffa un cri de douleur. Enfin, ce n'était quand même pas lui qui avait trafiqué le code génétique de ces fichus parumains !

Un mouvement sur son côté le fit sursauter. Il pivota et reconnut l'élégante silhouette d'Arouet[4], le conseiller spécial de Bérard. Son âme damnée[5] prétendaient certains, son porte-flingue[6] ajoutaient d'autres. En tout cas, un homme dont il valait mieux s'attirer les bonnes grâces. Arouet le prit familièrement par le coude et constata d'un air affable[7] :

– Monsieur le ministre, je vois que votre limousine est avancée. Pourriez-vous avoir l'obligeance de me reconduire chez moi ? Mon chauffeur a dû se rendre à l'aéroport pour chercher un mien cousin et je répugne à appeler une voiture officielle.

---

1. **Médusé** : sidéré.
2. **Rasséréna** : calma, apaisa.
3. **Bouc émissaire** : personne qui est désignée coupable, alors qu'elle est innocente.
4. Le nom de ce personnage renvoie à François-Marie Arouet, plus connu sous le nom de Voltaire (1694-1778), écrivain et philosophe des Lumières. Voltaire est célèbre pour son ironie et son cynisme, que partage ce personnage de *Felicidad*.
5. **Âme damnée** : personne entièrement dévouée à quelqu'un, exécutant aveuglément tous ses ordres.
6. **Porte-flingue** : garde du corps ou bien défenseur agressif d'une personnalité (familier).
7. **Affable** : aimable.

Trop heureux de lui rendre service, Buisson se répandit en formules de politesse et l'entraîna vers son véhicule. Les deux hommes s'installèrent sur les sièges et le ministre inspira lentement et profondément, conscient de sa trop grande nervosité. Il fallait qu'il se détende. Ensuite, il tenterait de sonder Arouet. Avec précaution, car l'homme avait la réputation d'être redoutable. Le conseiller se pencha vers le chauffeur et lui lança son adresse.

– Ce qui arrive est affreux, hasarda Buisson quand la voiture eut démarré.

Son compagnon acquiesça, le visage impénétrable.

– Vous étiez au courant pour cette affaire ? demanda le ministre sur un ton mal assuré.

– Depuis le début ! répondit Arouet, même si le Président à vie n'a pas jugé opportun[1] de le spécifier. J'ai été, je pense, le premier à signaler au ministre de la Sûreté intérieure la gravité des faits.

– Parce que c'est vraiment si grave ?

Le conseiller posa sa main sur l'avant-bras de Buisson et hocha la tête.

– Nous avons désormais la certitude que les Delta 5 vont essayer de se dupliquer par tous les moyens. Et comme chacun de ces parumains possède la capacité de destruction d'une petite armée…

– Ce… ce n'est pas possible, balbutia Buisson, à court d'arguments.

– Si, c'est possible, mon bon ami ! Avez-vous déjà oublié la séquence enregistrée par les sécuricams ? Elle est irréfutable ! Julien Chœlcher nous a tous abusés. Il avait précédemment appartenu à l'équipe en charge du programme Alpha 7, celui qui a permis la réalisation des parumains de combat sophistiqués que nous avons utilisés lors du dernier conflit délocalisé. Quand le projet Père Noël est parvenu à ses oreilles, il s'est immédiatement proposé comme directeur du projet. Plusieurs généticiens[2] de

1. **Opportun** : utile.
2. **Généticiens** : scientifiques spécialistes de la génétique.

haute volée[1] étaient également pressentis, mais c'est lui qui l'a emporté. Grâce à son immense talent, certes, mais aussi à de solides appuis politiques !

Arouet marqua une pause afin que son interlocuteur prenne le temps de digérer ses paroles.

– Son équipe n'a vu que du feu à ses manipulations. C'est une grande habileté que de savoir cacher son habileté[2], et Chœlcher n'en manquait pas. À vrai dire, nous ne connaissons pas exactement la nature de son bricolage génétique. Aucun de ses documents personnels ne nous est parvenu intact.

– Et vous ne l'avez pas fait parler ?

– Ce monsieur n'était pas très disert[3]. Il a mal supporté l'interrogatoire que nos enquêteurs ont mené… disons un peu trop rondement[4] ! Son cœur a lâché. Les responsables ont été dûment châtiés[5], je ne vous le cache pas.

Buisson frémit. Les sanctions qu'encouraient ceux qui avaient déplu au Président à vie étaient généralement définitives.

– Mais vous n'imaginez pas la meilleure ! Et Ramos n'a pas cru bon d'entrer dans les détails pour ne pas nous ridiculiser davantage. Le fourgon qui conduisait le corps de Chœlcher à l'Institut médico-légal[6] a été intercepté par trois Delta 5. Ils ont éliminé l'escorte puis se sont éclipsés avec le cadavre ! Ces créatures doivent vénérer Chœlcher comme un dieu ou je ne sais quoi pour s'être comportés de manière aussi insensée.

Arouet s'interrompit pour prendre dans sa poche une boîte de pastilles. Il l'ouvrit et en goba une.

1. **De haute volée** : les plus brillants.
2. Citation d'une sentence de François de La Rochefoucauld (1613-1680) dans les *Maximes* (245).
3. **Disert** : bavard.
4. **Rondement** : vite.
5. **Châtiés** : punis.
6. **Institut médico-légal** : lieu où sont autopsiés et conservés les corps dont la mort est suspecte.

– Il est heureux que nous l'ayons éliminé. Vivant, Chœlcher nous aurait causé les pires ennuis.

Le conseiller tendit la boîte à Buisson qui déclina l'offre avec une amabilité forcée. Il avait reconnu la forme octogonale des comprimés de Neurodyne, un neurostimulant* semi-licite[1] vendu dans les enclaves. Il lui était arrivé d'en prendre à certaines époques de sa vie, quand la charge de travail qu'il s'imposait était par trop écrasante.

– Les Delta 5 sont vraiment si redoutables que ça? bredouilla-t-il.

Un sourire narquois[2] voleta sur les lèvres d'Arouet. Ses pupilles largement dilatées[3] par l'effet de la drogue conféraient à son regard une profondeur inquiétante.

– Vous êtes lent à accepter la réalité, mon ami! Ramos n'a rien exagéré, je vous l'assure. Comme il l'a précisé, chacun d'eux est doué d'une force surhumaine, peut se déplacer cinq ou six fois plus vite que le plus rapide des Sections Spéciales et possède la capacité de changer d'apparence à volonté! Quant à leur intelligence, elle paraît tout à fait hors norme.

Les mains de Buisson tremblaient légèrement.

– Et comment vous êtes-vous rendu compte de leurs facultés?

– Lorsque nous avons voulu les éliminer, tout bonnement. La veille, un des collaborateurs de Chœlcher avait découvert, au cours d'une opération de routine, que les biocontrôles des Delta 5 étaient inhibés. En d'autres termes, ils étaient libres! Affolé, il a immédiatement averti sa hiérarchie qui a pris contact avec le ministère de la Sûreté intérieure. Par bonheur, tous les Delta 5 se trouvaient dans les locaux de Généfgène. Afin d'éviter un affrontement direct risquant de tourner à notre désavantage, nous avons bloqué les issues et nous les avons gazés. Pas un n'en a réchappé. Il en restait douze que nous avions isolés sur un motif quelconque dans une annexe.

---

1. **Semi-licite**: à la limite de la légalité.
2. **Narquois**: ironique.
3. **Dilatées**: agrandies.

– Pourquoi ne pas les avoir tous réformés ? s'étonna Buisson.

– Excellente question, mon cher. Pourquoi donc, à votre avis ?

Arouet le contemplait songeusement. Buisson se sentait dans la position d'un étudiant occupé à passer un examen déterminant pour son avenir. Qu'il se trompe dans l'analyse du sujet et c'en était fait de ses espérances…

6

Rappelons-nous enfin que la seule limite assignée au Bonheur obligatoire est celle que lui impose la Raison d'État[1].

Extrait du discours d'investiture à la charge de ministre du Bonheur obligatoire, Claude Buisson.

La réponse lui apparut, évidente :

– Vous vouliez les étudier afin de déchiffrer leur code génétique et fabriquer des parumains de combat encore plus performants.

– Excellent ! s'amusa le conseiller spécial. Vous êtes beaucoup plus futé[2] qu'on veut bien l'affirmer dans les couloirs du palais.

Bien qu'il lui en coûtât, Buisson préféra ignorer cette perfidie[3]. Il demanda :

– L'ADN prélevé sur les cadavres des Delta 5 gazés n'était pas utilisable ?

– Apparemment non ! Je ne saurais vous en donner la raison exacte, mais, selon les spécialistes consultés, il nous fallait des spécimens vivants. Douze nous paraissait un chiffre raisonnable. Je reconnais aujourd'hui que nous avions pris les avertissements de Chœlcher pour des rodomontades[4] : il avait affirmé que nos

---

1. **Raison d'État** : principe au nom duquel l'État déroge au droit habituel et suit des règles qu'il définit comme supérieures.
2. **Futé** : intelligent et rusé.
3. **Perfidie** : méchanceté.
4. **Rodomontades** : vantardises.

troupes ne feraient pas le poids face aux Delta 5. Nous avons commis l'erreur de ne pas leur envoyer des unités d'élite mais des commandos du groupe d'intervention de la Sûreté intérieure…

Buisson ouvrit des yeux ébahis. Sans avoir la capacité de destruction des unités d'élite, les commandos du groupe d'intervention étaient des combattants de tout premier plan.

– Ça n'a pas suffi ?

Arouet ricana :

– Pas vraiment. Ils étaient pourtant quarante… Ça a été un massacre ! Les commandos ont la réputation d'être véloces[1]. Là, on avait l'impression qu'ils avaient chaussé des semelles de plomb. Les caméras ont tout enregistré. Il a fallu passer la scène au ralenti, image par image, pour comprendre ce qui s'était passé. Dès que nos parumains de combat ont fait leur apparition, les Delta 5 ont réagi. Ils ont tué les premiers commandos à mains nues puis ils se sont emparés de leurs armes et ont réduit les autres en cendres.

Le conseiller avait le regard fixe. Ses yeux, dévorés par des pupilles énormes, ressemblaient à ceux d'un animal nocturne.

– La scène ne manquait pas de piquant… Imaginez douze pères Noël meurtriers se déplaçant de manière parfaitement coordonnée, comme s'ils s'étaient entraînés des milliers d'heures durant. Chacun de leurs tirs faisait mouche[2]. Les commandos se sont défendus comme de beaux diables[3] et en ont supprimé huit avant d'être exterminés. L'affrontement a duré très exactement trente-quatre secondes. Ensuite, les Delta 5 survivants ont détruit les sécuricams puis ont pris la poudre d'escampette[4], sans doute par les égouts, qui ne disposent d'aucun système de surveillance valable. En tenant compte de celui qui a été tué ce soir, il en reste encore trois en liberté et nous ne savons pas ce

1. **Véloces** : rapides.
2. **Faisait mouche** : atteignait leur cible.
3. **Comme de beaux diables** : avec énergie.
4. **Ont pris la poudre d'escampette** : se sont enfuis (familier).

qu'ils trament. Mais nous les suspectons de vouloir réaliser ce pour quoi ils ont été créés.

– Libérer les parumains de la tutelle[1] des humains…, marmonna Buisson.

– Exactement ! Une ambition que, vous l'imaginez sans peine, nous ne partageons pas. Le Président à vie est furieux. L'incident de ce soir est la goutte d'eau qui fait déborder le vase. Depuis quelques mois, tous les corps d'armée sont en alerte et focalisés sur un seul objectif : mettre discrètement la main sur les fuyards. Ramos et Pavlovski en ont fait une affaire personnelle. Ils avaient convaincu le Président à vie d'être en mesure de résoudre le problème sans l'aide de la Sûreté intérieure, mais…

Le conseiller secoua tristement la tête.

– Enfin, nous avons déjà réussi à reconstituer l'ensemble des événements qui nous ont conduits là où nous en sommes. Ce n'est déjà pas si mal, n'est-ce pas ?

La gorge nouée, le ministre du Bonheur obligatoire approuva. Indifférent à son trouble, Arouet demanda négligemment :

– Chœlcher comptait parmi vos relations, si je ne m'abuse ?

– Il me semble l'avoir rencontré une ou deux fois à une réunion de travail.

– Tiens ? Ce n'est pas ce que nos services de renseignement prétendent !

Arouet se tut. Buisson fixait obstinément ses chaussures. Soudain, il sursauta car il n'entendait plus le ronflement du moteur. Depuis combien de temps la limousine était-elle à l'arrêt ? Absorbé par la conversation, il ne s'était pas préoccupé de leur itinéraire. Le ministre regarda par la fenêtre. Ils se trouvaient en bordure d'un terrain vague[2] qui longeait une enclave, bien loin du quartier résidentiel où résidait le conseiller spécial.

– Jérôme, que se passe-t-il ? Redémarrez, enfin !

---

1. **Tutelle** : étroite dépendance par rapport à quelqu'un ; servitude.
2. **Terrain vague** : endroit laissé à l'abandon, sans construction.

Le chauffeur ne bronchait pas, présentant sa nuque raide et sa casquette noire au regard effrayé de son supérieur. Comme celui-ci frappait violemment du poing la vitre qui le séparait du siège avant, le conducteur se retourna. Ce n'était pas Jérôme mais un parumain qu'il ne connaissait ni d'Ève ni d'Adam[1].

– Votre chauffeur habituel a eu un empêchement de dernière minute, déclara le conseiller spécial sur un ton doucereux. Mais nous en avons déniché un qui le vaut largement. Il vous conduirait jusque dans l'autre monde, si vous le souhaitiez…

Le ministre réprima un gémissement de terreur.

– Vous m'expliquiez donc que vous connaissiez ce Chœlcher, reprit Arouet. Un camarade d'université de votre fils, d'après mes dossiers.

– Oui, reconnut Buisson. Ils étaient ensemble à la faculté de Bliss. Chœlcher était très brillant, très charmeur. Mon fils l'admirait beaucoup et…

– Et au nom de cette vieille amitié, vous avez appuyé sa demande quand il s'est proposé pour travailler sur le projet initié par votre collègue de l'Économie et vous-même.

Buisson se mordit les lèvres comme un enfant pris en faute.

– Il est dommage que vous ne soyez pas venu l'avouer d'emblée au Président à vie. Quand nous lui avons remis notre rapport, il n'a pas été content. Mais alors pas content du tout ! Car, à bien y réfléchir, vous portez une lourde responsabilité dans cette affaire.

– Mais Chœlcher était le meilleur ! éclata Buisson. Personne ne lui arrivait à la cheville ! Je pensais qu'il ferait de ce programme un succès…

– Mauvais calcul, monsieur le ministre ! Nos vertus ne sont, le plus souvent, que des vices déguisés[2], et Chœlcher a hélas su

---

1. **Qu'il ne connaissait d'Ève ni d'Adam** : qu'il n'avait jamais vu.
2. Arouet cite l'épigraphe des *Maximes* de François de La Rochefoucauld (1613-1680), mémorialiste français. De manière générale, ce personnage de *Felicidad* emprunte sa manière de s'exprimer au français classique et puise particulièrement ses formules dans les *Maximes* de François de La Rochefoucauld.

nous dissimuler les siens. D'autre part, les enquêteurs de la Sûreté intérieure ont découvert la trace d'importants versements sur les comptes des membres de la commission chargée de nommer le responsable du programme Delta 5. Nous en avons retracé l'origine : l'un de vos nombreux comptes secrets. Il semble que vous leur ayez… gentiment forcé la main !

Buisson semblait anéanti. Le sang s'était retiré de sa face.

– Écoutez, je peux tout vous expliquer. Mon fils n'a rien à voir là-dedans. Votre ministre, Maxime Bérard, était au courant. Il me soutenait. Il appartient comme moi au conseil d'administration de Génégène. En réalité, il m'a encouragé à soutenir la candidature de Chœlcher. La réussite du projet Delta 5 signifiait une nouvelle envolée des cours et d'énormes bénéfices pour l'ensemble des actionnaires…

Les traits du conseiller spécial se figèrent.

– Ne mêlez pas le ministre de la Sûreté intérieure à cette regrettable affaire ! siffla-t-il. Ayez au moins le courage d'assumer vos choix !

Buisson, sentant ses derniers espoirs s'effondrer, balbutia :

– Je vous promets…

Arouet ouvrit sa porte et sortit. Un vent polaire balaya l'intérieur du véhicule.

– Qu'allez-vous faire ? hurla Buisson au comble de la panique. Vous ne pouvez pas…

– Mon cher Buisson, j'ai toujours eu assez de force pour supporter les maux d'autrui[1] !

S'inclinant cérémonieusement, Arouet s'éloigna tandis que le chauffeur quittait son siège et s'introduisait à l'arrière de la voiture. Il ressortit bientôt, traînant derrière lui le ministre terrorisé.

Le conseiller spécial parcourut une dizaine de mètres. Le crissement de la neige sous ses pieds réveillait dans sa mémoire de

1. Arouet reprend à son compte une sentence de François de La Rochefoucauld (1613-1680) dans les *Maximes* (19).

lointaines images. Un traîneau, une luge, les joues écarlates de sa mère, avec en toile de fond une vallée alpine tapissée de blanc. Il s'arrêta et contempla le ciel qu'une forte brise avait dégagé. Les molécules de Neurodyne qui saturaient son organisme décuplaient ses sensations. L'air était glacé, vivifiant, il n'y manquait que la senteur des pins pour que l'instant fût parfait.

Arouet percevait les étoiles avec une saisissante acuité[1]. Enfant, il se souvenait d'avoir passé des heures, les soirs d'été, allongé sur le dos, face à la voûte céleste. À cette époque, il rêvait de vouer sa vie à la recherche scientifique, de devenir astronome, de percer les secrets de l'univers. C'était si loin…

Il entendit un cri puis le bruit sec d'un poing rencontrant un os. Agacé, le conseiller tira de sa poche la boîte de Neurodyne et y cueillit un comprimé. Il allait le porter à la bouche quand l'éclair d'un laser lui blessa les yeux. Le comprimé lui échappa tandis qu'une déplaisante odeur de chair calcinée empuantissait l'atmosphère. Arouet pesta. Il attendit que son éblouissement se dissipe pour saisir un second cachet et l'avaler avec un soupir d'aise.

Du pouce, le conseiller essuya une larme qui avait coulé sur sa joue. À sa connaissance, l'hypersensibilité à la lumière était le seul inconvénient du Neurodyne. Arouet referma sa boîte, épousseta d'imaginaires flocons de neige sur ses épaules et repartit vers le véhicule. On l'attendait chez lui.

Il avait presque oublié que ce soir, c'était Noël.

1. **Acuité** : intensité.

7

À Toi, Président à vie de la Grande Europe, Je jure fidélité et courage.
À Toi, et aux chefs Par Toi désignés,
Je jure obéissance jusque dans la Mort.

Serment[1] *des fonctionnaires du ministère de la Sûreté intérieure* (extrait).

La veille au soir, Alexis Dekcked avait attendu la neige. Mais vers minuit, un vent venu de l'est avait balayé les menus flocons qui flottaient dans l'air et entraîné les lourds nuages blancs loin de Felicidad.

Son appartement était situé au dernier étage d'un gratte-ciel qui s'élevait sur la bordure extérieure de la Zone 2. Il disposait d'une vue panoramique sur la vieille ville et, au-delà du fleuve, sur le damier parfaitement ordonné des quartiers résidentiels de la Zone 3. Souvent, il installait son fauteuil face aux baies vitrées et suivait, des heures durant, le déplacement des voitures le long des artères[2] principales et sur les boulevards périphériques, guettant les imperceptibles nuances que le jour levant déposait sur les façades des buildings et des édifices publics.

---

1. Ce serment des fonctionnaires de la Sûreté intérieure de *Felicidad* est inspiré du serment hitlérien de service des soldats de l'armée allemande (*Wehrmacht*), instauré au cours du Troisième Reich.

2. Artères : grandes rues et avenues qui traversent une ville.

Depuis sa toute petite enfance, Dekcked n'avait jamais beaucoup dormi, consacrant ces heures volées au sommeil à des activités plus productives: lecture, étude, réflexion, exercice physique ou travail. Jeune aspirant, à l'école d'officiers, il s'était taillé une réputation d'insomniaque[1] et d'hyperactif. Il n'avait guère changé. Quand ses collègues piquaient du nez, après une planque de plusieurs heures dans une voiture banalisée[2], Dekcked restait dans une forme éblouissante, insensible à la fatigue et à l'ennui, l'esprit aussi vif et aiguisé que s'il avait profité d'une semaine de repos.

Il venait de prendre une douche, de changer de vêtements et s'apprêtait à préparer un café bien serré quand le bip de son perso retentit. L'ordinateur était posé sur la table de la cuisine. Pas plus volumineux qu'une boîte d'allumettes, il était conçu pour réagir aux instructions vocales de son propriétaire. Dekcked le déverrouilla d'un claquement de langue et commanda à l'écran de se matérialiser. Un rectangle lumineux apparut, flottant juste au-dessus de l'unité centrale. Un second claquement et le logiciel de messagerie le mit en liaison avec celui qui l'avait appelé. Une fenêtre s'ouvrit et le flic, surpris, découvrit le visage de son patron, Maxime Bérard, ministre de la Sûreté intérieure.

– Bonjour lieutenant, déjà levé? C'est parfait! Tâchez d'être à mon bureau dans moins d'une demi-heure, j'ai une mission urgente à vous confier.

Bérard n'attendit pas la réponse et coupa la communication. Dekcked contempla la cafetière, navré, puis il se changea, glissa le perso dans la poche de sa veste, enfila un manteau et emprunta l'ascenseur jusqu'au parking souterrain.

En dépit de l'heure matinale, les grands boulevards de Felicidad étaient animés. C'était un flot incessant de véhicules revenant des enclaves. Les aires de plaisir* restant ouvertes toute la nuit,

---

1. **Insomniaque**: personne qui souffre d'insomnie, de troubles du sommeil.
2. **Voiture banalisée**: voiture de police qui est rendue banale, non indentifiable comme étant de la police.

nombreux étaient ceux qui attendaient la dernière minute pour rejoindre leur domicile et reprendre leurs activités professionnelles. Dekcked rattrapa la principale avenue de la Zone 2. Il longea les complexes commerciaux qui la bordaient et gagna la Zone 1. Sur sa droite, le dôme du palais présidentiel étincelait sous la lumière des projecteurs. Ils se déclenchaient chaque jour à l'aube, comme pour embraser un second soleil au-dessus de la cité endormie. Dekcked passa le pont de la Concorde et atteignit la place de la République où se dressait le palais ministériel, un immense bâtiment de forme pyramidale que couronnait une sphère métallique. Le quartier était désert, engourdi par le froid. Il s'arrêta au premier check point et présenta sa carte aux vigiles avec un soupir de résignation.

L'horloge du grand hall affichait six heures quand il franchit les portes qui conduisaient au saint des saints de la Sûreté intérieure. Les mesures de sécurité avaient été renforcées et, après les scans d'usage, il subit un génétest.

Un huissier l'introduisit dans une antichambre. Dekcked avait l'habitude des attentes ridicules que lui imposait son ministre alors que celui-ci avait exigé qu'il se présente devant lui toutes affaires cessantes. C'était le privilège des puissants que de disposer du temps des autres à leur guise, songea-t-il. Bérard se conformait simplement à son rôle. Le lieutenant s'installa dans un canapé et prit son mal en patience.

À peine entré au ministère, Dekcked avait acquis la réputation d'être imperméable aux intrigues de couloirs, aux honneurs, à l'argent. Contrairement à la plupart des officiers de son âge, moins doués mais plus malléables[1], on ne l'avait pas vu franchir les étapes qui auraient dû lui permettre de devenir un commissaire principal en vue, ou mieux, un conseiller spécial du ministre.

1. **Malléables** : que l'on peut facilement influencer.

Sorti major de sa promotion[1], Dekcked était, à un peu plus de trente-trois ans, toujours enquêteur.

C'était du moins ce que ses pairs[2] croyaient. En réalité, ses talents exceptionnels avaient été très tôt remarqués par ses supérieurs, et, frais émoulu[3] de l'École de la Sûreté intérieure, il avait été recruté par un directeur de cabinet du ministre de l'époque. Ce directeur de cabinet se nommait Maxime Bérard. Il était jeune, talentueux, retors[4], issu d'une famille richissime et se savait promis à un brillant avenir.

Dekcked avait dès lors accompli l'ensemble de ses missions sous sa responsabilité directe. Bérard en avait retiré faveurs et privilèges avant de devenir, cinq ans plus tôt, ministre de la Sûreté intérieure.

Invisible pour la plupart des responsables du ministère, absent des organigrammes[5] officiels, Dekcked agissait pour le seul compte de Bérard. Il était une sorte d'électron libre absolument indispensable à l'accomplissement de tâches « confidentielles ». Le lieutenant se jouait des pires difficultés et menait ses enquêtes avec une aisance déconcertante, tout en ayant l'habileté de demeurer dans l'ombre. À vrai dire, c'était une place qu'il affectionnait et la considération à laquelle ses collègues aspiraient l'insupportait. Enfermer son corps dans un costume trois-pièces, évoluer dans les bureaux confinés du ministère, prendre part aux cabales[6] et aux manigances des grands commis de l'État… très peu pour lui.

Sa vie, c'était chasser, fouiner, humer l'odeur de l'humanité. Chaque enquête devenait un défi lancé à son intelligence. Une construction dont il lui fallait retrouver la logique propre et dont

---

1. **Major de sa promotion** : premier des élèves de sa classe.
2. **Ses pairs** : ici, ses collègues.
3. **Frais émoulu** : sorti depuis peu d'une école ou d'une université.
4. **Retors** : rusé.
5. **Organigrammes** : schémas récapitulant l'organisation des services d'une administration ou d'une entreprise.
6. **Cabales** : intrigues, manœuvres visant à provoquer le succès ou l'échec d'une personne.

le démontage puis le remontage lui apportaient de fabuleuses satisfactions.

Au fil des années, il avait pris conscience que celui qu'il servait ne valait pas mieux que ceux qu'il était chargé d'arrêter ou de neutraliser, pour employer les euphémismes[1] du ministère. Le constat était déplaisant mais quelque chose en lui le prévenait de pousser plus avant ces réflexions. Enfin, si les méthodes qu'utilisait Dekcked n'étaient pas toujours des plus orthodoxes[2], il restait d'une fidélité indéfectible[3] à son ministre. L'État avait sa raison d'être, sa légitimité. Il ne lui appartenait pas de la remettre en cause.

Au bout d'une heure, un homme de haute taille, à la chevelure argentée, au nez aquilin, entra dans la pièce et lui serra cordialement la main avant de le conduire dans le bureau ministériel. Son costume gris sombre était d'une coupe parfaite et, bien qu'on fût en plein hiver, il était très bronzé. Une minuscule cicatrice marquait sa pommette droite. C'était Arouet, un conseiller spécial qu'il avait rencontré à plusieurs reprises. L'éminence grise[4] de Bérard, selon la rumeur.

Celui-ci signait des documents. Il ne leva pas la tête et poursuivit sa tâche comme s'il était seul. Dekcked remarqua l'inévitable œillet rouge à la boutonnière du ministre. Il était d'une teinte plus vive que de coutume. Quand Bérard eut paraphé le dernier feuillet, il posa son stylo et parut seulement s'apercevoir de la présence des deux hommes.

– Ah, lieutenant Dekcked, bonheur à vous ! Ponctuel, comme toujours.

---

1. **Euphémismes** : figures de style consistant à utiliser un mot qui atténue l'effet choquant que pourrait avoir ce qu'on veut dire.
2. **Orthodoxes** : qui respectent les règles de manière stricte.
3. **Indéfectible** : inébranlable ; qui dure éternellement.
4. **Éminence grise** : conseiller intime d'un personnage puissant, qui agit dans l'ombre.

– Bonheur à vous également, monsieur le ministre. Vous ordonnez, j'obéis.

Arouet ne parvint pas à dissimuler un sourire amusé.

– Allons, allons, reprit Bérard avec une fausse bonhomie[1], épargnez-moi vos railleries. Si je ne vous connaissais pas, je pourrais m'en offusquer[2]. Mais trêve de plaisanterie, j'ai une enquête à vous confier !

Dekcked déclara, impassible :

– Je suis tout ouïe[3], monsieur le ministre.

– Fort bien. Avez-vous entendu parler de l'attentat qui a eu lieu hier soir ?

Le policier acquiesça.

– Je quittais le commissariat quand la nouvelle est tombée. Une camionnette piégée, ai-je cru comprendre.

– Absolument ! Cette affaire est liée au meurtre de notre ministre du Bonheur obligatoire.

Dekcked écarquilla les yeux. Buisson était mort ? Bérard ne semblait pas plus ému que s'il lui avait annoncé l'arrivée de la pluie.

– Évidemment, poursuivit le ministre, la nouvelle n'est pas parvenue aux oreilles de nos concitoyens, et nous conserverons cette information secrète quelque temps encore.

Le conseiller spécial, qui se tenait en retrait, énonça, un rien sentencieux :

– Le silence est le parti le plus sûr de celui qui se défie de soi-même[4].

Ne sachant ce qu'il voulait signifier par là, le lieutenant se contenta d'un vague acquiescement. Bérard parut goûter la finesse du propos. Il émit un rire entendu et reprit :

– Mon ami et confrère Buisson a donc été assassiné la nuit dernière. À la suite d'un appel anonyme, on a retrouvé son corps,

1. **Bonhomie** : amabilité.
2. **M'en offusquer** : en prendre ombrage, en être blessé.
3. **Je suis tout ouïe** : je vous écoute attentivement.
4. Citation d'une sentence de François de La Rochefoucauld dans les *Maximes* (79).

ainsi que celui de son chauffeur, dans le coffre d'un véhicule volé puis abandonné dans une enclave. Le malheureux a été enlevé juste après une réunion du Conseil exécutif, hier soir. Quant à sa voiture de fonction, on n'a aucune idée de ce qu'elle est devenue.

Dekcked allait de surprise en surprise. Qui avait les moyens matériels d'enlever un ministre en exercice et de l'exécuter?

– Les sécuricams n'ont rien enregistré? interrogea-t-il.

– Non, répondit Bérard. Nos services ont lancé une recherche, ce matin. On perd leur trace à proximité d'un quartier populaire situé près de la Zone 4.

– Vous avez une idée de l'identité des coupables?

Le regard du ministre se figea.

– Oui. Nous soupçonnons trois parumains extrêmement dangereux qui ont échappé à notre contrôle.

Dekcked fixa son supérieur avec incrédulité.

– C'est absurde! Leurs biocontrôles les rendent inaptes à la révolte. Et puis, il y a leurs mouchards…

Bérard pinça les lèvres.

– Disons que ceux-là sont assez… particuliers!

Il claqua des doigts. Arouet plongea la main dans la poche de sa veste et en retira un boîtier qu'il remit au policier. Dekcked reconnut l'étui d'un cube-mémoire*.

– Vous trouverez là un dossier contenant les réponses à vos questions ainsi que les éléments nécessaires à la conduite de votre enquête. Vous devinez, lieutenant, qu'il s'agit d'une affaire d'État. Votre mission doit rester totalement confidentielle. Laissez tomber le meurtre de Buisson, d'autres s'en occupent déjà! En revanche, je veux savoir où se cachent ces parumains. Il me les faut vivants, entendez-vous? Vous avez carte blanche. Utilisez tous les moyens pour les retrouver, y compris les plus tordus. Servez-vous de vos relations. Je veux des résultats rapides!

– Et quand je les aurai trouvés?

Les traits de Bérard se durcirent.

– Vous m'en rendrez compte. À moi et à moi seul!

8

Les parumains pensent-ils vraiment ? D'aucuns seraient tentés de répondre par l'affirmative, tant est parfaite leur apparence d'humanité. Soyons clairs : ces organismes ne sont que des machines biologiques fabuleusement évoluées, capables d'imiter la pensée humaine, rien de plus. Les parumains eux-mêmes vivent dans l'illusion de la conscience. Conscience purement utilitaire car l'homme les a faits à son image et à sa ressemblance à seule fin qu'ils le servent.

La Question parumaine, Gerhard Hausmann, Éditions des GMR.

Quand il sortit du ministère, Dekcked hésita. Rentrerait-il chez lui pour travailler à son aise ? Rejoindrait-il son bureau au commissariat ? S'installerait-il plutôt au Calice, un bar tout proche, ouvert vingt-quatre heures sur vingt-quatre ?

Il opta pour la dernière solution, abandonna sa voiture sur le parking du ministère et s'offrit une balade à pied dans la Zone 1. Le quartier commençait à s'éveiller. Au silence du petit matin avait succédé le bourdonnement ininterrompu de la circulation. Sur les trottoirs se pressaient des hommes et des femmes en vêtements sombres et stricts, démarche assurée, visage sérieux. Les hauts fonctionnaires du gouvernement travaillaient chaque jour, y compris celui de Noël. Combien avaient passé la nuit à folâtrer[1] dans les aires de plaisir ? se demanda Dekcked. À quels excès s'étaient-ils livrés ? Et sous quel aspect ?

1. **Fôlatrer** : s'amuser.

Il emprunta la première avenue sur sa droite. Elle était bordée d'immeubles si hauts que le ciel se réduisait à un rectangle grisâtre, veiné de filaments pâles. La lumière crue qui tombait des lampadaires dessinait des cercles étincelants sur la neige des trottoirs. Tous les quinze mètres environ, un témoin rouge et clignotant rappelait aux passants la présence des sécuricams.

À l'instar[1] des autres capitales de la Grande Europe, régulièrement ensanglantées par des vagues d'attentats imputés[2] aux « ennemis de notre modèle économique et social », tous les lieux publics de Felicidad – rues, avenues, boulevards, places, magasins, bars, restaurants, couloirs, rames de métro – étaient quadrillés par un réseau serré d'appareils de prise de vues qui filmaient les habitants de la capitale en continu. Faisaient exception certains quartiers défavorisés et les égouts. Les vidéos étaient stockées dans une banque de données à laquelle seuls avaient accès les enquêteurs du ministère de la Sûreté intérieure. On ne pouvait se cacher dans Felicidad. Où que l'on soit, l'œil de l'État vous épiait. *Notre devoir : veiller sur vous !* scandait la propagande officielle. Dekcked traversa l'un des innombrables centres commerciaux disséminés à travers la capitale. Ils appartenaient à la même enseigne, les Grands Magasins Réunis, qui contrôlait les ventes sur l'ensemble de la Grande Europe et entretenait des alliances privilégiées avec les chaînes[3] de l'Australamérique et de la Chinasie. On pouvait tout y acheter, des produits de première nécessité au yacht de luxe. Le flic franchit une arche majestueuse sur laquelle scintillait le slogan des GMR – *Tout, tout de suite !* – et retrouva avec délices l'air froid de l'avenue.

Le Calice était situé dans l'un des plus anciens quartiers de la Zone 1. Les menus y étaient servis à prix raisonnables et la bière était de première qualité. Après avoir serré la main du patron

---

1. **À l'instar** : selon le modèle.
2. **Imputés** : attribués.
3. **Chaînes** : ensembles de magasins d'une même enseigne.

et salué une vague connaissance, Dekcked chercha un box au fond de la salle. Celui qu'il préférait étant libre, il s'y installa, dos au mur, posa son perso devant lui et introduisit le cube pas plus grand qu'un dé à jouer dans le compartiment prévu à cet effet.

Il lança une commande et l'écran se dessina sous ses yeux. Un titre en capitales s'y afficha : DELTA 5, RAPPORT CONFIDENTIEL. Le flic entrecroisa ses doigts et fit craquer ses phalanges. Il allait commencer sa lecture quand une voix chaude murmura :

– Bonheur à toi, Alexis, et joyeux Noël ! Qu'est-ce que je te sers ?

Dekcked leva les yeux. Majhina, la serveuse, s'était approchée sans bruit et sa bouche frôlait son oreille. Elle se redressa et il put l'admirer tout à son aise. Gracieuse, menue, elle portait un débardeur blanc et une jupe courte qui dévoilait ses jambes au galbe idéal. Ses pieds étaient chaussés de sandales en cuir lacées sur les chevilles.

– Bonheur à toi, Majhina.

Il éteignit son écran tandis qu'elle déclarait malicieusement :

– Tu es facile à surprendre pour un policier d'élite !

– Qui prétend que je suis un policier d'élite ?

Majhina agita son deuxième auriculaire :

– Mon tout petit doigt…

Alexis contempla ses mains, fasciné par leur délicatesse. Chacune comptait six doigts fuselés[1], dépourvus d'ongles. C'était le genre de fantaisie qu'affectionnaient les bio-ingénieurs de Génégène. Ce sixième doigt ne servait à rien, sinon à démontrer leur virtuosité et l'infinie plasticité du matériel parumain. Accessoirement, il était parfaitement esthétique…

Ses concepteurs avaient également doté Majhina de remarquables iris dorés et d'une abondante chevelure bleu azur. Sa peau couleur bronze, veinée de délicats motifs labyrinthiques d'un ton plus clair, était un piège dans lequel l'œil s'égarait

---

1. **Fuselés** : fins.

sans pouvoir s'échapper, d'autant que, de minute en minute, ils changeaient imperceptiblement de teinte, de forme et de tracé.

Quand Génégène avait lancé ce modèle sur le marché, les propriétaires de bars et de restaurants se les étaient arrachés. Les clients succombaient au charme hypnotique[1] de ces ravissantes créatures et renouvelaient leurs consommations pour le seul plaisir d'avoir à les solliciter.

– Bonheur à toi, ma belle. Apporte-moi du café. Un plein pot, s'il te plaît.

– Tu ne manges rien ?

– Pas faim. Trop de boulot. Tu connais ça, non ?

Majhina sourit et s'éloigna en direction du comptoir, ses cheveux flottant gracieusement sur ses épaules. Alexis la suivit des yeux, ensorcelé par l'élasticité de sa démarche. Pour la millième fois peut-être, il se demanda par quelle perversion de l'esprit on en était venu à créer les parumains.

Depuis une cinquantaine d'années, plusieurs consortiums[2] mondiaux – dominés de très loin par Génégène – commercialisaient des organismes issus du génie génétique. Avec une grande habileté, les bio-industriels avaient préparé les esprits à ce qu'ils avaient nommé la révolution génétique, ou *génévolution*.

Dans un premier temps, on avait proposé aux consommateurs des végétaux puis des animaux *améliorés*: chevaux nains, chatons et chiots qui ne devenaient jamais adultes, tortues phosphorescentes, serpents à plumes et autres chimères du même acabit. Le succès avait été phénoménal.

Bientôt, prétextant la pénurie de personnel dans certaines usines et dans le secteur du bâtiment, Génégène offrit de pourvoir les entreprises en ouvriers qualifiés, laborieux et peu revendicatifs[3]. Les premiers para-humains venaient de voir le jour.

---

1. **Hypnotique** : qui met dans un état second, comme sous hypnose.
2. **Consortiums** : groupements de grandes entreprises.
3. **Peu revendicatifs** : qui ne contestent pas les ordres.

L'industrie commença à les utiliser massivement, puis l'agriculture, le commerce et les services, les parcs de loisirs, les aires de plaisir, l'éducation. De leur côté, les gouvernements comprirent l'intérêt d'employer les parumains. On en créa sur mesure pour supporter les effroyables conditions de vie à bord des stations spatiales. Quant aux parumains de combat, ils devinrent les pièces maîtresses des guerres délocalisées*.

Dans les années qui suivirent, les parumains grand public firent leur apparition dans les rayons des Grands Magasins Réunis. Désormais, n'importe quel Citoyen, pour peu qu'il en eût les moyens, pouvait s'offrir un domestique stylé, efficace et dévoué.

Au départ, les Cultes officiels, les organisations humanitaires protestèrent. Mais rapidement, chacun y trouva son compte et l'on s'y habitua. En collaboration avec les pouvoirs publics, un système d'allocations fut instauré afin de calmer les victimes de licenciements sauvages. Enfin, pour mettre un terme aux récriminations des rares Citoyens qui se risquaient à critiquer l'exploitation des parumains, le gouvernement édicta une série de dispositions légales réglementant leurs horaires de travail et les salaires symboliques qui leur étaient versés.

Tout allait donc pour le mieux dans le meilleur des mondes[1] possibles. Après tout, ne vivait-on pas dans une société où bonheur, plaisir et consommation étaient les maîtres mots ? Les parumains étaient des exécutants soumis et compétents dans quelque domaine que ce fût.

Les techniques de production étaient désormais parfaitement au point. Grâce aux accélérateurs biologiques de croissance, les embryons[2] passaient seulement trois mois dans les matrices artificielles des usines de Générgène. Une fois extraits des cuves,

---

1. Référence au roman d'anticipation d'Aldous Huxley, *Le Meilleur des mondes* (1932), qui imagine une société « parfaite » fondée sur la manipulation génétique et l'eugénisme. Le titre français de ce roman fait référence à la formule « tout va bien dans le meilleur des mondes » du conte philosophique de Voltaire, *Candide* (1759).

2. Embryons : premier stade de développement d'organismes en gestation.

ils devenaient adultes en six ans. Les parumains étaient ensuite soumis à une large batterie de tests. Les *tarés*, nom donné aux individus défectueux, étaient *réformés*, c'est-à-dire euthanasiés. Les autres étaient envoyés dans les usines-écoles.

Là, on leur greffait les implants neuronaux[1] qui leur permettaient d'acquérir une personnalité originale, de maîtriser le langage articulé et les tâches pour lesquelles ils seraient requis. Après une période de test, ils étaient lancés sur le marché. Par la suite, ils étaient capables d'apprendre, de se souvenir, de penser et d'éprouver des émotions comme n'importe quel humain, bien que la controverse[2] fût vive sur la nature exacte de ces pensées et de ces émotions.

Si les parumains étaient produits en série, ils n'étaient cependant pas de simples clones d'humains et ne se ressemblaient pas plus entre eux que les frères et les sœurs issus d'une même fratrie. Chacun se différenciait subtilement des autres, tant physiquement que psychologiquement. C'était précisément ce qui faisait leur intérêt.

Conçus pour obéir et servir, il leur était impossible de se révolter ou de commettre des actes violents, des biocontrôles régulaient leur humeur et leur volonté. Seuls les parumains de combat possédaient des mécanismes désinhibiteurs qui leur permettaient de tuer si leurs supérieurs le leur ordonnaient. Enfin, comme la majorité des organismes produits par le génie génétique, ils étaient stériles. De toute manière, des lois contraignantes interdisaient leur union avec des humains.

À ce jour, personne n'aurait pu s'en passer, même si certains économistes avaient pointé les effets pervers induits par l'arrivée des parumains sur le marché de l'emploi : baisse généralisée des salaires les plus faibles, augmentation du chômage dans les milieux

---

1. Implants neuronaux : puces électroniques insérées dans le cerveau pour interagir avec les neurones.
2. Controverse : polémique.

modestes, fragilisation de certaines catégories socioprofessionnelles. Les analystes évoluant dans les hautes sphères gouvernementales préféraient souligner que les parumains avaient permis de fermer définitivement les frontières de la Grande Europe aux candidats à l'immigration tout en compensant le déficit démographique lié à une dénatalité préoccupante.

Alexis soupira. Ces arguments étaient-ils moralement défendables ? Il n'en savait rien. Ce n'était pas à lui de changer la société. Elle fonctionnait très bien en l'état. Il en était un des rouages, les parumains un autre.

Majhina revint vers sa table et posa devant lui une cafetière fumante, une tasse et un panier rempli de croissants.

– Je t'ai dit que je n'ai pas faim ! protesta Dekcked.

La parumaine lui adressa un sourire désarmant.

– Je sais, mais j'ai été créée pour faire le bien. Et le bien, c'est que tu t'alimentes correctement avant de tomber d'inanition[1].

Dekcked prit sa main. La peau de Majhina était d'une douceur irréelle.

– Jure-moi que tu n'as pas été créée pour faire de la vente forcée et manipuler le misérable mâle que je suis.

Majhina haussa les épaules, dégagea ses doigts de ceux d'Alexis et lui donna une pichenette sur le bout du nez.

– Impossible ! On m'a précisément conçue pour t'amener à consommer ! Dans la limite de mes modestes talents, je pourrais te facturer ton propre perso sans grandes difficultés ! Et le pire, c'est que tu paierais avec un sourire béat[2] aux lèvres… Vous êtes tellement prévisibles, vous, les humains, tellement manipulables. Tellement mufles[3] aussi.

Ses yeux dorés pétillaient de malice.

1. **Inanition** : privation de nourriture qui affaiblit fortement.
2. **Béat** : heureux, témoignant de la satisfaction.
3. **Mufles** : grossiers, indélicats (familier).

– Je n'en doute pas, convint Alexis. Dis-moi, est-ce qu'il t'est déjà arrivé d'avoir envie de renverser un verre sur la tête d'un client particulièrement goujat[1] ?

– Souvent, admit Majhina.

– Et pourquoi ne l'as-tu jamais fait ?

D'un geste tendre, la parumaine effleura la joue de Dekcked.

– Parce que je ne le peux pas, Alexis. Un biocontrôle m'en empêche. Je te l'ai dit, j'ai été créée pour faire le bien et soulager ton portefeuille.

– Et le bien, c'est d'accepter n'importe quoi d'un humain ?

– Selon mes concepteurs, oui.

– Et selon toi ?

Elle éclata de rire.

– Il n'y a pas de « selon moi ». C'est mon plus gros défaut. Ou ma plus grande qualité peut-être. À toi de cocher la bonne case !

Majhina désigna une table où un client venait de s'asseoir.

– Tu m'excuses, j'ai du travail.

Alexis la retint.

– Écoute, ça te dirait de dîner avec moi, ce soir ?

La parumaine désigna le bracelet traceur qui ornait son poignet.

– Pourquoi pas ? Je suis de repos. Mais je te rappelle qu'à minuit Cendrillon doit quitter le bal[2] ! Mister Mouchard[3] veille.

– Ne t'inquiète pas, opina-t-il, je te ramènerai au bercail en temps et en heure. Alors, ce soir à huit heures devant chez toi ?

– Ce soir à huit heures.

Elle lui adressa un signe de la main et le quitta.

La plupart des parumains vivaient en régime de semi-liberté. Ils recevaient un salaire dérisoire[4] et disposaient d'un logement

---

1. **Goujat** : impoli, grossier par ses manières ou ses propos.
2. Allusion au conte de Perrault, *Cendrillon*, dans lequel la fée, marraine de Cendrillon, lui ordonne de quitter le bal avant que les artifices dont elle l'a dotée (carrosse, cocher, laquais, robe de bal) ne disparaissent.
3. **Mister Mouchard** : surnom que Majhina donne à son bracelet traceur.
4. **Dérisoire** : insignifiant.

individuel dans les immeubles collectifs qui leur étaient destinés. Chacun d'eux portait un bracelet traceur – le mouchard – directement relié à son système nerveux. Le retirer entraînait une crise d'épilepsie immédiate suivie de l'arrêt rapide des fonctions vitales.

Le mouchard permettait de suivre les parumains où qu'ils aillent et, le cas échéant, de les plonger dans un état de stupeur s'ils manifestaient des velléités[1] de fuite ou de révolte, ce qui, à la connaissance de Dekcked, n'était jamais arrivé. Dernier point, le bracelet régulait leurs rythmes biologiques et les contraignait au sommeil au moins six heures chaque jour, en fonction de leur activité.

L'existence des parumains était un modèle de simplicité et de régularité. D'ailleurs, avaient-ils ce qu'on peut appeler une existence ? Leur vie était transparente, sans mystère, sans ambiguïté, offerte à tous, partout et en tous lieux.

Dekcked parcourut la salle d'un œil absent. Le Calice s'était rempli d'une clientèle bruyante et affamée. Dans un angle, à deux mètres de hauteur, la sécuricam pivotait lentement sur son axe. Il sentit son regard indifférent glisser sur lui et s'éloigner. Le policier se servit une tasse de café et mordit dans un croissant avec un appétit qu'il ne se soupçonnait pas. Puis il sortit un calepin de sa poche, rouvrit le dossier que Bérard lui avait remis et commença à l'étudier.

1. **Velléités** : intentions.

9

Des siècles de réflexion nous ont conduits à cette évidence: la violence est une donnée anthropologique[1]. Elle est fondatrice, donc nécessaire au fonctionnement des sociétés humaines. Elle doit, à ce titre, faire l'objet d'un encadrement et d'une régulation stricte de la part des États.
En conséquence, les beaux esprits qui contestent l'existence des enclaves ou des guerres délocalisées ont choisi de s'inscrire à rebours du sens de l'Histoire. Qu'ils gardent en mémoire que celle-ci les jugera.

Violence: la nouvelle donne,
Thomas Quincet, Éditions des GMR.

Deux heures et demie plus tard, Dekcked avait vidé la cafetière, dévoré les croissants, ingéré puis assimilé l'imposante masse de documentation gravée sur le cube-mémoire. Ce qui n'était à l'origine qu'une banale affaire d'argent – à savoir doper les ventes nationales afin de relancer une économie fragile, étroitement liée à une consommation constante, frénétique[2] et irraisonnée – s'était transformé en catastrophe annoncée sous l'impulsion d'un généticien génial et dérangé.

Alexis grimaça. Trois! Il ne restait que trois Delta 5 vivants, mais ils étaient aussi dangereux qu'un troupeau d'éléphants déchaînés. En ce moment, les techniciens des services d'écoute devaient écumer Internet et les réseaux de communication satellitaire

1. **Anthropologique**: propre à l'être humain.
2. **Frénétique**: incessante et obsessionnelle.

pour les retrouver. Mais si les parumains en cavale étaient aussi rusés que le rédacteur du dossier le laissait entendre, ils ne se laisseraient pas piéger une seconde fois et prendraient garde à ne semer aucune trace derrière eux.

Grâce aux logiciels de cryptage en libre accès sur le Net, les Delta 5 pouvaient communiquer en toute quiétude[1]. N'empêche, ils avaient besoin de renseignements, de caches, de matériel, d'armes peut-être, donc de complices ! Peut-être disposaient-ils d'espèces. Dans l'affirmative, il leur serait facile de recruter des hommes de main : les enclaves regorgeaient d'individus prêts à tout en échange d'un bon paquet d'argent. Une fois de plus, ce qui paierait, ce serait une enquête à l'ancienne, avec de bons vieux indics[2], de l'intuition et beaucoup de chance.

Évidemment, ses adversaires ne seraient pas faciles à pister. En dépit de la réputation d'inviolabilité dont jouissaient les mouchards, Chœlcher avait trouvé un moyen d'en contrarier le fonctionnement. Le généticien n'avait pas dû y parvenir d'emblée, ce qui expliquait la docilité des Delta 5 durant les fêtes. Comme il se chargeait personnellement du suivi médical des parumains, il avait probablement agi dans les semaines ou les jours précédant l'opération des Sections Spéciales. Les enquêteurs de la Sûreté intérieure en étaient réduits à de pures conjectures[3]. Le disque dur de l'ordinateur de Chœlcher étant pourvu d'un système de sécurité, il s'était irrémédiablement effacé quand les techniciens avaient tenté de l'explorer. La fouille de son appartement n'avait rien donné.

Dekcked relut la fiche consacrée aux Delta 5. Après avoir éliminé les commandos venus les arrêter, les parumains avaient détruit toutes les sécuricams. Ils en avaient oublié une, dissimulée par la grille d'une bouche d'aération. Dotée d'un cube-mémoire de

---

1. **En toute quiétude** : en toute tranquillité.
2. **Indics** : abréviation pour « indicateurs », qui font partie généralement des milieux du banditisme et qui renseignent la police pour leurs enquêtes.
3. **Conjectures** : hypothèses.

haute densité, elle se contentait de filmer en continu ce qui se passait dans la pièce, sans le transmettre en direct au Central. Après la bataille, on l'avait retrouvée intacte. Elle avait enregistré leur ahurissante transformation. En quelques secondes, les gros bonshommes vêtus d'écarlate s'étaient métamorphosés en commandos vert-de-gris. Ils s'étaient barbouillés de sang puis allongés parmi les cadavres. Quand les membres de la seconde vague d'assaut avaient fait irruption dans la salle, les Delta 5 avaient profité de l'affolement général pour se fondre dans leurs rangs. Avant que quiconque fût en mesure de soupçonner la supercherie, ils s'étaient esquivés.

Chœlcher, arrêté la veille de l'opération, était mort sous la torture sans quasiment rien révéler. Son cœur était fragile et ses bourreaux trop appliqués. Il n'avait laissé aucun document susceptible d'expliquer comment il avait obtenu des spécimens aussi remarquables.

Bien que le document n'y fît aucune allusion, Dekcked comprit ce qui était véritablement en jeu. Il fallait empêcher les Delta 5 de nuire, certes. Il fallait surtout les récupérer afin d'en étudier l'ADN. Doter les Sections Spéciales d'individus de ce calibre[1] pouvait se révéler déterminant lors du prochain conflit délocalisé.

En un siècle, la carte géopolitique de la planète avait été radicalement bouleversée. Trois États-continents* de force sensiblement égale s'en partageaient les richesses : la Grande Europe, une mosaïque de pays sur lesquels le Président à vie avait la haute autorité, la Chinasie et les États-Unis d'Australamérique. La concurrence économique entre ces superpuissances était féroce et se résolvait en conflits plus ou moins avoués dans les États « neutres » d'Afrique et du Moyen-Orient : les guerres délocalisées. L'intérêt était triple : éviter la création d'un quatrième

1. **De ce calibre** : de cette envergure.

État-continent capable de concurrencer les trois premiers, piller allègrement les richesses minières, forestières et pétrolifères des nations en guerre et préserver les populations et les infrastructures des régions développées.

D'importantes victoires militaires refroidiraient les ardeurs de la Chinasie et des États-Unis. Elles permettraient en outre au Président à vie d'asseoir la prééminence de la Grande Europe sur les deux autres États-continents.

Dekcked parcourut les notes qu'il avait jetées sur son calepin. Même si Bérard lui avait ordonné de se concentrer sur la traque des Delta 5, le plus logique était de commencer par le meurtre de Buisson : les parumains avaient peut-être abandonné derrière eux des indices permettant de remonter jusqu'à leur repaire. Ensuite, il irait s'entretenir avec François Bacall, le biologiste qui avait découvert les menées de Chœlcher. Il pourrait certainement lui fournir des informations essentielles sur son ex-patron.

– En attendant, qu'est-ce que j'ai sur Buisson ?

Le flic ouvrit ses dossiers personnels et consulta la fiche qu'il avait constituée sur le ministre et sa famille. Il n'avait pas grand-chose. Déçu, il chercha parmi ses contacts qui pourrait le renseigner. Le nom de Sunny Dell[1] s'imposa aussitôt. De tous ses indics, il était le mieux informé sur le personnel politique. À cette heure, il traînait souvent dans un bar du coin. Dekcked lui envoya un mail prioritaire.

Vingt minutes plus tard, la silhouette de l'indic s'encadra à la porte de l'établissement. C'était un petit homme maigre, très élégant, aux cheveux noirs et aux yeux fuyants. Son oreille droite s'ornait d'un anneau ridiculement grand. Il serra la main du flic et s'assit en face de lui, le dos à la sécuricam.

– Salut, Alexis, on se souvient des vieux copains ?

---

1. Le nom de famille de ce personnage est une référence au constructeur américain d'ordinateurs, Dell.

– Comme au premier jour ! Tu es toujours aussi cher ?

– J'ai dû augmenter mes tarifs de manière substantielle !

Le nabot[1] ricana et tapota son front.

– On m'a greffé des implants mémoriels[2], histoire de stocker encore plus d'infos ! Je dois satisfaire une clientèle de plus en plus nombreuse. Les neurochirurgiens des enclaves sont pas donnés, tu peux me croire ! Maintenant, faut que j'amortisse mon investissement.

D'un mouvement de la tête, Dekcked désigna son perso.

– Tu vérifieras ton compte. Je viens d'y verser le double de ce que tu me demandes d'habitude. Ça suffira ?

– Ça suffira, répondit Sunny en posant les coudes sur la table. Qu'est-ce que tu veux savoir ?

Dekcked vérifia que la sécuricam n'était pas dirigée vers lui.

– Tout ce que tu connais sur la famille Buisson.

– Du beau linge[3] et de belles ordures, si tu veux mon avis.

– C'est justement pour ça que je t'ai demandé de passer. Vas-y, je t'écoute !

Sunny tripota l'anneau qui ornait son oreille. Dekcked supposa que c'était un commutateur[4] organique permettant d'activer sa mémoire artificielle, car aussitôt, les yeux de l'indic se figèrent et une fine taie[5] nacrée les recouvrit. Sa voix, quand il parla, avait une sonorité métallique.

– Déjà, je peux te dire que l'étoile de ces braves gens s'est mise à briller le jour de l'attentat contre le Président à vie, il y a quarante ans. Pourtant, ses auteurs avaient imaginé un plan théoriquement imparable : un des plus proches conseillers du

---

1. **Nabot** : homme de très petite taille (péjoratif).
2. **Implants mémoriels** : puces électroniques insérées dans le cerveau pour contenir des espaces mémoires dans lesquels on peut stocker des données et que l'on peut échanger entre implants mémoriels.
3. **Du beau linge** : des gens importants.
4. **Commutateur** : bouton d'activation.
5. **Taie** : pellicule opaque recouvrant la cornée de l'œil.

chef de l'État avait été éliminé puis remplacé par un parumain qui lui ressemblait comme un frère. Le parumain en question, bénéficiant de complicités à l'intérieur du palais, avait pu y introduire un pistolet laser de classe 3, utilisé dans les combats rapprochés. Le tueur a attendu une réunion du Conseil exécutif pour passer à l'action.

Dekcked hocha la tête, il connaissait l'anecdote dans ses grandes lignes.

– L'opération a bien failli réussir. Trois ministres et cinq conseillers spéciaux ont été abattus par le parumain. Les gardes du Président à vie sont parvenus à faire dévier *in extremis*[1] l'arme de l'assassin avant de l'éliminer. Par miracle, le Président à vie n'a pas été touché à la tête, comme prévu, mais au thorax. Il a survécu grâce à la célérité de son équipe médicale qui a procédé en urgence à une greffe intégrale – cœur, poumons, foie, pancréas, reins, estomac, intestins – couronnée de succès.

L'indic jeta un regard furtif dans la salle et ajouta dans un rire :

– L'histoire ne dit pas qui a été le donneur ni s'il a accepté de coopérer spontanément. En tout cas, il a pas eu droit à une statue… La répression a été sanglante. Les auteurs du putsch raté – ministres, militaires de haut rang, membres des Services Spéciaux, industriels et financiers – ont été identifiés et exécutés. Claude Buisson père, alors secrétaire d'État au ministère de la Sûreté intérieure, a profité de ces mesures d'épuration pour tisser sa toile. Cette fripouille a agi avec ardeur, efficacité, et s'est démenée pour accélérer la capture des coupables. Sans états d'âme. Sans se préoccuper surtout de la culpabilité avérée ou non de ceux dont il organisait l'arrestation. Le Président à vie voulait des responsables ? Il a trouvé des responsables ! En quantité. Et qui ont bien voulu avouer tout ce qu'on leur demandait d'avouer…

– Tu veux dire qu'on a supprimé des innocents ?

---

1. ***In extremis*** : expression latine signifiant « au dernier moment ».

– Personne n'était vraiment innocent dans cette affaire, mais, selon plusieurs types avec lesquels j'ai discuté, les gros lièvres[1] ont réussi à prendre le large. L'enquête officielle a démontré que le tueur sortait des cuves de Futurogène, principal concurrent de Génégène. Ses responsables ont été liquidés, sans que soit établi leur degré d'implication réel dans l'attentat, la compagnie a été dissoute et ses équipements ont été vendus à la concurrence. Cette élimination, disons… providentielle[2], a laissé le champ libre à Génégène et lui a permis d'assurer sa position de leader sur le marché des parumains. Quant au cours de ses actions, il a explosé. La famille Buisson, ayant judicieusement investi dans cette société quelques années plus tôt, a vu sa fortune s'accroître d'autant.

– On en revient toujours là, remarqua Dekcked.

Sunny caressa sa veste à l'emplacement de son portefeuille.

– Exact, fiston, le fric ! Le nerf de la guerre, comme on dit. Par la suite, Buisson père a effectué une brillantissime carrière dans les cabinets ministériels avant de succomber à une rupture d'anévrisme[3]. La nomination du fils au ministère du Bonheur obligatoire, voilà deux ans, a été interprétée comme la récompense de ces bons et loyaux services.

– Autre chose ?

Le visage de l'indic se ferma. Il baissa la voix et ajouta :

– Ouais. Il y a eu cette expérience pourrie, tu sais, le programme Delta 5. Impossible de savoir quoi que ce soit là-dessus. C'est complètement verrouillé. Au plus haut niveau, surtout du côté de la Sûreté intérieure. Les rares types qui ont fourré leur nez dans cette affaire ont été retrouvés dans un sale état. Et je te prie de me croire qu'ils ont mis des heures à mourir ! Ni la presse ni les autorités n'en ont parlé. Tout le monde n'y a pas perdu

1. **Gros lièvres** : par analogie avec l'animal, personnages importants qui se sont rapidement enfuis.
2. **Providentielle** : opportune, due à la chance.
3. **Rupture d'anévrisme** : hémorragie soudaine dans une artère du cerveau.

car l'opération a fait de Buisson une des premières fortunes du pays, d'autant qu'il a eu le nez de revendre une partie de ses actions juste avant la chute des cours liée à la réforme inopinée et inexpliquée des pères Noël. Encore et toujours le fric…

– Un sacré requin[1] ! conclut Dekcked en guise d'oraison funèbre[2]. C'est vraiment tout ce que tu as ?

Sunny effleura son anneau et la pellicule opaline[3] qui recouvrait ses yeux s'effaça.

– Ouais. Et si je peux te donner un conseil, méfie-toi de tout le monde et fais gaffe où tu mets les pattes ! Allez, bonheur à toi.

Il inclina la tête, se leva et disparut. Songeur, le flic rempocha son perso. Il fit glisser sa carte de crédit dans une rainure ménagée sur le côté de la table, régla l'addition et sortit après un dernier coup d'œil en direction de Majhina, occupée à rincer des verres derrière le comptoir. Elle croisa son regard et ses lèvres dessinèrent un *À ce soir* muet.

---

1. **Requin** : personne âpre à l'argent et impitoyable en affaires (métaphore).
2. **Oraison funèbre** : discours prononcé au moment de la mort de quelqu'un ; ici, à la mémoire de Claude Buisson, père.
3. **Opaline** : de couleur blanchâtre.

10

Il est coûteux et finalement sans intérêt pour un État de chercher à contrôler l'invraisemblable flux d'informations qui transitent via Internet. Laissons les agités, les naïfs et les ignorants se persuader que le lieu du pouvoir se trouve là. Ils y gaspilleront leur temps et leur énergie.

Discours d'ouverture aux assises de la Sûreté intérieure,
Maxime Bérard.

La morgue[1] où le cadavre de Buisson avait été déposé était située dans une annexe du principal hôpital de la Zone 2. Il n'aurait fallu qu'une demi-heure à Dekcked pour s'y rendre, mais, préférant procéder de manière plus anonyme, il retourna chercher sa voiture au ministère et regagna son appartement. Il envoya ensuite un message sécurisé au docteur Mattéo Lagazza qui exerçait dans le service de médecine légale[2]. Les deux hommes avaient souvent travaillé ensemble et s'étaient rendu de nombreux services au cours des années. Lagazza ne refuserait pas de le renseigner.

Une bonne heure s'écoula avant que le médecin le joigne.

Quand le visage de Lagazza s'afficha devant lui, le policier poussa un soupir de soulagement. L'image tremblotait légèrement et

1. **Morgue** : lieu où reposent les corps des morts avant une autopsie ou une inhumation.
2. **Service de médecine légale** : service médical chargé des autopsies.

l'icône d'un logiciel de cryptage clignotait dans l'angle supérieur gauche de l'écran. Lagazza n'avait pris aucun risque, leur conversation resterait strictement privée. Par mesure de précaution, Dekcked lança un second logiciel qu'il avait acheté à prix d'or dans une enclave. Il bloquerait toute tentative d'enregistrer leur communication si un hacker indélicat s'y essayait. N'importe qui pouvait casser un code, à condition de disposer de temps et du matériel approprié.

– Je sais pourquoi tu m'appelles ! affirma le médecin sans préambule. Pour Buisson. Je me trompe ?

– Pas du tout, Mattéo. Tu peux m'en dire quoi ?

– Théoriquement, rien, répondit le médecin. C'est la panique, ici. L'affaire est dans les mains de très très gros poissons[1] de la Sûreté intérieure. Ils viennent juste de partir d'ici et j'ai pour consigne de la fermer à quadruple tour.

– Et ils font quoi, tes très très gros poissons ?

Lagazza émit un ricanement.

– Ils n'ont pas envie de mordre… C'est comme si l'affaire ne les intéressait pas ou les dépassait carrément. J'ai bossé comme un malade cette nuit pour ratisser[2] le moindre indice. Tu penses, un ministre ! Il n'en arrive pas tous les quatre matins. Et Buisson en plus !

Il s'esclaffa :

– Bonheur à lui, comme on dit… Donc, je me suis ramené la bouche en cœur[3] avec mes conclusions, m'attendant à de chaudes félicitations. J'aurais mieux fait de bâcler le boulot et d'aller réveillonner avec ma femme et mes gosses ! On m'a expliqué qu'il s'agissait d'une affaire d'État. Pas de vagues, docteur ! Pas de bruit, pas de fuites. Ses exécuteurs sont connus, paraît-il. Bon allez, j'arrête là. Je t'en ai déjà trop dit.

---

1. **Gros poissons** : personnes très influentes (familier).
2. **Ratisser** : chercher de manière minutieuse.
3. **La bouche en cœur** : particulièrement satisfait.

– Tu peux en rajouter une couche, mon vieux ! Je suis chargé de rechercher ses assassins. Missionné par messire Bérard lui-même. Je passe au-dessus de tout le monde.

– Ouais… Eh bien, je peux t'assurer que j'ai ordre de ne communiquer ce que je sais à personne, pas même à Dieu le père. C'est justement ton pote Bérard qui a passé la consigne. Il est allé jusqu'à m'appeler en personne. Autant te dire que j'ai pété le garde-à-vous !

Dekcked secoua la tête.

– Si je comprends bien, tu me lâches…

Le médecin hésita.

– Écoute, Alexis, tu me mets dans une situation pas tenable. C'est mon boulot que je risque et…

– Personne ne saura ce que tu me racontes, on est cryptés ! Dès que j'ai raccroché, tu m'oublies.

– Difficile… Comme je te connais, dans deux jours, tu vas encore avoir besoin de moi.

Lagazza soupira bruyamment.

– Bon, tu veux savoir quoi ?

– D'abord, de quelle manière Buisson a été tué.

Relevant la main, le médecin fit le geste de pointer une arme vers son interlocuteur.

– Laser de classe 3, vraisemblablement. Un seul coup en pleine poitrine. Mort instantanée : la plupart des organes vitaux ont été… disons caramélisés ! Heure probable du décès : minuit et demi. Son chauffeur a eu la nuque brisée par quelqu'un d'une très grande force physique. Si j'osais, je dirais un parumain de combat, vu l'état des vertèbres… Proprement pulvérisées ! Lui, on l'a tué deux heures plus tôt. Pas de traces de drogues ou de produits suspects dans le sang des victimes. Un banal assassinat, quoi. J'en vois des tas du même genre à longueur d'année, sauf que mes clients n'ont pas l'honneur d'être des ministres d'État.

– On sait où Buisson a été tué ?

– Les cadavres étaient dévêtus. Leur assassin les a légèrement grillés en surface à l'aide d'une décharge de faible puissance pour faire disparaître d'éventuels indices permettant de remonter au lieu du crime.

– Donc on ne sait rien ?

– Si ! triompha Lagazza. Et je n'en suis pas peu fier !

Dekcked se redressa sur son siège.

– Raconte…

– Déjà, Buisson n'a pas été exécuté dans sa voiture ou dans un lieu clos mais à l'air libre. Un technicien de notre labo a mis au point un dispositif pour analyser les gaz contenus dans les poumons au moment de la mort, fiable à cent pour cent. Comme son chauffeur, notre ministre a été malmené par quelqu'un d'une force peu commune. J'ai relevé de nombreuses ecchymoses[1] et des microlésions sur ses bras et ses épaules, correspondant à la marque de doigts très puissants. Avant de l'abattre, on lui a brisé la pommette gauche d'un coup de poing, sans doute pour qu'il se tienne tranquille. Le choc a dû lui faire perdre connaissance. Quand il est tombé, un de ses ongles a accroché un fragment de terre microscopique, invisible à l'œil nu. Son meurtrier a commis l'erreur de ne pas nettoyer ses mains. Résultat, mon échantillon est resté bien en place. Quand j'ai examiné ses doigts à la loupe binoculaire, je l'ai trouvé !

– Le labo l'a analysé, je suppose ?

– Évidemment. Tu sais qu'on a effectué des milliers de prélèvements un peu partout dans Felicidad pour constituer une banque de données. On est capable d'identifier la provenance de quasiment n'importe quel échantillon de terrain. J'ai introduit les résultats de l'analyse dans le logiciel de recherche et il a repéré sur la carte de Felicidad l'endroit où a été exécuté Buisson.

– Il existe une marge d'erreur ?

– Pour ainsi dire aucune.

1. **Ecchymoses** : hématomes, bleus.

– Les très très gros poissons sont au courant ?

– Tout est dans le cube-mémoire que je leur ai remis. Mais je peux te dire qu'ils ne l'ont pas lu. Ils l'ont glissé dans un étui qu'ils ont scellé, m'ont ordonné d'effacer sur-le-champ l'original de mon disque dur et se sont contentés d'affirmer qu'ils le transmettraient à leurs supérieurs. Si tu veux mon avis, ce rapport va être définitivement enterré par Bérard. D'ailleurs, je viens de recevoir une convocation du ministère. Tu as eu du pot de me trouver, je pars dans dix minutes. À tous les coups, on va me conseiller de devenir amnésique[1] et muet. Ce ne sera pas la première fois…

Dekcked se pencha vers l'écran.

– Mattéo, s'il te plaît, envoie-moi un double de ta carte. Il faut que j'aille examiner l'endroit où Buisson est mort.

– Pas prudent ! Tes collègues doivent déjà être sur place.

– T'inquiète, je serai discret.

– Et les sécuricams ?

– Il n'y a aucune raison pour qu'ils lancent une recherche sur moi.

Lagazza hésita puis marmonna une commande. L'icône d'un dossier s'incrusta dans un coin de l'écran.

– T'es un frère ! jubila Dekcked.

– Ouais, tu m'as déjà dit ça souvent. J'espère que je n'aurai pas à le regretter…

---

1. **Amnésique** : qui souffre d'amnésie, qui perd la mémoire.

11

On ne peut expulser des Zones populaires les familles de Citoyens incapables d'obtenir par leur mérite et leur travail un revenu décent. Les enclaves, surpeuplées, atteindraient rapidement une masse critique qui les conduirait inexorablement[1] à l'explosion.
Il est beaucoup plus rationnel d'assister financièrement une partie de la population des Zones, de manière à maintenir la paix sociale[2].
Ajoutez à cela qu'il ne s'agit nullement d'un placement à perte puisque ces allocations[3] sont immédiatement réinjectées dans le circuit économique et soutiennent la consommation.

Principes pour un gouvernement éclairé,
Alastair Mac Dowell, Éditions des GMR.

Quelques flocons solitaires se posèrent mollement sur le pare-brise avant d'être balayés par une rafale de vent. Dekcked coupa le moteur et sortit de sa voiture. Il s'était garé dans une rue bordée d'immeubles tristes et gris, comme écrasés par le ciel bas.

C'était un de ces quartiers où vivaient les plus modestes des Citoyens, ceux qui tiraient leurs revenus d'emplois temporaires et des allocations présidentielles. Le Bonheur obligatoire n'était ici qu'une rumeur assourdie, presque irréelle, un spectacle sirupeux[4]

---

1. **Inexorablement** : inévitablement.
2. **Maintenir la paix sociale** : contrôler la contestation des citoyens pour éviter l'agitation sociale.
3. **Allocations** : aides financières versées par les pouvoirs publics.
4. **Sirupeux** : mièvre.

et lénifiant dont on entrevoyait le reflet à travers les écrans de télévision et les attractions des parcs de loisirs.

Dekcked croisa un groupe d'adolescents qui le dévisagèrent avec agressivité. L'un d'eux s'approcha de sa voiture et recula en remarquant le macaron[1] du ministère placé en évidence sur la vitre avant. Le flic savait qu'ils y réfléchiraient à deux fois avant d'essayer de la fracturer. La Sûreté intérieure avait la réputation d'être impitoyable avec ceux qui s'attaquaient à ses hommes ou à ses biens.

Il hâta le pas et parcourut à pied les quelques centaines de mètres qui le séparaient de sa destination : un terrain vague en bordure d'une enclave. Les enclaves étaient généralement séparées des zones urbaines de Felicidad par des étendues en friche[2] qui servaient d'espaces tampons et permettaient, le cas échéant, d'y masser des troupes armées. À une dizaine de reprises, au cours des trente dernières années, des groupes d'enclavés avaient tenté de se révolter et de franchir les barrières de leur prison. Ces insurrections[3] s'étaient terminées dans un bain de sang.

L'endroit est décidément parfait pour un assassinat ! songea le lieutenant. La nuit, personne ne se serait risqué à traîner dans le coin. D'ailleurs, nulle part il n'avait aperçu de sécuricams. À Felicidad, comme ailleurs, la sécurité restait l'apanage[4] des privilégiés.

Dekcked inspecta les alentours en se servant du zoom de son perso comme de jumelles, s'attendant à repérer les véhicules de ses collègues. Les lieux étaient déserts. Il n'aperçut pas davantage les rubans jaune et noir utilisés par la Sûreté intérieure pour délimiter les périmètres de sécurité interdits au public. Aucun flic n'avait été dépêché sur place par sa hiérarchie, en dépit d'un rapport qui localisait formellement l'endroit où un ministre en exercice avait été assassiné !

---

1. **Macaron** : insigne officiel que l'on appose sur le pare-brise d'une voiture (familier).
2. **En friche** : laissées à l'abandon, sans cultures ni constructions.
3. **Insurrections** : révoltes.
4. **Apanage** : exclusivité.

Abasourdi[1], il reprit sa marche. Normalement, le coin aurait dû grouiller de techniciens occupés à ratisser le moindre millimètre de terrain. Pourquoi Bérard n'avait-il pas cru bon de mobiliser une équipe de l'identité judiciaire ?

Mystère.

La route goudronnée devint un mauvais chemin creusé d'ornières[2]. Dekcked aperçut, imprimées sur la neige, les empreintes abandonnées par les pneus d'une voiture. Il les photographia à l'aide de son perso. Autour de lui, des flocons tourbillonnaient, semblables à d'énormes pétales de cerisier.

– Si ça se met à tomber, marmonna-t-il, dans une heure il ne reste plus une trace exploitable !

Prenant garde à ne pas souiller la scène du crime, il recula de quelques mètres et observa soigneusement la neige piétinée afin de reconstituer l'enchaînement des événements. Il acquit rapidement la certitude que trois personnes s'étaient déplacées là. L'un des individus s'était éloigné d'une dizaine de mètres puis avait fait du surplace avant de retourner vers la voiture. Les choses étaient plus confuses concernant les deux autres. Bientôt, Dekcked n'eut plus de doute sur la manière dont les faits s'étaient déroulés. Il suivit la deuxième série d'empreintes, beaucoup moins nettes. La neige avait été projetée de tous côtés, témoignant d'une lutte. Buisson avait tenté de résister, mais son adversaire était trop fort pour lui. Quelques pas encore et le lieutenant trouva la dépression qu'avait formée son corps en tombant. Il se pencha et cueillit des brins d'herbe calcinés.

Dekcked retourna vers les empreintes solitaires. Elles étaient beaucoup plus étroites que celles du Delta 5 qui avait entraîné Buisson. Pourquoi celui-là s'était-il éloigné ? Pour ne pas assister à la mise à mort du ministre ? Dekcked s'accroupit pour photographier le dessin des chaussures dans la neige. Il était sur le

1. **Abasourdi** : stupéfait.
2. **Ornières** : trous dans le sol.

point de se redresser quand son œil enregistra une tache de couleur bleue.

Le lieutenant s'agenouilla et, s'aidant d'une brindille, dégagea un minuscule objet octogonal incrusté dans la neige. Il l'identifia sur-le-champ : un comprimé de Neurodyne ! Très excité, il fouilla dans une de ses poches et en tira un sachet de plastique transparent ainsi qu'une pince à épiler. Il saisit le cachet, souffla délicatement pour le débarrasser des minuscules parcelles de neige qui le constellaient et le fit glisser dans l'étui. Dekcked se redressa, son étrange butin à la main. Jamais il n'avait entendu dire que les parumains consommaient des neurostimulants !

Dekcked remonta son col, fourra ses mains dans les poches et s'éloigna à grands pas. Une lumière livide baignait le terrain vague et les immeubles. L'air glacial était immobile, comme en attente de quelque chose. Soudain, il s'emplit d'un frissonnement soyeux et un rideau de flocons blancs commença à tomber, effaçant les formes, saupoudrant le paysage d'une poussière de glace. Dekcked, émerveillé, n'entendait plus, dans le grand silence qui l'entourait, que ce froissement vague et flottant auquel faisait écho le craquement étouffé de ses pieds foulant la neige.

Quand il eut retrouvé l'abri de sa voiture, le flic s'installa sur le siège du conducteur, poussa le chauffage au maximum et réfléchit. Pourquoi les Delta 5 s'étaient-ils attaqués à Buisson ? Pour faire une démonstration de force ? Possible… Parce qu'il était un des principaux actionnaires de Génégène et à ce titre une sorte d'exploiteur en chef ? Ça se tenait aussi.

Avaient-ils intercepté le ministre sur la route qui le ramenait chez lui ? Peut-être l'un des Delta 5 avait-il plus simplement éliminé son chauffeur dont il avait imité l'apparence. Une fois le cadavre dissimulé dans le coffre, il avait joué son rôle comme si de rien n'était puis avait conduit Buisson ici. Un complice les attendait. Ensuite, pour des raisons qui lui échappaient encore, ils avaient tué le ministre.

Dekcked plongea sa main dans la poche de son manteau. Il fit danser le sachet devant ses yeux. Dans la pénombre, le comprimé paraissait noir. Est-ce qu'il provenait d'une des poches de Buisson ? Peu probable : il ne l'avait pas trouvé à l'endroit où le ministre avait été exécuté. Qui plus est, le toubib n'avait relevé aucune trace de drogue dans son sang.

– Bon, on verra ça plus tard !

Dekcked ouvrit sa boîte à gants, y fourra le sachet puis attrapa son perso et le brancha.

– Résumons ! dit-il à voix haute. Si ce n'est pas un Delta 5 qui a laissé tomber cette saloperie, c'est que des humains pur jus essaient de coller cet assassinat sur le dos des Delta 5. Qui ? Je finirai bien par le savoir. En attendant, passons à la suite des opérations !

Il se connecta sur un service d'annuaire en ligne et tapa le nom et le prénom du chercheur qui avait dénoncé Chœlcher. En quelques secondes, il obtint son adresse et son numéro de téléphone : François Bacall, 7765, avenue des Passereaux, Zone 17.

On était le 25 décembre. Il était peu probable que Bacall soit en train de travailler dans son laboratoire. Dekcked décida d'aller lui rendre visite chez lui sans s'annoncer. L'effet de surprise était toujours déterminant quand on désirait interroger quelqu'un.

Utilisant un port infrarouge[1], Alexis raccorda son perso à l'ordinateur de bord. Celui-ci calcula immédiatement l'itinéraire le plus rapide pour se rendre chez le biologiste. La circulation était fluide et, malgré la neige, une heure suffirait à Dekcked pour atteindre sa destination.

Dessinant un ovale aux lignes mal définies, Felicidad s'étendait sur environ deux cents kilomètres de long et soixante-dix kilomètres de large. La capitale avait progressivement absorbé toutes les agglomérations avoisinantes pour former une monstrueuse

1. **Port infrarouge** : dispositif permettant de connecter sans fil, par signal infrarouge, un appareil à un autre, ici le perso à un ordinateur de bord.

mégalopole parcourue par un imposant réseau d'autoroutes. Elle était divisée en quatre-vingt-dix-huit Zones de tailles plus ou moins équivalentes. Chacune d'entre elles disposait d'une relative autonomie administrative et ses habitants appartenaient généralement au même milieu social. Ainsi, les Zones 1, 2 et 3 abritaient le palais présidentiel, la totalité des ministères et la frange la plus aisée des Citoyens. À la différence des autres Zones, elles ne comportaient aucun quartier populaire.

Comme ses revenus le lui permettaient, Bacall vivait dans un secteur protégé, ce qui n'était évidemment pas le cas de la majorité des individus. Pour ne rien dire de ceux des enclaves.

Voilà bien longtemps que l'État avait choisi de se désengager d'immenses territoires qui, de ce fait, échappaient à son autorité. Là venaient s'entasser les classes les plus misérables de la société – chômeurs, immigrés clandestins, délinquants, repris de justice, sans-abri, toxicomanes, handicapés, malades mentaux – tous ceux que le train du Bonheur obligatoire avait oubliés en route. Gouvernées par des mafias[1] et des clans qui traitaient d'égal à égal avec les représentants du gouvernement, les enclaves avaient développé une économie parallèle qui brassait des sommes faramineuses[2]. Chaque camp en retirait de précieux avantages. Bien entendu, nul n'ignorait que les enclaves s'apparentaient à des Cocotte-Minute sur le point d'exploser. Seule la loi féroce des tyrans qui les tenaient sous leur coupe y maintenait un semblant de calme. Personne n'aurait cherché à s'en plaindre, la haute hiérarchie de la Sûreté intérieure au premier chef.

Le reste de la population, en fonction de ses moyens financiers, vivait dans des espaces plus ou moins sécurisés. Cela allait de la milice citoyenne[3], qui patrouillait nuit et jour dans les rues, aux

1. **Mafias** : réseaux criminels secrets et très puissants, recourant à la violence pour infiltrer la société et les institutions dans le but de s'enrichir.
2. **Faramineuses** : énormes (familier).
3. **Milice citoyenne** : troupe de sécurité composée de citoyens.

quartiers clos de hauts murs, équipés de miradors[1] et de systèmes de protection électroniques.

Dekcked se gara devant la demeure de Bacall. Elle était identique à toutes celles de la rue : un pavillon sans originalité, blanc cassé, aux lignes raides et symétriques. Mais pour l'heure, la neige qui recouvrait le toit et les rebords des fenêtres en adoucissait les formes. À mi-hauteur des lampadaires, les témoins des sécuricams clignotaient. Le lieutenant sonna. Comme personne ne répondait, il insista. Une voix féminine jaillit enfin du vidéophone. L'écran était aveugle, mais Dekcked savait que son image s'affichait quelque part à l'intérieur de la maison.

– Oui, c'est pour quoi ?

L'intonation n'était guère chaleureuse.

– Bonheur à vous, madame. Lieutenant Dekcked. Je suis officier de la Sûreté intérieure et j'aimerais parler à votre mari.

Un silence. Il crut qu'elle avait mal entendu et allait répéter sa phrase quand son interlocutrice demanda :

– Pourriez-vous placer votre carte devant l'objectif de la caméra, je vous prie ?

Il s'exécuta.

Quelques secondes s'écoulèrent et la porte s'ouvrit. Sur le seuil se trouvait une femme d'une trentaine d'années, brune, assez jolie en dépit de ses joues creuses et de ses yeux cernés.

– À quel jeu jouez-vous, lieutenant Dekcked ? interrogea-t-elle sur un ton amer.

Et comme il s'embrouillait dans une réponse confuse, elle précisa :

– Mon mari est mort voilà six mois. Vos collègues ne vous en ont-ils pas informé ?

1. **Miradors** : tours de surveillance.

12

La sécurité est, certes, un droit. On oublie cependant qu'elle se construit, se mérite, se conquiert, à l'instar de la richesse et du bonheur.
Les trois vont d'ailleurs de pair et doivent conduire nos concitoyens à s'interroger : ceux qui n'en bénéficient pas sont-ils dignes de l'existence que l'État leur garantit ?

Vers une société parfaite,
Adam Lefèvre, Éditions des GMR.

– Non. Je suis sincèrement désolé, bredouilla le policier.

Mme Bacall ne bougeait pas. Son visage était atrocement pâle et un tic nerveux contractait le coin de sa bouche. Il émanait d'elle une légère odeur d'alcool. Alexis craignit qu'elle ne fonde en larmes, mais elle parvint à se reprendre, croisa les bras et dit :

– Entrez et expliquez-moi pourquoi vous êtes ici.

La jeune femme le conduisit dans un salon aux murs et aux meubles clairs. Un téléviseur, son coupé, était allumé. Mme Bacall lui indiqua le canapé. Elle-même s'assit dans un fauteuil. La seule tache de couleur provenait d'un vase empli de fleurs jaunes et bleues, posé sur une table basse. Elles répandaient un parfum fade, un peu désagréable.

L'ensemble était impersonnel, comme la plupart des intérieurs que Dekcked avait eu l'occasion de visiter, et véhiculait l'image du bon goût tel qu'on le voyait représenté dans les catalogues habitat des Grands Magasins Réunis. Aucun détail ne révélait la présence d'un enfant dans cet univers trop bien ordonné. Les Bacall, comme beaucoup de Citoyens, étaient sans descendance.

– Je vous écoute, lieutenant.

– Pardonnez-moi si cette question réveille en vous de douloureux souvenirs, mais pourriez-vous simplement m'indiquer dans quelles circonstances votre époux a trouvé la mort ?

Mme Bacall déglutit et ses yeux se posèrent sur le bouquet de fleurs.

– Un accident sur l'autoroute. François a perdu le contrôle de son véhicule. Il a heurté la rambarde de sécurité. La voiture a fait un tonneau et un camion qui la suivait l'a broyée. Mon mari a été tué sur le coup.

Ses traits étaient inexpressifs, mais Dekcked devina qu'elle luttait de toutes ses forces pour ne pas pleurer.

– Pourquoi êtes-vous ici, monsieur Dekcked ? demanda-t-elle d'une voix blanche. Pourquoi si tard après la disparition de François ?

– Je mène une enquête partiellement liée aux recherches que votre mari effectuait chez Génégène. Pouvez-vous m'apporter des informations sur ce point ?

La jeune femme eut un geste désolé.

– Non. François était lié par le secret professionnel. Il évitait avec moi les conversations relatives à ses activités. De toute façon, je ne suis pas scientifique de formation et ses travaux me passaient largement au-dessus de la tête.

– Pouvez-vous cependant m'indiquer quel était son domaine de recherche ?

– D'après ce que j'en comprenais, il travaillait sur les biocontrôles, ces dispositifs qui régulent l'humeur et la volonté des parumains.

– Ceux qui permettent de les rendre obéissants, en quelque sorte ?

– Oui, ça doit être ça. Excusez-moi.

Elle se leva et disparut par une porte. Dekcked reconnut le bruit d'un placard que l'on ouvre. Quand elle revint, elle tenait une bouteille et deux verres dans les mains.

– Je manque à tous mes devoirs ! plaisanta-t-elle. À moins que vous ne consommiez pas d'alcool pendant votre service…

Sans attendre sa réponse, elle lui servit un whisky, s'en versa un et lui fit signe de boire. Dekcked trempa ses lèvres dans le liquide ambré et demanda :

– Votre mari était-il différent, les semaines précédant sa mort ? Se montrait-il agité ou inquiet ?

Mme Bacall inclina la tête.

– Il avait changé, effectivement. Je le sentais préoccupé, mais quand je l'interrogeais, François prétextait de simples accès de fatigue.

– Connaissiez-vous un de ses collègues nommé Julien Chœlcher ?

– Oui, bien sûr. C'était le directeur du projet auquel collaborait François. Je l'ai rencontré à plusieurs reprises, lors de réceptions officielles. Mon mari l'appréciait énormément. Il le trouvait remarquablement brillant, pour ne pas dire génial. J'ai été surprise que M. Chœlcher ne me contacte pas après l'accident. Je m'attendais au moins à des condoléances[1]…

Une fugace expression d'amertume anima son visage et elle avala une gorgée de whisky.

Dekcked constata sans surprise qu'elle ignorait la mort de Chœlcher. François Bacall avait parfaitement compartimenté sa vie, et le témoignage de sa femme ne serait hélas d'aucune utilité à personne.

– J'imagine que si vous me demandez cela, c'est qu'il s'est posé un problème chez Génégène, reprit Mme Bacall. Je n'ai jamais compris pourquoi le projet sur lequel François travaillait a été interrompu. Croyez-vous que mon mari ait pu être assassiné pour un motif quelconque ?

– Sincèrement, mentit Dekcked, je n'en crois rien. Je venais le voir pour qu'il me parle de Chœlcher.

---

1. **Condoléances** : témoignages de sympathie adressés à la famille d'une personne qui vient de mourir.

– Il a des problèmes ?

– Je regrette de ne pouvoir vous répondre, madame Bacall. Il s'agit d'une affaire délicate.

La jeune femme le fixait avec intensité. Dekcked ne parvint pas à soutenir son regard.

– Je suppose que je devrais dire : « Je comprends. » Ça s'appelle la raison d'État, n'est-ce pas ?

Le policier opina, confus.

– Le nom de Claude Buisson est-il venu dans la bouche de votre mari, à une occasion ou une autre ?

– Oui, assez souvent. Je sais qu'il était très impliqué dans le projet Delta 5 et qu'il lui arrivait de passer au laboratoire où travaillait François. Mon mari n'en était pas peu fier.

Sa voix se brisa.

Elle serrait son verre si fort que ses phalanges devinrent livides. Puis elle inspira profondément et le vida d'un trait. Dekcked tenta une dernière question :

– Votre mari avait-il reçu des appels particuliers ? Des visites inhabituelles ?

Mme Bacall réfléchit et secoua la tête.

– Non. Enfin, si. Quelques semaines avant la mort de François, je revenais à pied à la maison quand j'ai vu un homme sortir de chez nous. Grand, très élégant, la chevelure argentée. J'ai pensé que c'était un collègue de mon mari. Il est monté dans une voiture et il a démarré au moment où je traversais la rue. Je ne pense pas qu'il m'ait remarquée quand je suis passée à sa hauteur, car il avait l'air perdu dans ses pensées. Quand j'ai demandé à François qui était son visiteur, il a paru très ennuyé et a éludé[1] ma question.

– Vous ne connaissez pas son nom ? Il n'avait pas de signe particulier ? Rien qui puisse me permettre de l'identifier ?

1. **A éludé** : a esquivé.

– Si, reconnut la jeune femme après un instant de réflexion. Il avait une fine cicatrice sur la pommette droite.

Elle hésita puis ajouta :

– C'est idiot, mais je me suis souvent dit que s'il m'avait vue, le jour où j'ai surpris sa présence chez nous, je ne serais plus de ce monde…

Dekcked conduisait mécaniquement, malgré la densité du trafic. Depuis une bonne heure, il tournait et retournait dans son esprit les informations qu'il avait collectées. Pourquoi le décès de Bacall n'était-il pas signalé dans le dossier qu'on lui avait remis ? Bien sûr, il paraissait lié à des causes accidentelles, mais il pouvait tout aussi bien s'agir d'un crime maquillé. Même si elle ne l'avait pas formulé clairement, sa femme en semblait persuadée. Dans cette hypothèse, qui l'avait éliminé ? Les Delta 5, parce qu'il avait dénoncé Chœlcher et provoqué l'échec de son projet dément ? Des membres du gouvernement ? Mais alors, pour quelle raison puisque c'était grâce à lui que le pire avait été évité ? Enfin, comment se faisait-il qu'Arouet connaisse le chercheur et pourquoi l'avait-il rencontré à son domicile ?

Le témoignage de Mme Bacall ouvrait des perspectives imprévues, même si le principal témoin avait disparu.

Le policier jeta un coup d'œil à l'horloge du tableau de bord : elle indiquait treize heures trente et son estomac criait famine. Les croissants que lui avait apportés Majhina étaient lointains et l'alcool qu'il avait absorbé lui faisait légèrement tourner la tête. Un solide déjeuner serait le bienvenu. Auparavant, il décida de contacter Lagazza car une question le tenaillait : les parumains étaient-ils susceptibles de consommer des neurostimulants ? Le perso du médecin ne répondit pas. Dekcked, ne souhaitant pas lui laisser de message, appela le service de médecine légale. Le visage de la secrétaire s'afficha sur son écran.

– Bonheur à toi, Franny ! Mattéo est-il dans le coin ? Je voudrais lui demander un renseignement.

La jeune femme était très pâle. Elle balbutia :

– Je suis désolé, lieutenant Dekcked, le docteur Lagazza a été victime d'un accident de la route, il y a trois heures à peine. Il se rendait au ministère de la Sûreté intérieure.

– Bon sang ! C'est grave ?

La secrétaire éclata en sanglots.

– Il a été tué sur le coup.

Arrêt sur lecture 1

Un quiz pour commencer

Cochez les bonnes réponses.

1 *Quand l'histoire commence-t-elle ?*

- ❒ Au mois de mai.
- ❒ La nuit du réveillon de Noël.
- ❒ En été.

2 *Que désigne le nom « Felicidad » ?*

- ❒ Une marque de produits de beauté.
- ❒ La capitale fédérale de la Grande Europe.
- ❒ Le nom d'un personnage.

3 *Qui gouverne la Grande Europe ?*

- ❒ Un roi.
- ❒ Un président élu tous les cinq ans.
- ❒ Un président à vie.

4 *Quel nom portent les créatures artificielles dans le roman ?*

- ❒ Des robots.
- ❒ Des parumains.
- ❒ Des automates.

5 *Dans quel domaine travaille Julien Chœlcher ?*

- ❒ L'armée.
- ❒ La recherche scientifique en génétique.
- ❒ Le commerce.

6 *Quelle révélation est faite aux ministres convoqués au palais présidentiel ?*

- ❒ Un remaniement ministériel va avoir lieu.
- ❒ Trois dangereux parumains de type Delta 5 sont en fuite.
- ❒ Les caméras de surveillance de Felicidad sont en panne.

7 *À qui l'enquête va-t-elle être confiée ?*

- ❒ Maxime Bérard.
- ❒ Sunny Dell.
- ❒ Alexis Dekcked.

8 *Quel personnage est assassiné en présence d'Arouet ?*

- ❒ Maxime Bérard.
- ❒ Claude Buisson.
- ❒ Le Général Ramos.

9 *Qui est invité à dîner par le détective ?*

- ❒ Mattéo Lagazza, le médecin légiste.
- ❒ Majhina, la serveuse parumaine du Calice.
- ❒ François Bacall, le collègue de Julien Chœlcher.

Des questions pour aller plus loin

→ *Découvrir une dystopie policière*

Une plongée dans une société parfaite inquiétante

1 **a.** Relisez le premier paragraphe du roman, pages 11 et 12. Par quel procédé le lecteur est-il plongé dans l'action ?

b. Langue Identifiez le temps employé dans ce paragraphe. Quelle est sa valeur ?

2 **a.** Relevez tout ce que le lecteur découvre du palais présidentiel dans le premier chapitre. Quelle atmosphère s'en dégage ?

b. Comparez votre réponse aux trois épigraphes qui ouvrent le premier chapitre : quelles contradictions observez-vous entre cette atmosphère et les définitions extraites du *Dictionnaire de la langue officielle* ?

3 **a.** Quelle est la formule de salut utilisée à Felicidad ?

b. Comment s'appelle le ministère que dirige Claude Buisson ? Pourquoi ce nom est-il paradoxal ?

4 Faites la liste des éléments technologiques qui montrent que le monde décrit se situe dans le futur. Quelle image de la société cela donne-t-il ?

5 Quelle est la fonction des parumains dans le monde de *Felicidad* ? Pour justifier votre réponse, donnez quatre exemples de domaines dans lesquels ils sont utilisés.

Un complot politique

6 Retrouvez le nom des personnalités réunies autour du Président à vie pour le Conseil extraordinaire.

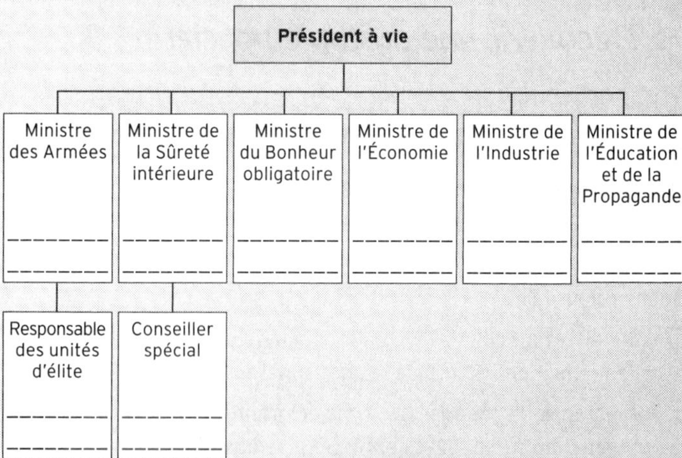

7 a. Langue Quel temps de l'indicatif domine pages 20 à 24 ? Comment expliquez-vous ce changement et quel est l'effet produit ?
b. Comment le Delta 5 se fait-il reconnaître (p. 23) ? Pourquoi sa présence surprend-elle les ministres réunis ?

8 a. Quel est le lien entre Claude Buisson et les Delta 5 ?
b. Étudiez l'évolution des émotions et les sentiments de Claude Buisson aux chapitres 1 à 5 en relevant, dans le tableau suivant, les mots et les expressions qui les désignent. Pour quelle raison le personnage prend-il peur progressivement ?

L'irritation	
L'étonnement	
La consternation	
Les manifestations physiques de la peur	

9 **a.** Dans quelles circonstances Buisson est-il assassiné au chapitre 6 ? Comment la scène de l'assassinat (p. 47-48), est-elle rendue particulièrement violente ?
b. Qui est le commanditaire de cet assassinat ? Justifiez votre réponse avec des indices précis.

La mise en place d'une enquête

10 **a.** À quel chapitre le détective entre-t-il en scène ? Comment cet effet d'attente a-t-il été ménagé pour le lecteur ?
b. Relevez toutes les informations données sur Alexis Dekcked aux chapitres 4 et 7 : pourquoi est-ce un personnage aux qualités exceptionnelles ?

11 Quelle est la mission exacte qui a été confiée au détective ? Résumez-la en complétant le schéma suivant.

Pourquoi est-ce une affaire d'État ?

____

____

Objectif de l'enquête

____

____

____

____

____

Personnages impliqués

____

____

____

12 **a.** Reconstituez la démarche d'enquête d'Alexis Dekcked des chapitres 7 à 12. Quels sont les trois axes de sa méthode ?
b. Quelle piste décide-t-il de suivre, qui montre son indépendance d'esprit ? Quel indice matériel relève-t-il sur la scène du crime ?

Zoom sur la création des parumains (p. 60 à 63, l. 92 à 170)

13 Langue Cherchez le sens du préfixe « par(a) » en vous appuyant sur l'épigraphe du chapitre 3 (p. 25) : pourquoi les créatures artificielles sont-elles appelées « parumains » ?

14 **a.** Quelle technique scientifique est à l'origine de la création des parumains ? Justifiez votre réponse en listant les différentes étapes de fabrication des parumains.
b. Comment est construit le nom de l'entreprise à l'origine des parumains ? Qu'indique ce nom propre sur l'orientation scientifique du monde de Felicidad ?

15 Comment les parumains sont-ils contrôlés et considérés, d'après les pages 62-63 ? Quelle image de la société de Felicidad cela donne-t-il ?

✔ *Rappelez-vous !*

- **La science-fiction** est un **genre littéraire de l'imaginaire** qui présente des **mondes futurs** où les **progrès scientifiques et technologiques** y ont une place de choix.
- **Le roman d'anticipation** est un sous-genre de la science-fiction : il propose une réflexion sur l'évolution possible de nos sociétés humaines. Il peut prendre la forme de **la dystopie** (du grec *dys*, « mauvais, difficile », et *topos*, « lieu »), récit décrivant **un univers qui, sous l'apparence d'un monde parfait,** s'avère être **menaçant et inquiétant**.

De la lecture à l'expression orale et écrite

Des mots pour mieux s'exprimer

1 ***Identifiez le point commun entre les mots de la liste suivante.***

anxiogène — engendrer — génération

générer — genèse — génétique — indigène

2 ***Dans les listes de mots suivants, retrouvez les néologismes créés par Jean Molla.***

Liste A	Un ordinateur	Un perso	Une tablette	Un agenda
Liste B	Une clé USB	Un disque dur	Un cube-mémoire	Un enregistreur
Liste C	Une caméra de surveillance	Un drone	Une sécuricam	Un bracelet électronique

3 ***Classez les mots suivants selon leur champ lexical.***

acheter — citoyen — combat — contrôler

garde du corps — marketing — ministre — présider — publicité

La parole est à vous

4 ***Imaginez le coup de téléphone d'Alexis Dekcked à Sunny Dell, après avoir appris la mort inattendue de Mattéo Lagazza (p. 94) et mettez-le en scène.***

Consignes. Listez au brouillon les hypothèses du détective concernant le décès du médecin légiste, qu'il partagera avec son interlocuteur. Le coup de téléphone témoignera des émotions que ce décès provoque chez le détective.

5 ***Préparez un exposé pour mettre en relation le monde présenté dans*** **Felicidad** ***et notre monde d'aujourd'hui.***

Consignes. Documentez-vous sur des sites Internet sur les thèmes de la surveillance électronique, les manipulations génétiques, la mode « connectée », les objets « intelligents ». Choisissez un exemple par thématique en lien avec le monde de *Felicidad* pour montrer en quoi le récit tend à nous faire réfléchir sur notre monde contemporain.

À vous d'écrire

6 ***Imaginez le portrait physique d'Alexis Dekcked.***

Consignes. Listez les éléments de description que vous souhaitez évoquer (allure générale, caractéristiques physiques, expressions du visage, vêtements, etc.), puis choisissez l'ordre de votre description. Vous vous demanderez dans quel chapitre, compris entre le 7 et le 12, il serait opportun d'insérer ce portrait.

7 ***Inventez le dialogue entre Maxime Bérard et son conseiller spécial Arouet, au cours duquel ils se mettent d'accord sur la manière de présenter la mission à Dekcked.***

Consignes. Au brouillon, vous dresserez la liste des faits avérés et des faits cachés au détective par ces personnages. Votre dialogue mettra en lumière les manigances du ministre de la Sûreté intérieure. Vous insérerez ce dialogue après un paragraphe du récit qui situera la scène.

Du texte à l'image

Histoire des arts

➡ **Photographie en couverture.**

- Affiche du film *Blade Runner. The Final Cut* de Ridley Scott, 2007.
- Dessin préparatoire pour le film *Blade Runner 2049* de Denis Villeneuve, 2017.

➡ **Images reproduites en début d'ouvrage, au verso de la couverture.**

Lire l'image

1 Observez attentivement l'affiche du film *Blade Runner. The Final Cut*, de Ridley Scott et décrivez-en méthodiquement tous les éléments : qui est le personnage principal ? Pourquoi ?

2 Rendez-vous sur le site Internet **www.allocine.fr** et visionnez les trois bandes-annonces disponibles du film de Ridley Scott, *Blade Runner*. À partir de ces bandes-annonces, identifiez les personnages présents sur l'affiche du film.

3 Observez attentivement la photographie du film de Denis Villeneuve, *Blade Runner 2049* : quels éléments visuels permettent de comprendre qu'il s'agit d'une suite du film de Ridley Scott ?

Comparer le texte et l'image

4 **a.** Quelle différence voyez-vous entre la photographie du film de Denis Villeneuve *Blade Runner 2049* et l'univers de *Felicidad* ?
b. Comparez cette photographie du film à la description de *Felicidad* p. 50-51 : à quelles mégalopoles la photographie du film et la description du roman font-elles penser ? Justifiez votre réponse avec des indices précis du texte et de l'image.

5 **a.** Décrivez le visage de la photographie proposée en couverture du livre : quel est le type de personnage représenté ? Justifiez votre réponse.
b. Relisez le portrait physique de Majhina p. 59-60 : listez les ressemblances et les différences. Pourquoi peut-on dire que ces deux personnages ne sont pas de même nature ?

À vous de créer

6 Imaginez le corps du personnage dont le visage est représenté en couverture et donnez un nom à ce type de créature artificielle. Vous pouvez utiliser les techniques de votre choix (dessin, collage, photomontage...).

7 Sur Internet, cherchez trois photographies issues de films représentant des créatures artificielles. Votre choix devra être le plus diversifié possible. Vous présenterez les résultats de votre recherche dans un diaporama dans lequel vous comparerez ces différentes représentations.

13

Tout ce qui contribue à la richesse d'une société doit être encouragé. Les considérations morales ont longtemps été une entrave à la libre circulation des biens et des personnes, au détriment des marchés financiers et, en définitive, des Citoyens.
L'argent n'a pas d'odeur, disait-on dans les sociétés antiques[1]*. Nous pourrions ajouter: et peu importe sa couleur!*

Manuel d'économie, niveau 1,
ministère de l'Éducation et de la Propagande.

Dekcked se gara dans le parking souterrain du Blue Sun, un restaurant situé sur la troisième avenue de la Zone 2, et resta longtemps sans bouger, les mains crispées sur le volant. Quand il les ouvrit, des ondes de douleur les parcoururent. Il grogna et massa ses articulations ankylosées[2].

Mattéo n'avait pas été victime d'un accident! On l'avait froidement éliminé parce qu'il avait découvert où Buisson avait été assassiné. Bérard voulait que cette information reste confidentielle. Dans quel but? Coller à tout prix le meurtre du ministre sur le dos

1. Allusion au dicton latin «*Pecunia non olet*» («l'argent n'a pas d'odeur»), attribué à l'empereur romain Vespasien (Ier siècle après J.-C.), qui avait rétabli une taxe sur l'urine. Cette taxe était due par les acheteurs d'urine, dont l'ammoniaque était utilisée pour les teintures de tissus. Le dicton signifiait que, même si les cuves qui collectaient l'urine sentaient mauvais, elles étaient une source considérable de revenus. Cette phrase est communément employée aujourd'hui pour dire que la valeur de l'argent n'est pas liée à son origine.
2. **Ankylosées**: engourdies.

des Delta 5, sans possibilité d'explorer d'autres pistes ? Quant à son rapport, le toubib avait vu juste : il serait jeté aux oubliettes[1].

Qu'est-ce qui se tramait dans son dos ? Bérard avait pris soin de préciser que le meurtre de Buisson n'entrait pas dans le cadre de son enquête. Il cherchait à l'en éloigner. Mieux valait donc redoubler de prudence : le ministre devait ignorer ses soupçons jusqu'au bout. Dekcked se força à ravaler son émotion. Pour l'instant, le plus sage était de se recentrer sur les Delta 5. En disposant d'informations supplémentaires, peut-être parviendrait-il à démêler ce sac de nœuds[2].

Pas nécessairement pour agir, mais pour comprendre.

Dekcked quitta sa voiture et se dirigea vers les ascenseurs : le restaurant était situé au dernier étage de l'immeuble. Avec un peu de chance, il y croiserait Bouche d'or. Celui-ci y tenait table ouverte[3]. Pour ses affaires.

Huit ans plus tôt, Bérard avait fait appel à Dekcked et lui avait confié une mission officieuse[4]. Il s'agissait de retrouver une bande de dangereux détraqués qui avaient enlevé deux gamins de quatre et sept ans afin d'alimenter un réseau de traite d'enfants[5]. Les consignes du ministre étaient fermes : mener l'opération dans le secret le plus absolu et mettre les ravisseurs hors d'état de nuire. Dekcked maîtrisait le jargon[6] du ministère : cela équivalait à une exécution en bonne et due forme. Il s'était étonné de ces manières expéditives mais n'avait pas l'habitude de discuter les ordres.

Au bout du compte, le lieutenant avait découvert que le mystérieux « réseau » n'existait que dans l'imagination de Bérard. Quant aux « détraqués », c'étaient en réalité cinq mercenaires[7]

1. **Jeté aux oubliettes** : mis volontairement de côté.
2. **Sac de nœuds** : situation très confuse.
3. Le restaurant est un espace de rendez-vous professionnel pour Bouche d'or.
4. **Officieuse** : non officielle, privée.
5. **Traite d'enfants** : trafic d'enfants.
6. **Jargon** : langage propre à une profession ou à une activité.
7. **Mercenaires** : hommes de main engagés pour une mission en contrepartie d'une rétribution financière.

surentraînés et armés en conséquence. Dekcked avait risqué dix fois sa vie avant de les éliminer un à un et de récupérer les garçons, choqués, mais sains et saufs.

Il ne s'agissait nullement de traite d'enfants mais d'un sordide règlement de compte, entre mafias rivales. On avait enlevé les garçons pour faire pression sur leur père, Félix Woestorde, surnommé Bouche d'or en raison de sa dentition entièrement aurifiée[1]. Woestorde était le parrain[2] de Lavelle, une des plus grosses enclaves de Felicidad, et vivait comme un notable[3] dans un quartier huppé[4] de la Zone 1.

Bérard avait mené Dekcked en bateau[5] et, comme de coutume, en tirait tous les bénéfices : le parrain avait désormais une dette immense envers le ministre de la Sûreté intérieure.

De son côté, Félix Woestorde avait souhaité rencontrer Dekcked. Il l'avait invité dans son hôtel particulier et lui avait offert son amitié. Bizarrement, celui-ci ne l'avait pas refusée. Certes, aux yeux de la loi, Woestorde était un bandit de la pire espèce, un trafiquant, un assassin, mais Dekcked n'était jamais parvenu à juger les individus en fonction de critères rationnels ou moraux. En dépit de ses activités criminelles, ce type lui avait plu. Les deux hommes se rencontraient de temps à autre pour dîner ensemble et échanger des idées. À de nombreuses reprises, le parrain avait usé de son vaste réseau d'informateurs pour venir en aide à son protégé.

Lorsque Dekcked entra dans la grande salle du Blue Sun, un coup d'œil lui suffit pour constater que Bouche d'or n'était pas à sa table. Il héla un maître d'hôtel au profil de médaille romaine[6] :

---

1. Dentition entièrement aurifiée : ensemble des dents tout en or.
2. Parrain : ici, chef d'un réseau de mafia.
3. Notable : personne influente, d'un statut social aisé.
4. Huppé : luxueux.
5. Avait mené Dekcked en bateau : avait raconté à Dekcked une histoire destinée à le tromper.
6. Au profil de médaille romaine : dont le profil du visage évoque les visages austères des portraits représentés sur les monnaies romaines de l'Antiquité.

– M. Woestorde doit-il passer aujourd'hui?

Le parumain, qui l'avait reconnu, répondit:

– C'est fort probable, monsieur Dekcked, mais j'ignore quand précisément. Je peux vous conduire à sa table. Désirez-vous commander en l'attendant?

Le lieutenant acquiesça. Une fois assis, il brancha son perso et envoya un message à son ami.

C'était un des innombrables paradoxes[1] de la société dans laquelle ils vivaient, pensa Dekcked. Une liberté quasi totale dans les échanges publics et privés mais des prisons sans barreaux dans toutes les têtes et à tous les coins de rue.

Il laissa son regard vagabonder dans la salle. Les tables étaient occupées par une clientèle raffinée et détendue. Le mobilier – verre dépoli et bronze damasquiné[2] – était d'un goût parfait. Au centre du restaurant, un jardin d'hiver regorgeait de plantes issues du génie génétique: gazon écarlate et lustré aux allures de fourrure, arbres aux branches lisses et cuivrées, aux feuilles délicatement dentelées, aux fleurs garnies de corolles palpitantes d'où émergeaient de longues étamines bleu électrique.

Les haut-parleurs distillaient une musique sirupeuse, parfaitement insipide. Une odeur douceâtre, légèrement euphorisante[3], flottait dans l'air. Les sécuricams étaient invisibles mais Dekcked savait qu'on les avait dissimulées, à seule fin de donner aux habitués l'illusion que le monde s'arrêtait aux portes du restaurant. Sur la carte des consommations, on avait reproduit un des slogans du régime: *Le bonheur est une idée neuve en Grande Europe*[4]. Dekcked éprouva l'envie de la déchirer, de la jeter par terre et de s'en aller.

---

1. **Paradoxes**: contradictions.
2. **Damasquiné**: incrusté.
3. **Euphorisante**: donnant une impression de bien-être.
4. Le slogan pastiche la formule du révolutionnaire français Saint-Just (1767-1794) dans son discours de 1794: « Le bonheur est une idée neuve en Europe. »

Une sorte d'elfe diaphane[1] pourvu d'ailes de libellule vint prendre sa commande. Le service était assuré par des parumains réalisés sur mesure. Le Blue Sun appartenait à une chaîne de luxe présente sur les trois États-continents, il pouvait se permettre un tel investissement. Dekcked commanda une entrecôte garnie, une salade et une bière.

Il achevait sa dernière bouchée quand Félix Woestorde fit son apparition. Aussitôt, les têtes se tournèrent dans sa direction et les conversations s'interrompirent. Tous ici connaissaient son identité, et sa présence était une des attractions de l'établissement. Bouche d'or, étranger à ces marques d'intérêt, se dirigea vers la table où Dekcked était installé. Un mètre quatre-vingt-dix, près de deux cents kilos, un torse comme une barrique, il avait l'allure d'un sumo[2] fagoté[3] dans un costume croisé. Son énorme tête chauve semblait taillée dans un bloc de roche blanchâtre. Bouche d'or serra le flic contre sa vaste poitrine.

– Bonheur à toi, Alexis.

– Bonheur à toi, Bouche d'or. Tu as reçu mon message ?

Le mastodonte[4] s'installa dans un fauteuil et sourit, exhibant son impressionnante dentition. Le siège gémit à fendre l'âme et Dekcked songea qu'il allait voler en éclats sous la charge. Contre toute attente, il tint bon.

– Cinq sur cinq.

– Tu as déjeuné ?

– Comme un ogre !

Dekcked se laissa aller un rire franc.

– La comparaison est judicieuse.

Il jeta un coup d'œil vers l'entrée du restaurant. Quatre malabars[5] occupaient des positions stratégiques et surveillaient les

1. **Diaphane** : ici, à peine visible, quasi transparent.
2. **Sumo** : lutteur japonais.
3. **Fagoté** : ficelé.
4. **Mastodonte** : géant.
5. **Malabars** : hommes particulièrement forts et costauds (familier).

allées et venues des clients et du personnel. Levant le pouce dans leur direction, il dit:

– Je vois que tes anges gardiens t'accompagnent.

– Ouais, ils ont la trouille si je les laisse seuls à la maison. C'est fragile à cet âge-là…

Le flic considéra les colosses. Les muscles de leurs bras et de leurs jambes bosselaient l'étoffe sombre de leurs costumes.

– C'est effectivement l'impression qu'ils donnent. Je t'offre quelque chose?

– Au moins deux bières! s'esclaffa Bouche d'or en palpant son estomac. Et des amuse-gueules, j'ai encore un creux par là.

Quand on les eut servis, Alexis matérialisa l'écran de son perso. D'un mot, il l'envoya flotter devant les yeux de Bouche d'or. Celui-ci observa l'image qui s'y affichait.

– Tu les reconnais? demanda Dekcked.

– Tu parles, Charles! s'exclama le gros homme avec une expression radieuse, les pères Noël de l'année dernière! Mes gosses ont voulu à tout prix que c'en soit un qui apporte les cadeaux à la maison. Grâce à mes relations, on a été livrés le 24 décembre au soir, mais ça m'a coûté un sacré paquet de pognon! Je te raconte pas…

Le ventre de Bouche d'or se mit à tressauter sous l'effet d'un rire irrépressible. Il claqua sa cuisse de sa main, engloutit trois tartelettes au saumon et éclusa sa chope de bière d'une seule goulée. Alexis n'avait jamais compris pourquoi, dans un monde où il était si facile de devenir beau pour peu qu'on eût de l'argent à foison, Félix conservait cet aspect repoussant. D'autant que sa femme était particulièrement ravissante et que ses fils ressemblaient à deux lutins couronnés d'or.

– Tu ne devineras jamais la somme! gloussa Woestorde en essuyant la mousse qui festonnait sa lèvre supérieure. Faut vraiment être con, quand j'y pense… Enfin bon, c'était super classe! T'aurais vu ça, quand le père Noël est sorti par la cheminée avec sa grande barbe blanche, sa hotte, les cadeaux. Tiens, j'en aurais chialé ! Mes gosses…

– Félix, épargne-moi tes souvenirs familiaux. Tu ne sais rien sur eux ?

Bouche d'or redevint sérieux. Lui qui supportait à longueur de journée les parades courtisanes[1] et les précautions oratoires de ses subordonnés, appréciait le franc-parler du policier.

– Parce que je devrais savoir quoi ?

– Qu'ils se sont fait la malle. Hop, évanouis dans la nature, les bonshommes Noël !

Bouche d'or empoigna sa seconde chope. Dans son énorme patte, on aurait juré un verre à liqueur.

– Ça, c'est la meilleure ! Je croyais qu'on les avait réformés à cause d'un vice de fabrication ?

– Il y en a eu trois qui n'étaient pas d'accord…

– Tu m'étonnes !

– Eh bien, si tu ne sais rien…, conclut Dekcked.

– Tut tut tut ! chantonna le gros homme en levant l'index. Pour qui tu me prends ? Je ne sais pas, mais je peux savoir ! Il y a quand même un truc qui me chiffonne. Et leurs mouchards ?

– On les a aidés à s'en débarrasser.

Il y eut un long, très long silence. Bouche d'or ingurgita la moitié de sa bière, gratta ses bajoues et rota sans façon.

– Alexis, ton truc, c'est un coup pourri ou je ne m'y connais pas… Pourquoi tes patrons n'ont pas mis les Sections Spéciales dessus ?

– Ils l'ont fait. Les pères Noël les ont hachés menu.

– Tu rigoles ?

– J'ai l'air de plaisanter ? Conclusion, il faut de véritables artistes pour régler cette affaire et les retrouver.

– Des types dans ton genre, quoi !

– Des types dans *notre* genre, Félix. Sans toi, je suis coincé.

---

1. **Parades courtisanes** : étalages de flatteries envers des personnes qui sont influentes.

Bouche d'or caressa son crâne rasé. Des gouttes de sueur perlaient sur sa peau blême. Il saisit entre deux doigts la pochette[1] qui agrémentait la poche de son costume et s'épongea le front.

– Bon, ça devrait pas être trop dur à repérer, trois mecs identiques avec des grosses bedaines et des barbes blanches.

– Désolé, mon vieux Félix, mais ça va l'être…

Dekcked ignora sa mine ébahie. Il commanda une nouvelle tournée puis déclara :

– J'ai deux ou trois petits trucs à te raconter. Je suis sûr que tu vas adorer. Il est entendu que tout ce que tu apprendras est classé secret défense.

Le gros homme posa la main sur sa poitrine et mit sa bouche en cœur.

– Tu me connais, Alexis : je suis une tombe[2] !

---

1. **Pochette** : mouchoir décoratif qui dépasse de la poche supérieure d'une veste.
2. **Je suis une tombe** : je sais garder un secret.

14

L'émergence des sentiments chez les parumains n'était pas prévue à l'origine et n'a laissé de surprendre leurs concepteurs. Ceux-ci l'interprètent généralement comme une réponse aux pressions environnementales, induite par la formidable capacité des parumains à imiter les comportements humains.
Étant aptes à simuler[1] la pensée, pourquoi ne pourraient-ils simuler la tristesse, la joie ou bien d'autres émotions beaucoup plus complexes ?

La Question parumaine,
Gerhard Hausmann, Éditions des GMR.

Il était dix-sept heures. Dekcked avait quitté Bouche d'or avec la promesse d'avoir de ses nouvelles au plus tôt et rejoint son bureau au commissariat central. Il venait de poser sur son sous-main le sachet contenant le comprimé bleu et le cube-mémoire contenant le dossier Chœlcher quand Bérard l'appela sur son perso.

– Alors, Dekcked, vous en êtes où ?

Le visage du ministre était impénétrable.

Dekcked songea à Chœlcher, Bacall, Buisson et son chauffeur, Lagazza. Ça faisait beaucoup de morts violentes pour une seule affaire. Sunny lui avait dit de se méfier de tout le monde et de faire gaffe. Il lui faudrait jouer très finement s'il ne voulait pas subir leur triste sort.

1. **Simuler** : imiter.

– Bonheur à vous, monsieur le ministre. Ça se met tout doucement en place. J'ai commencé à faire jouer mes relations et j'ai demandé à un de mes amis très informé de savoir si trois individus avaient récemment cherché à se procurer dans les enclaves du matériel informatique, des armes ou n'importe quoi de suspect, d'ailleurs.

– Bien. Rien d'autre ?

Le lieutenant pesa rapidement le pour et le contre puis demanda :

– Si. Saviez-vous que François Bacall, le biologiste qui a repéré les manigances de Chœlcher, s'est tué sur la route, il y a quelques mois ?

– J'ai appris cela. Un regrettable incident. Quel est le lien avec votre enquête ? Ce sont les Delta 5 qui nous préoccupent, pas Bacall ni Chœlcher !

– Aucun, je suppose. J'ai consulté le rapport de la Sûreté intérieure et le compte rendu d'autopsie. Il s'agit d'un accident.

– Parfait. Ne perdez pas votre temps en détails inutiles et tenez-moi au courant !

La fenêtre de communication vira au gris. Alexis suçota son stylo. Bérard n'avait pas apprécié sa question et tenait visiblement à cloisonner[1] l'enquête, ce qui d'un point de vue strictement professionnel était absurde. Son ministre souhaitait se servir de lui comme d'un chien de chasse dressé à flairer et traquer les Delta 5, rien de plus.

Le policier soupira et attrapa le sachet. Il fit rouler le comprimé de Neurodyne sur une feuille de papier, le scanna à l'aide de son perso puis traita l'image obtenue avec le logiciel adéquat. Une superbe empreinte digitale s'afficha sur l'écran. Dekcked étouffa un juron : elle était sans nul doute possible humaine, celles des parumains possédant des caractéristiques identifiables au premier coup d'œil ! Les Delta 5 n'avaient donc rien à voir avec le meurtre de Buisson, à moins de leur supposer des complices

1. **Cloisonner** : compartimenter.

parmi les Citoyens ! Bérard le savait-il ? Instinctivement[1], Dekcked était tenté de répondre par l'affirmative.

Très excité, il se connecta sur le fichier central et lança une recherche comparative. La réponse lui parvint quelques minutes plus tard : le propriétaire des empreintes n'était pas répertorié. Soit il n'avait jamais eu affaire à la justice, soit il possédait des appuis suffisamment haut placés pour faire le ménage[2] dans les archives de la Sûreté intérieure.

– Bon, on verra ça plus tard, marmonna-t-il à regret.

Dekcked classa l'empreinte dans sa base de données personnelle puis il introduisit le cube-mémoire dans son perso et rouvrit le dossier Chœlcher afin de l'étudier de manière plus approfondie.

Il s'attarda un instant sur la photo du biologiste avant de consulter un extrait vidéo, une conférence donnée à l'occasion d'un colloque réunissant l'élite de la génétique mondiale. Chœlcher était blond, athlétique, très séduisant. Un imperceptible sourire relevait la commissure de ses lèvres quand il parlait et ses yeux bleus brillaient avec une incroyable vivacité. Bien que Dekcked ne comprît pas un traître mot à l'exposé du chercheur, sa voix était agréable et forçait l'attention.

Le généticien avait trente-trois ans au moment de sa mort. Enfant surdoué, il appartenait à une famille de scientifiques extrêmement aisée. Son père, Antoine Chœlcher, avait été lui-même professeur à l'université de Bliss avant d'être nommé directeur de cabinet au ministère de la Recherche. Sa femme et lui avaient péri lors d'une sortie en mer avec des amis. Julien Chœlcher venait d'avoir quinze ans.

En raison de son étonnante précocité, on lui avait accordé la majorité anticipée. Le jeune homme était retourné à Bliss où il avait effectué de remarquables études avant de séjourner à Boston, aux États-Unis. Son parcours universitaire était impressionnant.

---

1. **Instinctivement** : spontanément.
2. **Faire le ménage** : faire disparaître ses traces.

Il avait commencé par obtenir un doctorat de médecine qu'il avait complété, deux ans plus tard, par un second doctorat, en génétique cette fois, tout en accumulant les certificats en biochimie, physique et informatique. Son dossier spécifiait qu'il s'était également intéressé aux sciences politiques et à la philosophie.

Repéré par un chasseur de têtes[1], il avait été recruté par Généгène à l'âge de vingt-six ans. Chœlcher y avait effectué la totalité de sa carrière, assumant la direction de plusieurs équipes au sein du département Recherche et Innovation. Réputé brillant, farouchement indépendant, il était à l'origine du programme Alpha 7: ses travaux sur les nucléotides avaient permis la mise au point des parumains de combat dernière génération.

Chœlcher était toujours resté très discret sur ses relations et ses loisirs. Une note précisait qu'il n'avait jamais été marié et qu'on ne lui avait connu aucune liaison féminine. Personne à ce jour n'avait pu expliquer les raisons pour lesquelles il avait saboté le programme Delta 5 et mis en péril la société tout entière. Suivait la liste impressionnante de ses publications.

Dekcked se laissa aller en arrière et soupira. Ce Chœlcher lui était étonnamment sympathique. Comme lui, il avait perdu ses parents. Comme lui, il s'était débrouillé seul pour construire sa vie. Le flic referma le dossier et éjecta le cube-mémoire. Il n'y avait rien là-dedans qui puisse lui fournir un embryon[2] d'explication ou de piste. Dekcked empocha son perso, enfourna les documents qui encombraient son bureau dans un tiroir et sortit. Il n'était pas d'humeur bavarde, aussi prit-il l'escalier de service afin de ne pas croiser de collègues dans les couloirs ou l'ascenseur.

Il ne neigeait plus quand il sortit du parking. Les nuages s'étaient dissous dans la haute atmosphère. C'était la nuit grise de Felicidad, le ciel couleur acier qu'il avait toujours connu. L'air était froid,

1. Chasseur de têtes: spécialiste en recrutement qui prend contact avec des cadres afin de leur proposer un poste dans une entreprise.
2. Embryon: ici, début.

saturé de gaz d'échappement, si pollué que, les jours d'été, il semblait vous coller à la peau. Le long de l'avenue, les enseignes et les vitrines des Grands Magasins Réunis éclaboussaient de lumière les trottoirs. Un flot serré d'hommes et de femmes se pressait vers les larges portes vitrées, pareils à des insectes attirés par la flamme d'une bougie.

Dekcked avait deux heures à tuer avant de passer chercher Majhina, mais la folie acheteuse qui avait saisi ses concitoyens à l'approche des fêtes ne l'atteignait pas. Il rentra chez lui. Après avoir pris une douche et enfilé une chemise, il jeta un coup d'œil distrait sur une chaîne d'information en continu sans parvenir à s'y intéresser.

Il éteignit la télévision et resta immobile, observant le salon plongé dans la pénombre. Il aimait cet endroit. L'ameublement était réduit au strict minimum : un canapé, un fauteuil, une table basse encombrée de magazines et le piano de sa mère, appuyé contre un des murs.

Dekcked s'en approcha, releva le couvercle et plaqua un accord qu'il laissa résonner dans le silence de la pièce. Il s'assit sur le tabouret et joua les premières mesures d'un choral de Bach[1], le regard rivé sur les cadres disposés à hauteur de ses yeux. Les seuls souvenirs qu'il possédait étaient là, concentrés sur l'espace restreint qu'occupait l'instrument. Quelques photos, pieusement conservées, de ses parents et de lui-même enfant. Et ces notes qu'il laissait parfois s'envoler sous ses doigts, comme un pudique[2] hommage au passé.

Gagné par la mélancolie, il se leva et se posta devant les baies vitrées, fasciné par le ballet des phares sur les grands boulevards. Dominant les plus hauts immeubles, le dôme du palais présidentiel brillait de tous ses feux.

---

1. **Choral de Bach** : composition musicale du musicien baroque Jean-Sébastien Bach (1685-1750).
2. **Pudique** : ici, discret.

Qu'est-ce qui lui avait pris d'inviter Majhina une fois de plus ? Depuis six mois, ils se voyaient souvent. Très souvent. La jeune parumaine le troublait davantage qu'il ne voulait se l'avouer. Elle était dotée d'une personnalité et d'une finesse d'esprit remarquables. Et puis il y avait cette beauté radieuse. Éprouvante.

À l'exception des aires de plaisir, où les lois connaissaient de nombreux assouplissements, les relations entre humains et parumains ne dépassaient pas le strict cadre professionnel. Les amitiés étaient problématiques. Quant aux amours, impossibles et inévitables, elles étaient sévèrement sanctionnées par la loi. Les peines infligées aux contrevenants étaient accompagnées d'humiliants traitements psychiatriques. En cas de récidive, un internement définitif pouvait être prononcé. Quant aux parumains concernés, ils étaient réformés. Comment les rapports n'auraient-ils pas été faussés quand la hiérarchie devenait un état de fait et conditionnait l'ensemble des relations entre les êtres ? Jamais les parumains n'accéderaient à la Citoyenneté. Certains humains les considéraient comme de simples machines, d'autres, plus rares, comme des monstres.

Dekcked ne partageait pas ces opinions, mais il s'était toujours demandé quel était le degré de conscience réel des parumains. Était-il comparable à celui des humains ou n'en était-il qu'une sublime parodie, un ensemble de réactions, artificielles et ordonnées, imitant la pensée et les sentiments dans leurs plus subtils méandres ?

Qu'éprouvait Majhina quand elle lui parlait ? Quelle était sa véritable marge de liberté ? Pouvait-elle finalement refuser son invitation à dîner ou sa propension *à faire le bien*, pour reprendre ses propres mots, la contraignait-elle à accepter sa compagnie ? Était-elle comme son perso, un instrument merveilleusement évolué qui exécutait les tâches pour lesquelles on l'avait programmée quand on le lui ordonnait ?

Il sourit. Et lui ? Était-il libre de ne pas la dévorer des yeux quand il la croisait ? En vérité, beaucoup d'hommes et de femmes recherchaient la compagnie des parumains. Ils étaient si beaux, si parfaits d'une certaine manière, qu'il était difficile de ne pas être attiré par eux. Et lui, Alexis Dekcked, ne dérogeait pas à la règle.

Il boutonna sa chemise et, par habitude, fixa l'étui de son arme sous son aisselle. C'était un pistolet laser de classe 3, peu volumineux mais capable de percer un mur en béton épais de cinquante centimètres. Ensuite, il revêtit le costume sombre qui l'attendait, posé sur le canapé. Son reflet dans le miroir de la salle de bains lui semblant un peu trop austère, il posa son index sur le dernier bouton de la veste et envoya une impulsion mentale. Le tissu « intelligent » s'éclaircit de deux tons et les proportions du vêtement se firent plus amples.

Dekcked revint vers la baie et colla son front sur la vitre froide, s'emplissant de l'immense marée lumineuse qui s'étendait à perte de vue. Sur les immeubles, les slogans du gouvernement et des Grands Magasins Réunis flamboyaient comme autant de phares censés guider les habitants de la capitale vers l'ultime félicité[1] : *Le bonheur est un devoir citoyen. La seule réalité, c'est le plaisir. Dépenser, c'est s'enrichir. N'ayez crainte : demain sera le même qu'aujourd'hui. Qui demeure dans l'obéissance demeure en sûreté.*

Un rire amer lui échappa. Dekcked souffla sur la vitre. Une buée laiteuse estompa les lumières de la ville et les formules creuses qui polluaient le ciel nocturne. Une fois de plus, il avait délibérément oublié de fêter Noël. Depuis la mort de ses parents, c'était le moment le plus douloureux de l'année et il se débrouillait toujours pour travailler durant cette période.

Du revers de la main, il essuya ses yeux et se souvint que, quelque part dans cette ville, trois bonshommes rubiconds[2], panses rebondies et barbes neigeuses, tout droit sortis d'un cauchemar de gamin triste, rêvaient de bouleverser l'ordre établi.

---

1. **Félicité** : bonheur.
2. **Rubiconds** : au visage rouge.

15

La réforme des parumains est une pratique courante et nécessaire qui doit être encouragée par tous les acteurs économiques et les cadres de Génégène au premier plan.
Elle incite à l'effort de recherche et contribue à la bonne santé de notre entreprise.
Elle permet de maintenir le haut degré de qualité qui a fait la réputation de nos produits.
Elle permet également un renouvellement continuel des modèles parumains mis sur le marché. Les ventes et par conséquent les bénéfices[1] *en sont d'autant stimulés.*

Groupe Génégène, document interne
à usage strictement confidentiel.

On les observa avec attention quand ils s'installèrent à leur table. Certains convives leur lancèrent un regard envieux, d'autres, réprobateur. Quand Dekcked avait retrouvé la jeune parumaine, dans le hall de son immeuble d'habitation, il avait entrevu sous son manteau une jupe courte et un haut moulant qui mettaient ses formes en valeur. Mais, alors qu'ils roulaient en direction du restaurant, les vêtements à mémoire de forme s'étaient métamorphosés en une robe longue et unie qui dissimulait ses bras et ses jambes.

1. **Bénéfices** : gains commerciaux.

Majhina n'avait évidemment pas pu masquer la perfection de son visage ainsi que le délicat réseau dessiné sur sa peau. Ce n'était pas la première fois qu'Alexis constatait sa volonté de ne pas être remarquée, comme si sa beauté hors du commun était un handicap en dehors de ses heures de travail. Handicap qu'elle s'employait à faire oublier, sans y parvenir tout à fait.

À peine eurent-ils achevé de consulter la carte que le garçon, un parumain également, apparut comme par magie et nota leur commande. Quand il se fut éloigné, Majhina demanda à son compagnon :

– Tu as l'air fatigué, Alexis. Quelque chose te tracasse ?

– Non, tout va bien. Juste une enquête un peu délicate.

– Je m'en doutais.

Une parumaine à la peau noire comme le jais[1], à la chevelure blanche semée de fils verts et orangés leur apporta un apéritif et des mises en bouche[2]. Ils burent en silence, savourant le liquide légèrement acidulé.

– Alexis, dis-moi… Pourquoi es-tu ici en ma compagnie et pas avec une humaine ? Il ne manque pas de jolies filles à Felicidad. Un jour, ça va poser des problèmes avec ta hiérarchie.

– Que je sache, il n'est pas interdit de fréquenter les parumains ! Ma hiérarchie me fiche une paix royale car quelqu'un de très haut placé a besoin de mes talents. Quant aux humaines, comme tu dis… Eh bien, je te trouve bien plus humaine que la plupart des filles que je connais, si ça peut te rassurer.

Majhina éclata de rire.

– Dois-je y voir un compliment ?

– Prends-le comme tu veux.

– Et tu connais beaucoup de filles ?

1. **Jais** : minerai noir intense et brillant.
2. **Mises en bouche** : petits plats servis à l'apéritif.

Dekcked sourit sans répondre. Il embrassa la salle du regard. Cédant à ses manies de flic, il avait réservé une table située au fond du restaurant et s'était assis dos au mur, ce qui lui permettait de surveiller les entrées et les sorties. À l'exception du personnel et de Majhina, on n'apercevait aucun autre parumain.

La clientèle de l'établissement appartenait aux plus hautes sphères de la société. Dekcked pouvait se permettre ce genre de fantaisie coûteuse. À son salaire s'ajoutaient d'importantes primes que le ministère lui versait sur un compte anonyme, pour *services rendus à l'État.* Il avait également hérité une somme très substantielle de ses parents, qui, à la limite, lui aurait permis de ne pas travailler s'il l'avait souhaité. Cette aisance financière avait peut-être été un frein à son ascension dans la hiérarchie officielle de la Sûreté intérieure, se disait-il souvent. *S'enrichir est un devoir !* serinait-on jusque dans les cours d'école. Pour lui, ç'avait été une fatalité.

Le garçon revint et posa un plateau devant eux. C'était un mezze marin, spécialité de la maison. Il était composé de crabes sans carapace, d'énormes crevettes arc-en-ciel, de minuscules encornets écarlates ou roses grillés à point, de coquillages en forme de fleurs et d'une infinité de légumes nains aux lignes harmonieuses. Tous ces aliments avaient été génétiquement modifiés de manière que leurs saveurs s'accordent et se complètent. Une armée de sauces présentées dans de ravissantes coupelles complétait le tableau.

Le sommelier leur versa un vin aussi clair qu'une eau de torrent.

– Ça m'a l'air délicieux ! s'écria Majhina ravie. On commence ?

– On commence, confirma Alexis en levant son verre à la santé de son amie.

La jeune parumaine bataillait avec la carapace d'un crustacé quand Alexis lui demanda de but en blanc :

– Qu'est-ce que les tiens pensent des humains ?

Majhina leva vers lui ses pupilles d'or.

Les lignes qui parcouraient sa peau étaient devenues si claires qu'elles semblaient un simple maquillage destiné à souligner la finesse de ses traits.

– Ô mon maître, nous, parumains, devrions penser quelque chose de vous ?

– Ne fais pas l'idiote... Réponds-moi, je t'en prie. On n'a jamais parlé de ça.

Elle inclina la tête sur le côté.

– Ça a un rapport avec ton enquête ou c'est de la simple curiosité ?

– Simple curiosité.

Majhina acheva de décortiquer sa crevette et la croqua. Dekcked ne se lassait pas de la regarder manger. Chacun de ses gestes était gracieux.

– Eh bien, quand ils nous invitent au restaurant, nous adorons les humains. Le reste du temps, nous les servons. Pour nous, ils sont un peu à l'image de Dieu. Tu ne peux quand même pas l'ignorer, ô Seigneur ! Nous vous devons la vie. La conscience que certains des tiens nous dénient. Cette existence fastueuse également...

Elle désigna la salle de ses longs doigts. Alexis se sentit rougir.

– Vous avez beaucoup de chance, reprit-elle. Vous, humains, ne pouvez contempler votre créateur. Aussi vous pouvez l'imaginer parfait. Pour nous, c'est évidemment plus malaisé... Mais nous sommes indulgents et je dois reconnaître que certains parmi vous ne sont pas trop déplaisants.

– Tu nous méprises ?

– Il me semble que ce sont plutôt les humains qui nous méprisent, parce qu'en définitive nous vous dérangeons bien plus que vous ne voulez l'admettre. Même si vous feignez de l'ignorer, vous avez besoin de nous pour savoir que vous existez. Les parumains sont le miroir déformant de votre humanité...

Alexis piqua sans conviction un encornet. Il comprenait l'ironie blessante dont faisait preuve Majhina. Le garçon emplit leurs verres et Dekcked but une gorgée de vin. De nouveau, son incomparable saveur l'étourdit. Il était sublime, comme tout ce qui se trouvait sur cette table, comme tout ce que les privilégiés de Felicidad consommaient au quotidien.

« Je déclare l'état de bonheur permanent ! » avait annoncé le Président à vie lors de son premier mandat, soixante ans plus tôt. Effectivement, le bonheur s'était répandu dans les couches les plus hautes de la société. Il tardait à se frayer un chemin ailleurs, mais il restait assez de miettes à se partager pour que ceux qui ne possédaient rien s'en accommodent et espèrent pouvoir passer un jour de l'autre côté de la divine barrière.

L'espoir d'une vie meilleure empêche ce monde de craquer, pensa Alexis. La longévité du Président à vie également.

En dépit des années qui s'écoulaient, le chef de l'État restait le sémillant[1] quinquagénaire qu'il était lors de son élection. Mieux, il semblait rajeunir d'année en année.

« Ce qui mine une société, c'est l'instabilité politique », répétait-on à l'envi[2] dans les journaux télévisés du monde entier. Le problème avait été résolu grâce aux progrès de la médecine, de la génétique et des techniques de régénération cellulaire. Le Président à vie des États-Unis d'Australamérique allait gaillardement sur ses cent trente ans et la clique de vieillards qui dirigeaient la Chinasie avait toujours bon pied, bon œil.

Quelques décennies auparavant, les gouvernements des trois États-continents avaient décidé quasi simultanément de supprimer le suffrage universel et leurs Parlements respectifs. La nouvelle avait été accueillie avec une relative indifférence. De toute façon, les électeurs se rendaient de moins en moins aux urnes, les hommes politiques de tous camps étaient devenus interchangeables et les programmes des partis officiels se ressemblaient à s'y tromper. Depuis l'instauration de la présidence à vie, les choses étaient tellement plus simples pour les Citoyens, tellement prévisibles.

---

1. **Sémillant** : vif, fringant.
2. **À l'envi** : en permanence.

L'instabilité politique, le hasard, le changement appartenaient à un passé révolu.

Alexis surprit le regard de Majhina posé sur lui.

– Tu songes à ta société parfaite ? l'interrogea-t-elle.

– Exactement. Pense à te reconvertir dans la voyance !

– Ce n'est pas moi qui décide…

Insoucieux des clients présents dans la salle, Alexis tendit la main et la posa sur celle de la parumaine. À son grand soulagement, elle ne la retira pas. Il effleura son sixième doigt, si fin, si fragile qu'on l'aurait cru moulé dans une matière précieuse et translucide.

– Pardonne ma maladresse. Dis-moi, comment se fait-il qu'indépendante d'esprit comme tu l'es, tu acceptes les conditions de vie qui te sont imposées ?

Les pupilles de Majhina se contractèrent. Au centre des grands iris dorés ne subsistait qu'un point noir de la taille d'une tête d'épingle.

– Je n'ai pas le choix, Alexis. Derrière chaque « oui » que je profère, un « non » se dissimule. C'est comme s'il y avait deux personnes en moi. La première, celle qui s'est construite peu à peu – parfaitement libre –, pense, juge et critique. La seconde, celle qui prime, celle qu'on m'a imposée, est soumise. Socialisée, si tu préfères.

– Je ne préfère rien. Et tu parviens à faire cohabiter les deux ?

– Je n'ai pas le choix non plus. La plupart du temps, je réussis à étouffer la première voix car sinon, c'est une cacophonie[1] insupportable là-dedans.

Majhina désigna son crâne et ajouta :

– Votre perversité est sans limites. Vous voulez que les parumains soient des objets et, dans le même temps, vous exigez qu'ils se reconnaissent *eux-mêmes* comme des objets. En d'autres termes, vous voulez que nous désirions ce que vous, humains, vous désirez :

---

1. **Cacophonie** : brouhaha, mélange de sons discordants.

notre esclavage. La seule position tenable est la révolte – ou la folie. Et puisque nous n'avons pas droit à la révolte, que nous reste-t-il, selon toi ?

Dekcked n'osait plus prononcer un mot, surpris par tant de véhémence, par l'acuité de ces propos.

– Vous ne vivez pas avec nous, reprit-elle, aussi vous ne pouvez pas savoir ce que nous savons. Le gouvernement et Génégène se gardent d'ailleurs bien de communiquer l'information aux médias – qui de toute manière ne s'y intéresseraient pas !

– Quelle information ?

– Bien des nôtres basculent dans la démence, écartelés entre ces deux personnalités que nous sommes contraints de faire coexister. N'as-tu pas remarqué le taux de remplacement du personnel parumain dans tous les organismes qui les emploient ?

– Si, bien sûr. Ils sont recyclés afin de travailler dans les usines et…

– Ils ne sont pas recyclés, comme tu dis si bien, ils sont systématiquement réformés ! Bel euphémisme pour taire la réalité : on les abat comme des chiens puis on les incinère[1] !

Alexis blêmit.

– Comment peux-tu en être si sûre ?

– Accorde-moi au moins ta confiance. Tout s'apprend, à un moment ou un autre, pour qui veut vraiment savoir. Les humains, les parumains parlent. Comment les en empêcher ?

Majhina repoussa son assiette.

– Oublie ça, Alexis ! Le bonheur est un devoir citoyen, non ?

Dekcked sentit son appétit l'abandonner.

– Il t'arrive d'espérer que tout ça va changer un jour ?

Elle secoua la tête.

– L'espoir est une forme de tromperie ! Il conduit à l'attente, à la résignation. Les choses changeront, que je l'espère ou non ! Sais-tu ce qu'un de vos plus brillants esprits, un physicien qui

---

1. **Incinère** : brûle afin de les réduire en cendres.

vivait au siècle dernier, a dit du bonheur, ce bonheur qui vous obsède tant et auquel vous ne comprenez plus rien ?

– Non.

– « *Le bonheur est l'idéal des porcs*[1]. » Conclus toi-même sur ce que vous êtes devenus.

1. La citation exacte du physicien Albert Einstein (1879-1955) est : « Le plaisir et le bonheur ne m'ont jamais apparu comme une fin en soi (j'appelle aussi cette base morale l'idéal du troupeau de cochons) », *Comment je vois le monde*, paru en 1934.

16

La réussite de notre société provient de sa capacité à surmonter ses paradoxes : liberté totale pour les Citoyens, contrôle absolu de l'État. Ainsi, les déplacements, les échanges individuels, les communications personnelles, les initiatives économiques sont respectés et encouragés.
À charge pour les Citoyens de veiller à ce que ces droits ne soient pas en contradiction avec les intérêts supérieurs de l'État.

Le Paradigme retrouvé, Edgar Sarrazin,
Éditions des GMR.

L'immeuble collectif où vivait Majhina était un parallélépipède de béton triste et gris qui occupait, Zone 3, l'emplacement d'un pâté de maisons. Dix mille parumains y vivaient dans des conditions spartiates. Chacun disposait d'une minuscule chambre sommairement meublée. Les cuisines, les toilettes et les douches étaient communes.

La rue était déserte quand Alexis se gara devant la porte 7. Ils avaient achevé leur dîner à vingt-deux heures trente, puis, à la demande de Majhina qui ne connaissait de la ville que son logement, les couloirs du métro et son lieu de travail, ils avaient fait une longue balade en voiture à travers Felicidad. Alexis désigna l'horloge du tableau de bord puis le mouchard que Majhina portait au poignet.

– Minuit moins dix ! Cendrillon dispose d'une courte marge…

– À condition de ne pas perdre ma pantoufle en chemin ! répondit la parumaine en riant.

L'éclairage provenant de la rue était si faible que Dekcked ne parvenait plus à distinguer ses yeux. Majhina se rapprocha. Sa chevelure renvoya un éclat charbonneux[1].

– Alexis, j'espère que mes propos concernant les humains ne t'ont pas blessé, tout à l'heure. Pardonne-moi, j'ai manqué de tact[2].

– Pas du tout. Tu as l'immense mérite d'être honnête.

– C'est faux. J'ai été scandaleusement réductrice. Tous les humains ne correspondent pas à la pitoyable caricature que j'ai brossée.

– Je suis heureux de te l'entendre dire.

Elle repoussa une mèche qui tombait sur son front et Dekcked fut touché par ce geste si simple. Si féminin.

– Et moi, je suis heureuse d'avoir passé cette soirée avec toi.

Majhina se pencha et sa bouche frôla celle du policier. Il voulut la prendre dans ses bras, mais elle le repoussa avec douceur et sortit. Avant que la portière se referme, elle murmura :

– Bonheur à toi, Alexis. Tu sais, je suis sincère.

– Bonheur à toi, Majhina. Moi aussi, je suis sincère.

Dekcked n'avait pas sommeil.

Le vague à l'âme, il erra au hasard des rues et atterrit dans un bar de la Zone 4 où il aimait s'attarder lors de ses nuits d'insomnie. Le flic s'installa au comptoir et consulta la messagerie de son perso. Elle était encombrée de mails sans intérêt. Il les effaça avec une grimace de dépit[3]. De toute façon, il était trop tôt pour que Bouche d'or ait eu vent de quelque chose.

Le barman le reconnut. Il connaissait ses habitudes et posa un bock[4] devant lui.

---

1. **Charbonneux** : noir comme du charbon.
2. **Tact** : délicatesse.
3. **Dépit** : déception.
4. **Bock** : chope de bière.

– Bonheur à toi, Alexis. Toujours seul, à ce que je vois. C'est pas bon pour le moral, tu sais ?

– Bonheur à toi, Oswald. On me l'a déjà dit, mais c'est plus fort que moi…

Un client héla[1] le parumain qui haussa les épaules et s'éloigna à l'extrémité du comptoir. Le flic avala une gorgée de bière glacée. S'il s'était écouté, il serait allé traîner dans l'enclave la plus proche, histoire de ne pas passer son temps à attendre. Mais rien ne prouvait que les Delta 5 y avaient élu refuge. À bien y réfléchir, ils avaient pu trucider une famille entière n'importe où dans Felicidad et usurper la place de ses membres sans que quiconque s'en aperçoive. Comment retrouver une aiguille dans une botte de foin si l'aiguille ressemble en tout point à un brin de foin ?

Il y avait pourtant un détail qui clochait dans cette histoire. Pourquoi deux des parumains en fuite s'étaient-ils laissé repérer par les Sections Spéciales ? Et si ç'avait été un coup monté pour les attirer dans un piège ? Mais dans ce cas, quel en était l'intérêt ? D'autant que l'un des deux Delta 5 était resté sur le carreau.

Pour l'instant, mettre la main sur les trois survivants était un vœu pieux[2]. Quant à Chœlcher… Son intuition soufflait à Dekcked que la personnalité du généticien était la clé de l'énigme. Comment un type apparemment équilibré, couvert de diplômes, d'honneurs et d'argent avait-il pu se lancer dans une entreprise aussi insensée ? Il y avait là un profond mystère. Nulle part dans le passé du chercheur il n'avait trouvé d'allusion à une quelconque prise de position politique ou humanitaire. Chœlcher avait toujours été dans la ligne : discret, efficace et discipliné. Comprendre qui il était vraiment permettrait de résoudre le problème dans son intégralité, Dekcked en était persuadé. Mais s'il faisait part de

1. **Héla** : appela.
2. **Vœu pieux** : vœu illusoire, qui ne pourra pas se réaliser.

son intime conviction à Bérard, celui-ci le recadrerait aussitôt sur les Delta 5. Son ministre tenait à ce que certains pans de cette enquête demeurent dans l'ombre. La mort de Mattéo Lagazza était là pour le lui rappeler.

La réponse à ses questions se trouvait peut-être à Bliss, là où le généticien avait passé son enfance et suivi une grande partie de ses études. Dekcked se livra à un rapide calcul. S'il partait immédiatement et roulait sans s'arrêter, il pouvait y arriver en six heures, voire beaucoup moins s'il dépassait la vitesse autorisée. Comme le barman était à portée de voix, il demanda:

– Oswald, tu peux me préparer une Thermos de café ? La nuit va être longue.

Celui-ci acquiesça.

– Pas de problème ! T'es vraiment un mec sain, toi : solitude, travail et caféine à haute dose.

– Ouais, reconnut Dekcked. Ma recette du bonheur…

L'horloge de sa voiture affichait sept heures quand Dekcked arriva en vue de Bliss. Depuis une heure, le flic avait laissé derrière lui les régions quasi désertes de l'intérieur du pays. Il conservait un souvenir fade de cette nuit passée à conduire. N'en surnageaient que le ruban goudronneux de la route, l'alternance monotone de villes et d'étendues désertes, à demi effacées par la neige et le brouillard. Quelques pensées enfin, vaguement insatisfaisantes, aux contours brumeux et effilochés.

Le jour n'était pas encore levé, mais le trafic était déjà dense autour de la capitale régionale. De chaque côté de l'autoroute s'étendait une enclave. La lumière crue des lampadaires en arrachait de pitoyables lambeaux à la nuit : immeubles effondrés, terrains vagues encombrés de carcasses de voitures, amas de cahutes misérables agglutinées les unes aux autres comme des insectes transis, jardins boueux et soudain, jurant furieusement après tant de dénuement et de pauvreté étalés, la végétation luxuriante et les bâtiments rutilants d'une aire de plaisir.

La cité portuaire n'était pas aussi importante que Felicidad. Elle comptait néanmoins douze millions d'habitants et pesait de tout son poids sur l'économie méridionale.

L'autoroute longeait la côte et Dekcked découvrit en contrebas, pareilles aux mâchoires d'un monstrueux carnassier, les deux digues[1] colossales qui enserraient la rade de Bliss. Au bord des docks se tassaient les formes trapues des entrepôts dominées par les silhouettes longilignes des grues et celles, plus massives, des portiques utilisés pour déplacer les conteneurs[2]. Plus loin, il aperçut de monumentaux silos à grain[3] et des cuves d'hydrocarbure[4]. Avec la distance, pétroliers, méthaniers, minéraliers, vraquiers[5] à quai semblaient autant de jouets qu'un enfant aurait alignés avant de les lancer vers la pleine mer.

Se guidant grâce au plan affiché sur son tableau de bord, Alexis trouva aisément la direction de l'université. La faculté de médecine, située sur la côte, était excentrée par rapport à l'agglomération. Il se gara sur le campus et s'installa dans une cafétéria où quelques étudiants se pressaient déjà. Dekcked commanda un petit déjeuner qu'il prit au comptoir, puis, en attendant l'ouverture des locaux administratifs, il flâna sur une esplanade qui dominait la mer. Le vent ramenait du large des parfums vigoureux[6]. Sur sa gauche, des falaises blanches et mauves étiraient leurs lignes sinueuses et se fondaient dans une vapeur nacrée.

Plus à l'ouest, à quelques centaines de mètres du rivage, six étoiles de verdure chatoyaient, découpant leurs formes insolites sur les eaux bleues. Malgré la distance, Dekcked distingua un semis

1. **Digues** : jetées au bord de mer.
2. **Conteneurs** : grosses caisses métalliques utilisées pour le transport ou le stockage de marchandises.
3. **Silo à grain** : réservoir cylindrique de grande capacité, destiné à stocker des céréales.
4. **Cuves d'hydrocarbure** : réservoir destiné à stocker du pétrole ou du gaz naturel.
5. **Pétroliers, méthaniers, minéraliers, vraquiers** : différents types de cargos, nommés spécifiquement selon la cargaison qu'ils transportent : respectivement du pétrole, du méthane (gaz), des minerais, des produits en vrac.
6. **Vigoureux** : forts.

de constructions blanches : les résidences de style néocolonial appartenant aux privilégiés qui peuplaient les îles artificielles.

Elles étaient l'orgueil[1] de Bliss. L'ancienne ville était si délabrée, si peu sûre que, plutôt que de bâtir les nouvelles zones résidentielles à l'intérieur des terres, on les avait édifiées sur des plateformes flottantes de plusieurs milliers d'hectares amarrées aux fonds marins. Ses habitants y vivaient au milieu de jardins paradisiaques entretenus par des régiments de parumains. Ces îles étaient reliées au continent par des ponts suspendus. Vu d'en haut, l'ingénieux enchevêtrement des câbles d'acier et de haubans[2] déployés au-dessus des flots semblait aussi gracile que l'ouvrage soyeux d'une araignée.

Dekcked tendit son visage vers le soleil. À Felicidad, c'était encore l'hiver. Ici, même si l'air conservait un fond de fraîcheur, le ciel dégagé était comme une promesse de printemps. Il songea à Majhina et se demanda si ensemble, un jour, ils pourraient flâner sur les chemins de corniche[3].

Il était dix heures quand une secrétaire l'introduisit dans une pièce encombrée de dossiers et de lecteurs de cubes-mémoire. Une chaude lumière provenait d'une porte-fenêtre ouverte sur une cour baignée de soleil. Assis à son bureau, un homme mince aux cheveux poivre et sel coupés très court l'attendait. Il indiqua un siège à Dekcked.

– Bonheur à vous, lieutenant. Je suis Simon Lasserre, doyen[4] de cette université. Vous avez souhaité me rencontrer ?

– Bonheur à vous, monsieur le doyen. J'aurais aimé avoir quelques renseignements concernant un homme qui a étudié ici, voilà environ dix-sept ans.

---

1. **Orgueil** : ici, sujet de fierté.
2. **Haubans** : câbles et cordages soutenant le mât d'un bateau à voiles.
3. **Corniche** : ensemble de roches escarpées au-dessus d'un chemin en pente ; falaise.
4. **Doyen** : directeur d'université.

Lasserre saisit entre deux doigts la carte officielle de Dekcked et l'étudia longuement avant de la lui rendre.

– Dix-sept ans, dites-vous ? C'est loin ! Avez-vous idée du nombre d'étudiants que nous avons formés en dix-sept ans ? Vous seriez surpris par le chiffre ! Dites-moi toujours de qui il s'agit, je vais demander que l'on nous monte son dossier.

– Il s'appelle Chœlcher. Julien Chœlcher.

À ce nom, le regard du doyen s'éclaira.

– Dans ce cas, c'est différent ! Je devrais pouvoir vous répondre moi-même !

– Vous l'avez connu ?

– Parfaitement bien ! J'étais un ami d'Antoine Chœlcher, son père…

Une pointe de tristesse avait altéré[1] sa voix.

– Antoine a d'abord enseigné ici avant d'effectuer une remarquable carrière au ministère de la Recherche. Sa disparition et celle de Lina, sa femme, ont été vécues ici, à Bliss, comme un véritable drame. Julien a été l'un de mes étudiants. De loin le plus doué que j'aie jamais eu. Il a obtenu son doctorat de médecine à vingt-deux ans. Un record ! C'est sur mes conseils qu'il est allé poursuivre ses travaux aux États-Unis. J'ai d'ailleurs été membre du jury de sa seconde thèse. Que lui arrive-t-il ? Rien de grave, j'espère !

Dekcked balaya l'air de sa main.

– Vous m'excuserez de ne pouvoir répondre à cette question, mais je ne suis pas habilité à le faire.

Les lèvres de Lasserre se pincèrent, mais il ne formula aucun commentaire. La carte de Dekcked portait l'hologramme de la Sûreté intérieure et la signature manuscrite de Bérard. Refuser d'apporter son aide à son titulaire signifiait aller au-devant de très sérieux ennuis.

– Quel genre d'étudiant était Chœlcher ?

---

1. **Altéré** : modifié, sous l'effet de l'émotion.

Le doyen écarta théâtralement les bras.

– Brillant. Immensément brillant ! Dès la première année, j'ai su qu'il dépasserait ses professeurs. L'avenir a prouvé que j'étais dans le vrai car ses découvertes ont révolutionné la bio-ingénierie. Il est devenu directeur de recherche chez Génégène.

– Nous avons cela dans nos dossiers. Que pouvez-vous me dire sur son caractère ?

– Rien de particulier. Il était d'un naturel solitaire, lisait et travaillait énormément, passait beaucoup de temps dans les laboratoires de l'université, dormait très peu. Il n'y a pas de secret à une telle réussite, savez-vous. Quoi d'autre ? C'était un esprit caustique, souvent grinçant, même. Mais il était très populaire et ses camarades l'adoraient, car en dépit de son intelligence exceptionnelle, il n'y avait aucune espèce de morgue[1] chez lui.

– Avait-il des petites amies ?

– J'imagine que oui, mais je n'ai jamais abordé ce sujet avec Julien.

– Des loisirs ?

Le doyen prit le temps de réfléchir.

– Ses études l'accaparaient beaucoup. Je sais qu'il s'était taillé une jolie réputation de hacker sur le campus en piratant quelques sites publics et privés particulièrement difficiles d'accès. Il a également été à l'origine de plusieurs canulars[2] informatiques plutôt comiques.

– Fréquentait-il des parumains ?

Une expression de surprise se peignit sur le visage de son interlocuteur.

– Votre question est étrange. Je n'en sais fichtre rien, si ce n'est que le sujet l'intéressait techniquement ! Finalement, je me rends compte que je connais peu de chose de Julien. Nous parlions essentiellement génétique. Je ne m'intéressais pas à sa

1. **Morgue** : attitude méprisante.
2. **Canulars** : blagues.

vie privée. Peut-être feriez-vous mieux d'aller fouiner à Malague, le village où il habitait avec ses parents, il me semble qu'il y avait des attaches. C'est un des rares endroits restés authentiques, dans la région, à une demi-heure d'ici. Une volée de maisons qui dégringole le long de la falaise jusqu'à la mer. Attendez, je vais vous montrer.

Le doyen quitta son fauteuil et revint avec une carte qu'il déploya sur le bureau. Il désigna l'endroit où se trouvait l'université, suivit de l'index une route sinueuse et marqua de l'ongle une découpe du rivage.

– Voilà Malague. J'ignore ce qu'est devenue la vie de Julien depuis son départ, mais, s'il a été heureux quelque part, c'est bien là !

17

L'une des conquêtes les plus remarquables de notre société est, sans conteste, celle de la jeunesse. Longtemps, elle a été un âge de la vie, un état provisoire, un simple passage. Aujourd'hui, elle a valeur d'exemple. Elle est, dirons-nous, un devoir citoyen.

La Citoyenneté expliquée à mon fils,
Omar Saïdia, Éditions des GMR.

– *Chaque enquête que tu mènes est un voyage au bout de toi-même. Ça a l'air idiot ce que je te dis là, un peu pompeux, mais prends la peine d'y penser. Pourquoi est-ce qu'on a choisi ce boulot plutôt qu'un autre beaucoup plus peinard*[1] *? Qu'est-ce qui nous pousse à risquer notre peau chaque jour ? Pourquoi est-ce qu'on a besoin de chercher, de manière irrationnelle, presque instinctive souvent, jusqu'à ce qu'on trouve ? À la limite, le coupable, je m'en fous, c'est ma gueule que je découvre à la fin des fins. Dans le visage du voleur, du violeur, de l'assassin, je te jure, j'ai parfois l'impression de me contempler comme dans un miroir !*

Quand Dekcked était sorti de l'école de la Sûreté intérieure, on l'avait affecté dans un quartier dangereux de la Zone 71. Il était devenu l'équipier d'un flic expérimenté, Théo Palazzo, chargé de le former aux réalités du terrain. Leur collaboration avait duré un an. Un an d'amitié et d'estime mutuelle. Un matin d'octobre, Palazzo avait été abattu par un déséquilibré retranché dans son

1. **Peinard** : tranquille (familier).

appartement après avoir massacré toute sa famille. Ce jour-là, Dekcked était en stage au ministère. Depuis lors, il ne pouvait s'empêcher de penser que s'il avait été présent, son partenaire serait toujours en vie.

Théo était son aîné de vingt ans, mais jamais il n'avait cherché à jouer de cet avantage relatif. Il distillait[1] son savoir avec modestie et clarté, conscient d'avoir en face de lui un flic d'exception. Parfois, il se laissait aller à des envolées philosophico-fumeuses qui le faisaient rire de lui-même après coup.

Pourquoi Dekcked se souvenait-il précisément de celle-là en descendant la rue pentue qui menait jusqu'à l'ancienne maison de Chœlcher ? Peut-être à cause du tour qu'il avait imprimé à cette enquête. Comme Palazzo, il cherchait *de manière irrationnelle, presque instinctive.* On lui avait demandé de retrouver trois parumains en cavale et il avait choisi de s'intéresser à un mort. *Chaque enquête que tu mènes est un voyage au bout de toi-même*, avait affirmé son ami. Voilà bien longtemps qu'Alexis ne cessait de se demander ce qu'il pouvait bien y avoir au bout de lui-même.

Dekcked relut l'adresse que le doyen avait griffonnée sur un rectangle de papier et s'arrêta devant le numéro 26. Derrière la grille, il aperçut une grande bâtisse luxueuse. Les Chœlcher avaient été riches. Ce n'était pas l'argent qui avait déterminé la vie et les choix de leur fils.

Aucun nom n'était gravé sur la plaque du vidéophone. Dekcked appuya sur le bouton d'appel. Au bout de quelques secondes, le visage d'un homme apparut sur l'écran. Dekcked sortit sa carte et la dirigea vers l'objectif.

– Bonheur à vous, monsieur. Je suis lieutenant de la Sûreté intérieure et j'aimerais avoir des renseignements sur d'anciens propriétaires de cette villa, les Chœlcher.

L'homme commanda l'ouverture de la grille. Il rejoignit Dekcked dans la cour qui s'étendait devant la demeure. Brun, de haute

1. **Distillait** : partageait progressivement.

taille, bien découplé[1], il arborait une expression sympathique et s'avança vers le policier, main tendue.

– Bonheur à vous, lieutenant. Mon nom est Paul Guérande. Je crains de ne pouvoir vous renseigner : j'ai racheté cette maison après le décès des Chœlcher, leur fils ne souhaitait pas la conserver. Mais je sais que Mme Lacau, la voisine du 34, plus bas dans la rue, était très liée avec eux. Allez donc sonner chez elle, vous l'y trouverez sûrement car elle sort très peu.

Mme Lacau devait avoir quatre-vingts ans. C'était une petite femme aux yeux bleus et aux cheveux argentés. Elle profitait du beau temps pour rempoter des fleurs quand Dekcked se présenta à la grille et annonça le motif de sa visite.

Sans doute ses journées étaient-elles longues car elle ne se fit pas prier pour inviter le lieutenant à entrer chez elle. D'emblée, Mme Lacau lui annonça vivre seule dans sa grande maison, depuis le décès de son époux. Son visage paisible et ridé étonna Dekcked. Les magazines, la publicité, la télévision, la silhouette juvénile du Président à vie lui-même entretenaient l'image d'octogénaires adolescents d'allure, jeunes de corps et d'esprit.

La plupart des individus bénéficiant de hauts revenus suivaient des traitements régénérateurs[2]. La vieillesse était considérée comme une sorte de maladie honteuse, une fatalité réservée aux animaux et aux misérables. Le présent seul avait droit de cité, et l'avenir, congédié, se devait de lui ressembler trait pour trait. Du corps, éternellement jeune, ne restait qu'une image idéale et figée, presque irréelle à force de perfection. Et si on n'avait pas vaincu la mort, du moins allait-on à sa rencontre beau, lisse, svelte et bronzé.

L'intérieur de la maison, plongé dans la pénombre, sentait la cire et les fleurs séchées. Mme Lacau entraîna son visiteur jusqu'à

---

1. **Bien découplé** : bien bâti.
2. **Régénérateurs** : qui régénèrent, qui rajeunissent.

une terrasse ouverte sur la mer. Dekcked fut soufflé par la beauté du paysage, par ses couleurs, dures, lumineuses, si différentes des gris et des noirs qui habillaient son quotidien.

La vieille femme le laissa savourer le spectacle avant de rompre le silence.

– C'est beau, n'est-ce pas ? Le président-directeur général des Grand Magasins Réunis possède la plus grosse villa du hameau. Il a obtenu que le site reste protégé. Et ce n'est pas moi qui m'en plaindrai…

– Dispose-t-il d'une aussi belle vue ?

– À peu de chose près, oui.

Portées par les courants aériens, trois mouettes planaient à une dizaine de mètres d'eux. Puis, répondant à un signal mystérieux, elles plongèrent brusquement vers les vagues et disparurent. Alexis dut faire un effort pour s'arracher à la contemplation des flots.

– Votre voisin, M. Guérande, m'a dit que vous étiez liés, les Chœlcher et vous…

– C'est vrai. Antoine et Lina étaient des amis très proches. Mon mari et moi adorions leur petit garçon, Julien. Il était tellement beau, tellement gai, tellement rieur. Tellement intelligent aussi. Vous ne pouvez imaginer à quel point ! À quatorze ans, il était bachelier et entrait à l'université. Les Chœlcher l'avaient eu très tard. Lina avait plus de quarante-cinq ans quand Julien est né.

Elle se tut, le regard embrumé[1].

– Leur mort m'a beaucoup peinée. Antoine et Lina étaient fous de voile. Et puis il y a eu ce ridicule accident : ils ont été éperonnés par un navire dont le radar était tombé en panne. Julien est revenu vivre à Bliss. Mon mari et moi l'avons hébergé jusqu'à sa majorité. Nous étions comme sa seconde famille, vous savez. Je suppose que si vous tenez à me parler, c'est qu'il y a un problème. Comment va Julien ? Voilà des mois que je n'ai plus de ses nouvelles.

---

1. **Embrumé** : assombri par la tristesse.

Dekcked hésita.

– Madame Lacau, je souhaiterais que cette conversation reste confidentielle. Pouvez-vous me promettre de ne révéler à quiconque le contenu de notre entretien ?

Une expression lasse[1] se peignit sur le visage de la vieille femme.

– Déjà, apprenez que j'ai déjà reçu la visite de vos collègues, voilà quelque temps. Des gens fort désagréables, d'ailleurs. Ils m'ont interrogée sur Julien, mais je n'ai rien pu leur apprendre d'intéressant.

Le policier acquiesça, impassible, comme si cette information lui était connue. Encore un détail que Bérard s'était bien gardé de lui confier.

– Ensuite, à qui voulez-vous que je me confie, lieutenant ? Depuis la disparition de mon mari, je ne m'intéresse plus à grand-chose. Je vis dans un état de solitude quasi absolue. Nous n'avons jamais eu d'enfants, Clément et moi. Mes derniers amis vivent loin ou sont morts. Je suis en bonne santé, j'ai beaucoup d'argent, je possède une maison splendide, j'ai la chance de ne pas être inquiète pour ma sécurité car tout le quartier est sous surveillance constante, mais je suis au-delà du Bonheur officiel. La rumeur du monde me parvient encore, mais j'ai cessé d'y faire entendre ma petite musique.

Dekcked hocha la tête. Cette femme lui inspirait confiance et il décida de faire une entorse[2] aux consignes de Bérard, tout en prenant quelques libertés avec la vérité.

– Je pense que ce que je vais vous apprendre vous attristera.

– Julien est mort, n'est-ce pas ?

– Oui, je suis désolé.

Mme Lacau ferma les yeux et ses mains se crispèrent sur la rambarde. Elle resta un instant silencieuse puis demanda :

– Il a été assassiné ?

---

1. **Lasse** : fatiguée.
2. **Entorse** : manquement, exception.

– C'est plus complexe que cela. Disons pour simplifier que Julien Chœlcher a été impliqué dans une affaire d'espionnage industriel. Les Sections Spéciales l'ont arrêté et il a… Enfin, il est décédé au cours de son interrogatoire. J'essaie de comprendre qui il était et pourquoi il aurait commis les actes qui lui sont reprochés. J'espère trouver à Bliss un indice qui m'aide à…

– J'ai beaucoup de mal à vous croire ! l'interrompit Mme Lacau. Julien était un garçon si honnête, si idéaliste ! Je vous l'ai dit, nous l'aimions énormément, mon mari et moi, et il nous le rendait bien. Cette maison était la sienne depuis la mort de ses parents et il venait me voir chaque fois qu'il en avait l'occasion…

L'émotion fit trembler sa voix et deux grosses larmes roulèrent le long de ses joues.

– C'était un homme droit, madame, assura Dekcked. D'après ce que j'ai déjà appris, je peux vous assurer qu'il n'a agi ni par intérêt personnel ni par appât du gain.

Mme Lacau ne répondit pas. Elle détourna la tête et essuya ses yeux. Dekcked se réfugia dans un silence embarrassé. Il s'en voulait d'avoir parcouru un si long chemin pour semer le chagrin dans le cœur d'une vieille dame qui n'en avait guère besoin.

Il allait prendre congé quand elle déclara :

– Lieutenant, j'apprécie votre tact et votre humanité. Je suis certaine qu'au terme de votre enquête, vous disculperez Julien. Alors, il y a deux choses que je tiens à vous dire. La première est un secret que Lina, sa mère, m'a confié il y a bien longtemps. Je pense qu'Antoine, le père de Julien, aurait été furieux s'il avait appris que je le connaissais. Même mon époux ne l'a jamais su. J'avais juré de me taire, mais maintenant qu'ils ne sont plus de ce monde, je peux rompre mon serment.

Dekcked eut un geste d'assentiment.

Mme Lacau fixa un point, très loin sur l'horizon, et commença :

– Lina était stérile. Toutes les tentatives pour l'inséminer artificiellement ou pour implanter un embryon dans son utérus avaient échoué. C'est Antoine qui le premier a parlé d'adoption. Lina était réticente, mais Antoine lui a promis que leur bébé serait parfait. Il semblait tellement sûr de lui qu'elle a cédé. À l'époque, ils vivaient à Felicidad et personne ici n'a su la supercherie[1]. Par la suite, Julien s'est révélé être un garçon tellement exceptionnel que les inquiétudes de Lina se sont évanouies. Voilà le seul secret que je connaisse. Je doute qu'il vous soit d'une grande utilité pour votre enquête.

Dekcked se taisait. La clé qu'il cherchait était-elle là, dans l'énigme de cette naissance ? Julien Chœlcher avait-il appris un jour ce secret si bien dissimulé ? Lui, l'enfant adopté, s'était-il senti le devoir d'adopter à son tour ces individus hors lignage qu'étaient les parumains ? Voilà une hypothèse qui en valait une autre.

– Et quelle est la seconde information à laquelle vous avez fait allusion, madame Lacau ?

– Attendez-moi.

Elle s'absenta et revint un instant plus tard avec une carte à puce et un rectangle de bristol.

– Je possède plusieurs appartements à Bliss, bien que je n'y mette jamais les pieds. L'un d'eux était le royaume de Julien. Je ne le lui avais pas donné, mais c'était tout comme. Quand il venait me rendre visite, il en disposait à sa guise. Inutile de vous dire que je n'en ai pas parlé à vos collègues de la Sûreté intérieure !

Un soupir de tristesse lui échappa.

– Je pensais le lui léguer[2] à ma mort, comme tout le reste, d'ailleurs…

Mme Lacau déposa la carte et le bristol dans la paume d'Alexis.

– Tenez, je vous ai noté les codes sur ce carton. Je ne sais pas si vous trouverez un détail digne d'intérêt dans cet appartement, mais si cela peut vous aider dans votre enquête, j'en serai heureuse…

---

1. **Supercherie** : tromperie.
2. **Léguer** : transmettre.

18

Les aires de plaisir doivent rester l'apanage des enclaves. Elles permettent de canaliser hors des Zones de Felicidad des comportements et des activités que réprouvent une grande majorité de Citoyens. Elles favorisent une forme de redistribution économique qui contribue à la paix sociale à l'intérieur même des enclaves.

Directive du ministère de la Sûreté intérieure.

Après avoir quitté Mme Lacau, Dekcked chercha un endroit calme pour se connecter au site de l'état civil. Sur le dossier qu'Arouet lui avait remis, il n'était nullement spécifié que Julien avait été adopté. Comment les services de la Sûreté intérieure auraient-ils pu ignorer une information de cette importance?

Le flic gagna les hauteurs du village. Il y trouva une placette au centre de laquelle glougloutait une fontaine. Six tilleuls centenaires tendaient leurs branches nues vers le ciel. Dekcked s'installa sur un banc, brancha son perso et consulta le registre des naissances. Selon les archives officielles, Julien était bien né de Lina et Antoine Chœlcher. Poursuivant ses investigations, Dekcked découvrit l'endroit où Mme Chœlcher avait accouché. Il s'agissait de la clinique de l'Avenir, située dans la Zone 3 de Felicidad. Comme la plupart des établissements hospitaliers, elle appartenait aux Mutuelles Réunies, un groupe contrôlé par Génégène.

Il lança une nouvelle recherche afin d'avoir accès aux archives privées de la clinique. Sa requête ne put aboutir: un incendie l'avait entièrement détruite trente ans plus tôt. Les enquêteurs de la Sûreté intérieure avaient conclu à un accident. Bien évidemment, les cubes-mémoire contenant les dossiers des patients étaient partis en fumée. Aucun double n'en existait. Perplexe, Dekcked coupa la communication. Pour quelle raison Mme Lacau lui aurait-elle menti ? Mais, à moins de la croire sur parole, il ne disposait d'aucun moyen permettant de vérifier ses dires. Le mystère qui entourait la naissance de Julien Chœlcher restait pour l'instant entier. Le lieutenant retourna à sa voiture. Une visite à l'appartement qu'avait occupé Chœlcher lui ouvrirait peut-être de nouvelles perspectives.

L'immeuble qui l'abritait s'élevait dans un quartier résidentiel, à proximité de la mer. Il ne lui fallut qu'une demi-heure pour s'y rendre et garer son véhicule dans un parking à ciel ouvert. En dépit de sa fatigue, Dekcked remonta avec plaisir une avenue bordée de palmiers et s'arrêta devant un bâtiment cossu[1]. Après être monté au troisième étage, il parcourut un couloir moquetté, s'immobilisa devant le numéro 42 et tendit l'oreille. Tout semblait calme. Cédant à un réflexe professionnel, le policier dégagea discrètement son laser de son étui, puis il introduisit silencieusement la carte dans la serrure électronique et tapa le code. Un cliquetis retentit et la porte s'ouvrit avec un bruit mat. Dekcked entra et repoussa le battant derrière lui.

La lumière s'alluma automatiquement. Il se trouvait dans un vestibule. Le flic fit le tour de l'appartement : une cuisine, une salle de bains, un salon, deux chambres.

L'une d'elles retint son attention. Chœlcher devait s'y retirer pour travailler car elle renfermait une importante collection de livres et de cubes-mémoire. Sur le bureau reposait l'unité centrale d'un ordinateur. C'était un modèle courant, un peu plus volumineux que son perso. Il l'examina, songeant à ses

1. **Cossu** : luxueux.

collègues de la Sûreté intérieure. Quand ils avaient voulu accéder au disque dur récupéré dans le laboratoire du généticien, un dispositif de sécurité l'avait immédiatement effacé. Le lieutenant hésita. Que risquait-il de toute manière ? Avec un peu de chance, cet appareil serait moins protégé que l'autre. Seule difficulté : l'appareil était logiquement programmé pour obéir vocalement à son propriétaire.

Le policier brancha son perso et chercha l'enregistrement de la conférence qu'avait donnée Chœlcher. En quelques secondes, un logiciel approprié échantillonna la voix du généticien et en analysa les caractéristiques. Dekcked approcha l'engin de sa bouche et ordonna à l'ordinateur de se connecter. La voix qui jaillit du minuscule haut-parleur était celle de Chœlcher. Un écran se matérialisa aussitôt au-dessus de l'unité centrale.

Le sentiment de triomphe qui envahit Dekcked fut de courte durée. Le contenu du disque dur ne présentait d'intérêt que pour Chœlcher. Celui-ci avait été un photographe de talent. Il avait stocké une quantité invraisemblable de clichés. Des paysages essentiellement. Le policier ne trouva aucune trace des travaux scientifiques du généticien. Par acquit de conscience, il connecta son perso à l'ordinateur et utilisa un programme de scan approfondi afin de tenter la récupération d'éventuels dossiers effacés ou perdus.

L'engin tourna près d'une heure et parvint à retrouver une dizaine de fichiers. La plupart ne présentaient aucun intérêt, mais trois d'entre eux retinrent son attention. Lorsqu'il tenta de les ouvrir, un message lui signala qu'ils étaient codés. Dekcked possédait quatre logiciels de décryptage. Il les lança les uns après les autres mais dut rapidement déchanter. Le code que Chœlcher avait utilisé était beaucoup trop complexe et son perso ne disposait pas de la puissance de calcul nécessaire pour en venir à bout. Le policier fouilla le bureau et dénicha dans un tiroir plusieurs cubes-mémoire vierges. Il en utilisa un pour copier les trois fichiers puis le fourra dans sa poche.

Redoutant que la Sûreté intérieure n'apprenne un jour ou l'autre l'existence de cet appartement, il prit soin de détruire l'ensemble des documents enregistrés sur le disque dur puis le formata afin d'en effacer définitivement le contenu. Ensuite, il éteignit l'ordinateur, essuya à l'aide d'un mouchoir toutes les surfaces qu'il avait touchées et sortit de l'appartement.

Le bip prolongé du perso arracha Dekcked au sommeil. Il était dans sa voiture, recroquevillé sur le siège du conducteur. L'air était glacé et sentait la sueur. Pour autant qu'il s'en souvienne, il s'était arrêté sur une aire de repos, juste le temps de récupérer et s'était endormi, rattrapé par la fatigue. Lâchant un soupir de contrariété, il fouilla dans la poche de sa veste, attrapa l'appareil, le colla contre son oreille et marmonna :

– Dekcked à l'appareil.

– Bonheur à toi, Alexis. Je te réveille ?

– Ouais, c'est l'heure de ma sieste…

Son interlocuteur eut un accès d'hilarité[1] et Dekcked n'eut aucun mal à se représenter les bajoues et le triple menton de Bouche d'or tremblotant au rythme de son énorme rire.

– Eh ben, secoue-toi un peu, il est dix-sept heures pile !

Dekcked déplia son corps, bâilla et jeta un coup d'œil à l'horloge du tableau de bord. Elle indiquait seize heures quarante-cinq. Il tiqua[2].

– C'est moi qui retarde ou c'est toi qui avances ?

– Je suis toujours à l'heure exacte, répondit le gros homme. Absolument exacte ! Pour moi, le temps, c'est de l'argent. Allez, secoue-toi, fiston, poursuivit Bouche d'or, et rapplique en vitesse parce que j'ai appris des trucs drôlement intéressants !

Un sourire s'épanouit sur les lèvres de Dekcked qui en oublia sa lassitude et le froid.

1. **Accès d'hilarité** : explosion de rire.
2. **Tiqua** : manifesta de l'étonnement.

– Je savais que je pouvais compter sur toi, mon vieux Félix ! Écoute, je suis encore à deux heures de Felicidad. Je passe prendre une douche à la maison, je me change et j'arrive.

– Parfait. On se retrouve au Blue Sun pour dîner.

Alexis raccrocha. Si son ami avait cru bon de l'appeler, c'est que son information valait son pesant d'or ! Il remit l'horloge à l'heure en sifflotant et s'interrompit brutalement. Quelque chose clochait. Mais quoi ? Dekcked fronça les sourcils et observa les chiffres verdâtres. Il éprouvait une sensation désagréable, comme une démangeaison dont on ne parviendrait pas à localiser l'emplacement.

Un détail… Un détail concernant l'heure le tracassait. Il tenta de le faire remonter à la claire conscience, mais ses pensées restèrent confuses.

– Décidément, j'ai besoin de repos, grogna-t-il.

Il lança le moteur, régla le chauffage à fond, se frotta vigoureusement le visage pour s'éclaircir les idées et démarra.

Il avait neigé sur Felicidad et la grisaille des Zones périphériques avait été engloutie sous une coulée blanche. Le vent y avait dessiné de longues ondulations, des vagues et des crêtes. Les immeubles ternes des quartiers populaires semblaient de gros vaisseaux privés de mâts, à la dérive sur cet océan miroitant que fendait la ligne noire de l'autoroute.

Dekcked retrouvait progressivement ses repères : les énormes complexes commerciaux des Grands Magasins Réunis, le campus universitaire où il avait fait ses études de droit, la Zone où ses parents et lui avaient toujours habité. Il n'y était pas retourné depuis leur décès.

Malgré les années, Alexis ne pouvait songer à eux sans douleur. Ils avaient été des parents merveilleux, attentifs, qui l'avaient aimé avec excès, peut-être parce qu'ils l'avaient eu sur le tard et qu'il était leur unique enfant. Ils étaient morts l'année de sa licence[1]. Le car qui les transportait avait fini dans un précipice, alors qu'ils passaient des vacances en Grèce.

Alexis se souvenait de longues semaines de souffrance, de ce chagrin qu'il avait appris à surmonter seul. Ses insomnies s'étaient aggravées et il avait pris l'habitude de traîner dans les bars de nuit et d'y boire un peu plus que de raison. Il y avait fait la connaissance d'un policier qui l'avait convaincu de passer le concours supérieur de la Sûreté intérieure. Le temps avait passé. Il n'avait jamais revu son camarade de beuverie[2] mais il était certain d'une chose, celui-ci l'avait bien conseillé. Il était né pour ce boulot !

Son cœur se serra quand il longea Fantasyland, le parc de loisirs où son père et sa mère l'emmenaient quand il était enfant. Au-delà des grillages s'étendait un paysage grotesque, villages de sucre candi, châteaux roses et bleus, Taj Mahal de pacotille[3], peuplés de personnages dégoulinants de bonté mièvre.

Comment avait-il pu trouver du charme à ces spectacles ridicules, formatés selon le goût exact du public ? Quelques années après la mort de ses parents, il avait tenté d'y retourner et s'était enfui, exaspéré par cet univers anesthésiant d'où le monde réel était banni.

Le bonheur aseptisé et poisseux qu'on avait déclaré obligatoire l'écœurait chaque jour un peu plus. Ses concitoyens s'en accommodaient pourtant fort bien. À longueur d'année, un public guilleret se pressait dans la ribambelle de parcs semés sur la planète, adultes et enfants confondus, communiant dans une hébétude[4] moutonnière et ravie.

Tout le contraire de ce pour quoi Chœlcher est mort ! pensa Dekcked. Et, l'espace d'un instant, la folie du généticien lui sembla respectable.

---

1. **Licence** : troisième année d'études universitaires.
2. **Beuverie** : soûlerie.
3. **Taj Mahal de pacotille** : faux palais luxueux, sur le modèle du célèbre Taj Mahal, mausolée de marbre blanc construit en Inde au XVIIe siècle.
4. **Hébétude** : bêtise.

Alexis ouvrait la porte de son appartement quand son perso sonna. Le visage de Bérard s'afficha sur l'écran :

– Où en êtes-vous, Dekcked ? J'ai attendu toute la journée que vous m'appeliez !

Il pouvait être dangereux de mentir au ministre, d'autant que celui-ci savait peut-être déjà d'où il arrivait. Dekcked préféra jouer la carte de la franchise et répondit :

– Bonheur à vous, monsieur le ministre. La personnalité de Chœlcher m'apparaît plus claire, à présent. Je reviens de Bliss où j'ai rencontré un de ses professeurs et une de ses anciennes voisines et…

– Qu'est-ce que vous venez me chanter avec la personnalité de Chœlcher ? Je vous ai demandé de retrouver les Delta 5, pas de partir en vacances !

– Je m'y emploie, monsieur. J'ai rendez-vous avec un informateur qui doit me communiquer des éléments importants pour la suite de mon enquête.

– Je l'espère pour vous, le Président à vie s'impatiente !

La fenêtre de communication se ferma. Dekcked haussa les épaules. Il n'avait pas cru bon de faire allusion aux trois dossiers cryptés. Bérard aurait exigé qu'il les lui remette avant qu'il ait le temps de découvrir leur contenu.

Il sortit le cube-mémoire de sa poche et le fit rouler dans sa paume. Son rendez-vous avec Félix tombait à point.

Le Blue Sun était bondé. Dekcked salua les gardes du corps d'un discret signe de tête et rejoignit Bouche d'or à sa table. Celui-ci se leva et lui donna l'accolade[1], sans se préoccuper des formules d'usage. Le colosse s'empara d'un éventail posé devant lui et l'agita nonchalamment. Il en désigna un second à Alexis qui

1. **Lui donna l'accolade** : le prit dans ses bras.

l'imita. C'était un vieux truc – parfaitement légal – qu'utilisaient les Citoyens pour dissimuler leurs bouches aux sécuricams. Il devenait ainsi impossible de lire sur leurs lèvres.

– J'ai aussi un minibrouilleur dans ma poche, au cas où des micros directionnels seraient braqués sur nous.

– Des problèmes ? interrogea Dekcked.

Les éventails étaient deux papillons frémissants au-dessus de la table. Félix inclina la tête.

– Ça remue beaucoup, en ce moment, Alexis. J'ai reçu la visite de trois types du ministère des Armées. Ils m'ont posé les mêmes questions que toi et me réclament les mêmes services.

– Ils t'offrent beaucoup ?

Le gros homme eut un geste agacé.

– Ce n'est pas une question de fric ! C'est moi qui choisis à qui je fournis mes informations. N'empêche, ils me mettent la pression. Ils ont vérifié les mouchards de tous les parumains qui bossent pour moi et m'ont fait comprendre à mots plus ou moins couverts que si je collabore pas, ils pourraient boucler complètement les enclaves.

– Elles sont déjà bouclées, non ?

– Tu sais très bien qu'il existe des tas de zones franches et de points de passage. Ça facilite les échanges commerciaux, comme on dit. S'ils les bloquent, la pression va monter et je ne réponds plus de rien.

Dekcked attrapa une poignée de cacahuètes qu'il fourra dans sa bouche.

– C'est pour ça que tu m'as fait venir ?

– Non. J'ai trouvé un des types que tu cherches...

Le flic sentit son excitation le reprendre.

– Tu es sûr de toi ?

Bouche d'or l'observait de ses petits yeux noyés dans la graisse. Sa face bouffie évoquait un masque d'idole païenne[1]. D'un geste

1. **Idole païenne** : statue de divinité d'une religion polythéiste de l'Antiquité.

de prestidigitateur, il fit apparaître entre ses doigts boudinés une carte noir et or qu'il tendit à Alexis. Celui-ci s'en empara et l'observa. Un nom y était imprimé en lettres tarabiscotées : l'Ubik[1].

– Je possède cette boîte de nuit à Lust[2].

Dekcked hocha la tête.

– L'Ubik ? Je sais, j'y ai déjà traîné pas mal.

Lust était l'aire de plaisir la plus courue de Lavelle, l'enclave que contrôlait Bouche d'or. La meilleure société de Felicidad venait s'y encanailler[3] en toute discrétion, d'autant que les enclaves échappaient à la surveillance des sécuricams.

– Tu m'offres une entrée gratuite ? Justement, je ne savais pas quoi faire ce soir…

– Arrête de jouer les imbéciles ! Avec cette carte, tu entres à l'Ubik quand tu veux, tu consommes ce que tu veux avec qui tu veux et tu ne payes pas un rond. En prime, le personnel se met au garde-à-vous quand tu passes et te cire les pompes si tu le réclames.

– Flatteur… Je te dois combien ?

– Rien, c'est cadeau. Écoute, maintenant : l'établissement comporte de nombreux salons privés pour y effectuer toutes sortes d'affaires.

– Je vois tout à fait le genre. Et alors ?

– Alors, ces salons sont équipés de caméras et de capteurs hypersophistiqués. Enfin, de tout ce qui permet de savoir ce qui s'y passe, même si ceux qui s'y rendent utilisent des brouilleurs.

– Bref, tu te fabriques des souvenirs pour tes vieux jours.

Bouche d'or pouffa. Il tapota sa bedaine avec volupté.

– On peut dire ça comme ça. Toujours est-il qu'hier, mon technicien a enregistré une conversation entre deux types. Il y en a

---

1. **Ubik** : le nom de cette boîte de nuit est une référence à un roman dystopique de Philip K. Dick, *Ubik* (1969).
2. **Lust** : en allemand, *Lust* signifie « plaisir, désir ».
3. **S'encanailler** : fréquenter des gens douteux.

un qu'on n'a pas identifié. Il a proposé à l'autre une valise pleine de bons anonymes échangeables dans n'importe quelle banque contre une série de codes ultra-confidentiels. En attendant, il lui a remis un sacré paquet de pognon.

– Et qui est l'autre ?

– Un habitué nommé Daniel Nicholson. C'est un gros bonnet[1], directeur des services informatiques de Génégène. Il a des plaisirs coûteux et vit largement au-dessus de ses moyens. Alors tu penses si le fric l'obsède !

– Tu sais à quoi correspondent les codes que l'inconnu veut récupérer ?

– Aucune idée. Mais ces deux lascars ont l'air de savoir de quoi ils parlent.

– Ils se revoient quand ?

– Et c'est là que je t'apporte une bonne nouvelle : ce soir, à minuit précis ! Alors, tu me boucles cette histoire en quatrième vitesse et on n'en parle plus !

Dekcked choqua sa chope contre celle de Bouche d'or.

– Tu es ma bonne fée !

Un large sourire fendit la face du colosse.

– Une dernière chose, Félix. Tu as des gars autour de toi qui s'y connaissent en cryptage de données informatiques ?

Les battements de l'éventail s'interrompirent. Bouche d'or acquiesça.

– Ben ouais. Quand on est dans les affaires, on n'a pas besoin que tout le monde soit au courant de ce qu'on traficote ! J'emploie deux types qui sont de véritables magiciens.

– Génial ! Mets discrètement ta main dans ta poche droite et continue à parler comme si de rien n'était.

Le gros homme obéit et ses doigts se refermèrent sur le cube-mémoire.

Dekcked cligna de l'œil.

1. **Gros bonnet** : personnage important (familier).

– Je te l'ai fourgué[1] quand on s'est dit bonjour, tout à l'heure. Même les sécuricams n'ont rien remarqué. Tu crois que tes magiciens seraient capables de savoir ce que contiennent les documents stockés là-dessus ?

Bouche d'or lui renvoya son clin d'œil et referma son éventail avec la dextérité d'une Andalouse[2].

– C'est comme si c'était fait !

1. **Fourgué** : donné (familier).
2. **La dextérité d'une Andalouse** : l'habileté d'une femme d'Andalousie, en Espagne, où l'éventail est un accessoire utilisé pour danser le flamenco.

19

Enclave [ãklav] n. f. *Zone de non-droit légale*. L'autorité de l'État s'y exerce de manière indirecte. Les enclaves représentent de paradoxaux espaces de liberté et participent d'une conception de l'économie résolument ouverte, selon l'Organisation mondiale des échanges économiques.*
Enclavé [ãklave] n. m. *Sens 1) Habitant des enclaves. Sens 2) fam. Homme sans usage, manquant de savoir-vivre et d'honnêteté.*

Dictionnaire de la langue officielle,
Éditions des GMR.

Les gardes en poste au check point contrôlèrent le sauf-conduit[1] de Dekcked avant de le laisser franchir les barrières. D'ordinaire, ils se contentaient d'un regard distrait. En dépit des mesures de sécurité, de nombreux Citoyens se rendaient à Lust, dûment munis de sauf-conduits. Les intérêts financiers en jeu étaient trop importants pour que le ministère de la Sûreté intérieure ordonne le bouclage de Lavelle : soixante pour cent des sommes récoltées dans les aires de plaisir étaient immédiatement reversées à l'État.

L'enclave que contrôlait Félix était située à une demi-heure du quartier où vivait Alexis, à cheval sur les Zones 6, 7 et 9. La plupart des bâtiments qu'on y avait édifiés, au siècle précédent, s'étaient effondrés. À la base de ceux qui tenaient encore debout s'étendait un bidonville démesuré.

---

1. **Sauf-conduit** : laissez-passer.

Ses habitants y vivaient dans des conditions abominables de misère et de saleté, sans eau courante ni électricité. Une mosaïque de jardins potagers cultivés contre vents et marées leur permettait de ne pas mourir de faim.

Les trafics en tout genre étaient autorisés. De vastes esplanades abritaient les marchés qui, contre toute attente, étaient richement approvisionnés. Ici, tout se vendait, tout s'achetait – nourriture, drogues, alcools légaux ou illégaux, opérations chirurgicales, œuvres d'art, marchandises de contrebande, électronique de pointe, logiciels illicites, armes de poing, de guerre, êtres humains ou parumains – dans le plus pur mépris de la loi.

Un jour, Bérard avait doctement[1] expliqué à Dekcked que les guerres délocalisées étaient les abcès de fixation qui permettaient à la communauté internationale de vivre dans un calme relatif. Tant que la violence pouvait s'y exprimer pleinement mais de manière contenue, l'harmonie était possible entre les États-continents.

– Nous avons le devoir, avait-il ajouté, de satisfaire le désir qu'ont les masses d'un monde cohérent, compréhensible et prévisible. Quant aux enclaves, elles sont l'ultime repoussoir, la vitrine vivante de l'abjection. Elles fournissent la preuve que le pire est possible et que les Citoyens, même les plus misérables, y échappent, par la grâce de l'État. Les supprimer serait mettre la société en péril.

Dekcked se taisait, accablé par tant de cynisme.

– Et quel individu sensé souhaiterait mettre la société en péril? avait conclu Bérard avec un fin sourire. Votre ami Félix Woestorde le sait mieux que quiconque…

L'autoroute qui menait à Lust était parfaitement entretenue. Les sociétés de travaux publics l'avaient bordée de grillages et

---

1. **Doctement**: avec un ton savant.

de barbelés afin que les enclavés ne puissent causer de difficultés aux Citoyens qui se rendaient dans l'aire de plaisir. Au-delà, c'était la nuit et la peur. Bien entendu, ces pauvres barrières étaient inefficaces contre les attaques-surprises, mais la plupart de ceux qui venaient à Lust étaient autorisés à porter des lasers de classe 1. Enfin, tant qu'on restait sur les périmètres sécurisés, des équipes de policiers intervenaient dans les cinq minutes en cas d'appel de détresse.

Bientôt scintillèrent au loin les enseignes lumineuses annonçant à Dekcked qu'il atteignait son but : Lust, une enclave dans l'enclave. L'aire de plaisir était recouverte d'un immense dôme transparent qui la mettait à l'abri des variations de chaleur et des pluies. L'atmosphère y était éternellement douce, qu'il gèle ou que ce soit la canicule sur Felicidad.

Le policier n'eut aucune difficulté à retrouver l'Ubik. Son enseigne jetait des reflets sanglants sur le centre de la coupole, situé à son exacte verticale. Dekcked gara sa voiture sur le parking déjà bien encombré et vérifia que son arme coulissait librement dans son étui. Une foule épaisse s'écoulait en direction des centres de divertissement. Dekcked resta un instant à observer les Citoyens venus passer quelques heures ou quelques jours de folie à Lust, seuls ou en tribu*.

C'était un festival de couleurs, de maquillages excessifs, de chair exhibée ou entrevue, de masques grotesques, de visages effrayants. On était à mille lieues du spectacle insipide et gris qu'offraient les Citoyens au quotidien. Certains avaient choisi des tenues extravagantes, inspirées, pour la plupart, de feuilletons à succès. D'autres s'étaient travestis en créatures improbables, monstrueuses ou équivoques. Un groupe d'hommes et de femmes, visages et torses scarifiés, passa devant la voiture du policier en bondissant et en hurlant. L'un d'eux se tourna vers le flic et claqua des mâchoires comme un fauve affamé. Ses canines devaient bien mesurer vingt centimètres. Ils étaient suivis par un individu vêtu d'un pagne court. Son nez, sa bouche, ses oreilles, ses épaules étaient incrustés de longues pièces métalliques qui cliquetaient à chacun de ses mouvements. Dekcked, ahuri, suivit des yeux un homme qui avait les chairs des bras et des jambes à nu, simplement protégées par un film transparent biocompatible. Sa compagne avait subi une opération analogue. Elle était enceinte et une fenêtre transparente avait été ménagée sur son abdomen, de manière à laisser deviner le fœtus. Cette vision arracha un hoquet de dégoût à Dekcked. Il fallait être complètement cinglé pour s'infliger un traitement pareil !

Depuis quelques années, la mode était au remodelage du corps*. En moins de deux heures, les techniciens des boutiques chirurgicales, à l'entrée du parking, pouvaient vous transformer en fonction de vos goûts ou de la tribu à laquelle vous souhaitiez vous intégrer : hérisson humain coiffé de pics d'acier, écorché vif, cyborg mi-homme, mi-machine... Les seules limites étaient celles qu'imposait votre imagination. Les opérations étaient automatisées et parfaitement indolores. Ensuite, grâce aux procédés de régénération cellulaire, on vous redonnait votre apparence normale dans un laps de temps[1] équivalent à la première intervention. Quand vous regagniez votre Zone, aux petites heures de l'aube, personne n'aurait pu deviner à qui ou à quoi vous ressembliez la nuit précédente.

Dekcked soupira et ouvrit la portière. Il lui semblait parfois être étranger à son propre monde. D'ailleurs, entre ces humains reconstruits ou bricolés, soumis à de constants traitements régénérateurs, voire à des améliorations génétiques, et les parumains, la différence lui apparaissait purement théorique.

À peine eut-il posé le pied sur l'asphalte[2] qu'un homme à la mise soignée s'approcha. Il tenait un attaché-case qu'il posa sur le capot et ouvrit.

1. **Laps de temps** : durée.
2. **Asphalte** : trottoir bitumé (familier).

– Ça vous tente ? interrogea l'homme. J'ai ici tout ce que vous pouvez souhaiter : hallucinogènes, tranquillisants, amphétamines, désinhibiteurs, neurostimulants, inducteurs de transe[1]. Qualité supérieure !

Le dealer[2] caressait le velours rouge qui tapissait l'intérieur de sa mallette. Dekcked aperçut, disposés comme dans un écrin[3], une trentaine de boîtes et de flacons colorés.

– Non, merci. Pas ce soir, répondit-il en s'éloignant.

Il se mêla aux fêtards qui se pressaient par centaines vers les portes monumentales de l'Ubik. La sélection était rigoureuse, mais nombreux étaient ceux qui tentaient leur chance, attirés par la réputation sulfureuse[4] de l'établissement.

Les videurs qui filtraient les entrées se figèrent quand Dekcked agita négligemment la carte que Bouche d'or lui avait remise. Ils repoussèrent sans ménagements ceux qui l'entouraient et le laissèrent passer seul, comme un hôte de marque[5]. Quand il franchit le seuil, le plus grand d'entre eux s'inclina et le gratifia d'un :

– Excellente soirée, monsieur. À votre entière disposition.

L'établissement, de forme octogonale, comportait trois étages. Tout en haut se trouvait le restaurant, vitré sur 360°. Le spectacle y était somptueux. À la nuit veloutée de l'enclave succédaient les lumières de Felicidad qui scintillaient jusqu'à l'horizon. Le rez-de-chaussée et les deux premiers étages comportaient des salles de dimensions cyclopéennes pouvant accueillir des milliers de personnes et dans lesquelles les heureux élus se livraient à des fêtes effrénées[6]. Les sous-sols abritaient les locaux techniques et les salons à usage privé.

---

1. Énumération de différentes drogues.
2. Dealer : vendeur de drogue.
3. Écrin : boîte à bijoux.
4. Réputation sulfureuse : mauvaise réputation (littéralement « qui sent le soufre de l'enfer »).
5. Hôte de marque : invité remarquable, important.
6. Effrénées : déchaînées.

Dekcked emprunta un ascenseur et descendit. Un vigile l'attendait en bas qui vérifia son laissez-passer et le conduisit dans une régie[1]. Un homme en blouse blanche le reçut cordialement.

– Bonheur à vous, déclara-t-il en lui tendant la main. Je vous attendais. Le patron m'a demandé de préparer la vidéo enregistrée hier.

Le technicien désigna un écran. On y apercevait une pièce à l'ameublement luxueux.

– Voilà l'endroit où la transaction doit avoir lieu ce soir. L'un des deux types avait un brouilleur audio-vidéo planqué sur lui et j'ai loupé leur entrée. Mais, à mon avis, on n'a rien perdu d'important.

Il désigna un engin hérissé d'antennes et émit un petit rire satisfait.

– J'ai mis au point un système qui annule l'effet des brouilleurs, mais il lui faut une poignée de secondes pour être efficace. Vous verrez, l'image tremblote un peu par moments, rien de plus.

Il lança une commande et la scène sur l'écran changea. Un homme grand, aux cheveux blonds, et un autre, plus petit, très brun, étaient assis face à face.

– Nicholson, c'est le brun, précisa le technicien.

Le grand blond tendit une feuille à Nicholson. Celui-ci l'examina puis la rendit à l'inconnu :

– Je suis en mesure d'obtenir ces codes. Tout dépendra de la somme dont vous disposez.

– Quatre millions d'euros en bons anonymes valables dans les trois États-continents et cette avance de huit cent mille euros en attendant…

L'inconnu entrouvrit sa veste et tira d'une poche intérieure une carte de stockage interbanques. Il suffisait de l'introduire dans un distributeur automatique pour créditer son compte du

1. **Régie** : cabine technique d'enregistrements audiovisuels.

montant qui y était porté. L'homme la tendit à Nicholson qui la lui arracha presque des mains.

– Retrouvons-nous demain soir à minuit. Vous aurez ce que vous voulez.

Le grand blond acquiesça.

– Entendu. Vous songerez à rester discret…

Il souriait d'un air inquiétant.

Nicholson se rembrunit.

– C'est mon boulot que je risque ! Et pour une somme pareille, vous pensez bien que je n'ai pas envie de jouer les imbéciles.

Il sortit. L'inconnu resta un instant pensif avant de quitter la pièce. Dekcked n'avait cessé de l'observer sous toutes les coutures. Ce type dégageait une impression de puissance peu commune. C'était un Delta 5, il en aurait mis sa main au feu !

Le technicien désigna sa montre.

– Leur rendez-vous a lieu dans un peu plus d'une heure. Allez donc vous changer les idées là-haut en attendant. Laissez-moi votre mail et je vous bipe[1] dès qu'ils se pointent.

– D'accord. Par la même occasion, pouvez-vous transférer cet enregistrement sur la messagerie de mon perso ?

– Pas de problème. Je vous l'expédie tout de suite.

Dekcked griffonna son adresse électronique sur une feuille et remonta à l'étage. Il contourna la piste de danse, gagna le bar et s'assit sur une chaise haute. Un long miroir lui renvoya son reflet qu'il reconnut sans plaisir : un homme brun, mal rasé, à la silhouette athlétique, aux traits marqués par la fatigue. Il posa sa carte devant lui. La barmaid[2], une parumaine à la peau et aux cheveux verts, la regarda et lui demanda ce qu'il désirait. Ses cheveux ressemblaient à des tentacules végétaux traversés de reflets mauves et cuivrés. Alexis commanda un mezcla[3]. C'était

1. **Je vous bipe** : je vous contacte par un bip sur votre perso.
2. **Barmaid** : serveuse de bar.
3. **Mezcla** : nom inventé par Jean Mola à partir du nom « mezcal », boisson alcoolisée mexicaine, élaborée à partir d'agave (plante grasse).

un cocktail énergétique à base d'alcool et de diverses substances semi-licites. Depuis deux jours, il n'avait dormi que trois heures, un remontant serait le bienvenu ! Dès la première gorgée, il se sentit revigoré et ses sens s'aiguisèrent.

L'air était lourd, tiède, empli de parfums capiteux et sans aucun doute saturé de molécules aux propriétés euphorisantes. La musique provenait de partout à la fois : aigus et médiums du plafond, basses du sol[1]. Dekcked la sentait sur sa peau tout autant que sous les os de son crâne, omniprésente, hypnotique. Ici, on ne parlait pas, on pensait à peine. On devenait caisse de résonance.

Une foule compacte se pressait autour de lui, humains et parumains mélangés, si semblables parfois qu'il était difficile de les différencier. Fasciné, le flic observa à la dérobée les créatures somptueuses que Génégène destinait aux établissements de plaisir. Certaines étaient sans conteste féminines, d'autres masculines. D'autres enfin, à la silhouette androgyne[2], au visage hautain[3], troublaient par leur ambiguïté. Toutes étaient d'une beauté excessive, presque effrayante. Dekcked porta son verre à ses lèvres, luttant contre un malaise qu'il ne s'expliquait pas. Partout sur les murs de Felicidad s'étalait le slogan qu'avait choisi Génégène : *Maintenant, la perfection est vraiment de ce monde !* Curieusement, il n'y avait jamais lu une promesse de bonheur, mais une sourde menace.

Dekcked n'aurait pu dire combien de temps il avait passé au comptoir. Il oscillait d'avant en arrière, gagné par la transe[4] générale. Le vibreur de son perso le ramena à la réalité. Il termina son verre d'un trait et repartit vers les ascenseurs. Quand il entra dans le studio, le technicien désigna l'écran : les deux hommes qu'il avait découverts sur la bande enregistrée avaient

1. **Aigus, médiums, basses** : caractéristiques des fréquences du son.
2. **Androgyne** : qui a à la fois des traits physiques masculins et féminins.
3. **Hautain** : orgueilleux, arrogant.
4. **Transe** : mouvement d'exaltation qui donne l'impression d'être hors de soi.

repris leur place dans le salon privé. Nicholson tira de sa poche un cube-mémoire et le tendit sans un mot au grand blond, qui l'introduisit dans un perso. Il parut satisfait de ce qui s'afficha sur l'écran et lui remit une petite valise. L'autre l'ouvrit, vérifia hâtivement qu'elle contenait bien la somme promise et sortit sans même un salut.

– Par où vont-ils repartir ? interrogea Dekcked.

– En général, les clients choisissent l'issue de secours. C'est ce qu'ils ont fait la dernière fois, ça évite de traverser la boîte.

Le technicien désigna une porte.

– Passez par là, vous y serez avant eux.

Dekcked emprunta un escalier et déboucha dans un couloir qui le conduisit dans une ruelle située à l'arrière du bâtiment. Tout en marchant, il fit passer son pistolet de l'étui à la poche gauche de sa veste et referma sa main sur la crosse. Il s'accroupit derrière un amoncellement de poubelles et attendit. Nicholson franchit le premier la porte. Il partit vers le parking en jetant des regards inquiets derrière lui. Le grand blond fit son apparition moins d'une minute après et prit la même direction.

Délaissant sa cachette, Dekcked le suivit discrètement. Si tout se passait comme il l'espérait, il parviendrait à le filer jusqu'à sa destination. Ensuite, il avertirait Bérard, et les Sections Spéciales viendraient terminer le boulot.

Le flic atteignit l'extrémité de la ruelle. À l'angle, il marqua une pause afin de laisser le parumain blond prendre un peu d'avance. N'entendant plus ses pas résonner, il s'avança. Un choc brutal au niveau de l'estomac le projeta à terre. Le souffle coupé, il tenta de se relever. Le grand blond se tenait devant lui. Il fit deux enjambées et Dekcked gémit en sentant une poigne terrible lui broyer l'épaule. Sans effort apparent, le blond le remit sur ses jambes. Il voulut se dégager. Autant échapper à un étau hydraulique[1].

---

1. **Étau hydraulique** : mécanisme de serrage dont la force est particulièrement efficace.

Son agresseur sourit. Ses cheveux étaient blancs à force de blondeur et ses yeux d'un bleu ahurissant, presque transparent[1].

– Votre filature[2] est grossière, dit-il avec flegme[3].

– Je ne vous file pas !

Le parumain intensifia sa pression. Dekcked sentit ses os craquer et poussa un hurlement.

– Ne jouez pas au plus fin avec moi, monsieur Dekcked, nous en savons beaucoup plus sur vous que vous ne l'imaginez…

Le flic essaya de masquer sa surprise. Comment le Delta 5 pouvait-il connaître son identité ?

– C'est Nicholson qui m'a balancé ? reprit le parumain, imperturbable.

– Oui, mentit Dekcked. Il vous a refilé un cube-mémoire bidon[4]. Et malgré votre brouilleur, vos deux entrevues ont été enregistrées. Vous êtes foutu, on va vous retrouver, où que vous vous planquiez !

Une seconde, le Delta 5 parut décontenancé. Profitant de son trouble, Dekcked plongea sa main gauche dans sa poche, referma ses doigts sur la crosse de son pistolet et fit feu à travers le tissu. Le laser avait été réglé pour blesser, pas pour tuer. Le mince faisceau brûla le côté droit de son adversaire sans causer de dégâts importants. Poussant un cri de douleur, le parumain relâcha sa prise. Le flic recula d'un pas. D'un mouvement de l'index, il décupla la puissance de son arme et voulut tirer une seconde fois, mais le Delta 5 lança son poing et le frappa en pleine poitrine. Dekcked se plia en deux et lâcha son laser. Un second coup atteignit sa tête.

Il eut l'impression que son crâne explosait et perdit connaissance[5].

---

1. La description du personnage est une référence au film *Blade Runner* de Ridley Scott : l'une des créatures artificielles, un réplicant Nexus-6, qui affronte l'enquêteur Rick Deckard, et qui est incarné par l'acteur Rutger Hauer, a les mêmes caractères physiques.
2. **Filature** : fait de suivre quelqu'un en cachette.
3. **Flegme** : calme, sang-froid.
4. **Bidon** : faux, truqué.
5. **Perdit connaissance** : s'évanouit.

20

À ceux qui contestent l'utilité des enclaves, nous rappellerons quelques évidences.
Chaque tentative d'en interdire l'accès aux Citoyens a entraîné une augmentation record des vols, des homicides et des trafics divers liés à la moyenne et grande criminalité. Vingt pour cent du budget de l'État provient des taxes versées par les aires de plaisir, situées précisément dans les enclaves.

Conférence de presse de M. Maxime Bérard,
ministre de la Sûreté intérieure (extrait).

Dekcked rêvait qu'il flottait entre deux eaux, aussi mou et alangui[1] qu'une algue. Plus de douleur, de pesanteur, mais une délectable, une exquise quiétude[2].

Il ouvrit les yeux et se rendit compte qu'il ne rêvait pas. Il baignait dans un fluide verdâtre, épais et tiède, traversé de vibrations qui se communiquaient à ses muscles, à ses os, à son corps tout entier. Sa bouche et son nez étaient recouverts par un masque afin que ses besoins en oxygène fussent assurés. Il tâta son abdomen et sentit, raccordé à son ombilic, le tube par lequel circulaient les substances thérapeutiques[3] et les nutriments nécessaires au fonctionnement de son organisme.

---

1. **Alangui** : sans force.
2. **Quiétude** : sérénité.
3. **Thérapeutiques** : qui soignent.

À travers les parois translucides de la cuve, Dekcked aperçut une jeune femme en tenue d'infirmière. Constatant qu'il s'était réveillé, elle s'approcha et lui sourit.

– Ne vous inquiétez pas. Encore vingt-quatre heures et vos tissus seront complètement reconstitués ! Il faut dormir encore.

Sa voix semblait venir de très loin, assourdie par l'épaisseur du liquide. Dekcked agita la tête pour montrer qu'il avait entendu. Il se souvenait de la douleur insupportable dans son épaule, du bruit horrible des os qui se brisaient sous la poigne du Delta 5, de sa poitrine martyrisée, du choc sur sa tête. Il fallait qu'il ait subi de lourds traumatismes pour qu'on ait jugé bon de le placer dans un caisson de régénération.

Le flic testa prudemment ses articulations. Elles étaient raides mais paraissaient en parfait état. Il tenta de s'asseoir sur le fond de la cuve. De l'autre côté de la vitre, l'infirmière lui fit signe de ne pas s'agiter et pianota sur un clavier. Elle avait dû lui administrer un sédatif[1] car aussitôt il sentit ses paupières s'alourdir.

Dekcked ne chercha pas à lutter et se laissa aller au sommeil.

Lorsqu'il se réveilla pour la seconde fois, il se trouvait dans un lit, le front, les tempes et le haut du torse recouverts d'électrodes. Sa chambre était blanche et nue. Impersonnelle. Ses vêtements, propres et repassés, étaient posés sur une chaise et son perso à portée de main sur la table de nuit. On lui apporta un repas qu'il dévora voracement, puis un médecin vint l'ausculter. Le praticien consulta divers écrans de contrôle, manipula ses bras et ses jambes, inspecta minutieusement ses pupilles à l'aide d'un scanner de poche puis s'exclama :

– On a fait du beau boulot ! Vous êtes resté quatre jours dans le coma. Ça nous a donné le temps de réparer les dégâts : vous aviez l'épaule droite en bouillie, la cage thoracique défoncée, le foie et le pancréas sérieusement endommagés et un traumatisme

1. **Sédatif** : médicament utilisé pour calmer ou endormir.

crânien de toute beauté. Et maintenant, vous êtes comme neuf ! Qu'est-ce qui s'est passé ? Vous vous êtes bagarré avec un couple de gorilles ?

– J'aurais préféré, lâcha Dekcked. Quand est-ce que je sors ?

– Dès ce soir, je pense. Mais il y a quelqu'un d'important, là, dehors, qui attend que j'en aie fini avec vous.

Le médecin quitta la pièce et Arouet le remplaça sur la chaise placée au chevet du lit. Il était très élégant dans son manteau d'alpaga[1]. Une écharpe de soie grège[2] mettait en valeur son éternel teint bronzé.

– Bonheur à vous, lieutenant. Il semble que vous ayez retrouvé nos fuyards. Vous vous en tirez plutôt mieux que les unités d'élite : on a réussi à recoller les morceaux de ce que les Delta 5 ont laissé de vous.

Dekcked s'assit.

– Bonheur à vous, Arouet. Il n'y en avait heureusement qu'un et je l'ai blessé.

Le conseiller spécial ne parvint pas à dissimuler son étonnement.

– Blessé, vous êtes sûr de vous ?

– Oui. Je l'ai touché au flanc. Ça m'a permis de me dégager, mais je n'ai pas eu le temps de tirer une seconde fois, il était trop rapide. Pourquoi n'a-t-il pas pris le temps de m'achever ?

– Je pense qu'il vous a cru mort. Vous étiez dans un sale état. Quand ils vous ont vu arriver, les médecins ont pensé que vous ne vous en sortiriez pas. De toute façon, le Delta 5 avait des affaires plus urgentes à régler. Pourquoi ne pas nous avoir avertis que vous en teniez un ?

Dekcked grimaça.

– Je pensais me déguiser en courant d'air et le suivre jusqu'à sa planque. Je vous rappelle que c'est ce que m'a ordonné le ministre. Ensuite, je sonnais les cloches et vous débarquiez…

---

1. D'alpaga : en laine d'alpaga, mammifère élevé dans les Andes.
2. Grège : beige.

– Idée lumineuse…

– Ça pouvait marcher ! Je suis très bon, vous savez !

Arouet observa pensivement Dekcked.

– Ce qui nous rend la vanité des autres insupportable, dit-il sèchement, c'est qu'elle blesse la nôtre[1] !

– La formule est heureuse, répliqua Dekcked. Il faudra que vous pensiez à la resservir à votre patron !

Les narines du conseiller spécial se pincèrent sous l'affront. Irrité, il tambourina sur le cadre en métal du lit.

– Comment avez-vous retrouvé ce Delta 5 ?

– Mes indicateurs.

– Vous voulez dire Félix Woestorde ? L'Ubik lui appartient.

Comme Dekcked ne répondait pas, le conseiller reprit :

– Qu'est-ce que ce parumain faisait là ?

Dekcked, pris de court, attrapa son perso, histoire de se donner une contenance. De toute manière, Arouet savait sans doute déjà ce qui s'était passé. Inutile de jouer au plus fin avec lui.

– Il avait donné rendez-vous à un type de Génégène, un nommé Nicholson. Je n'ai aucune idée de ce qu'il voulait lui demander.

– Eh bien, nous non plus ! – La voix du conseiller vibrait d'une colère mal contenue. Parce que devinez ce qu'il a fait, votre copain, après vous avoir écrabouillé comme une punaise[2] ?

Dekcked haussa un sourcil en signe d'ignorance.

– Le Delta 5 a dû se douter de quelque chose. Il est retourné dans les sous-sols et a trouvé une salle de régie-vidéo. Selon toute vraisemblance, Woestorde collectionnait les souvenirs des rencontres qui avaient lieu dans ses salons privés. Le parumain a certainement commencé par liquider le technicien qui contrôlait les prises de vues. Ensuite, il a miné la pièce et il a filé. L'explosion a tout détruit et les flammes ont parachevé le travail. Il ne reste

---

1. Citation d'une sentence de François de La Rochefoucauld dans les *Maximes* (389).
2. **Punaise** : insecte nuisible, parasite pour l'homme.

rien des locaux et de ce qu'ils contenaient. Votre ami Woestorde doit vous bénir à l'heure qu'il est !

La voix d'Arouet était passée sans transition de l'aigreur[1] à une jubilation[2] malsaine.

– Aux étages, ça a été la panique générale. Les pompiers ont réussi à juguler[3] l'incendie, mais il y a eu une trentaine de morts, sans compter les parumains. Vous avez eu la chance de ne pas être piétiné par les gens qui fuyaient. Juste avant l'explosion, un couple qui traînait par là vous a découvert baignant dans votre sang et vous a traîné à l'abri avant d'appeler les secours.

– Et Nicholson, vous l'avez retrouvé ?

– Oui. Il n'a pas eu le temps de quitter l'enclave. Un tir laser de puissance 8 a pulvérisé sa voiture alors qu'il roulait sur l'autoroute, à deux kilomètres du check point. Il n'en reste rien, pas même de quoi remplir un dé à coudre…

– Où est-ce que des parumains ont trouvé un laser de cette puissance ? balbutia Dekcked.

– C'est vous qui me demandez ça ? s'étonna le conseiller spécial. Dans les enclaves, tout se vend, tout s'achète. Tout se vole aussi…

Dekcked baissa les paupières. Il lui semblait revoir le regard transparent du Delta 5.

– C'est Nicholson qui m'a balancé ?

– Oui. Il vous a refilé un cube-mémoire bidon. Et malgré votre brouilleur, vos deux entrevues ont été enregistrées. Vous êtes foutu, on va vous retrouver, où que vous vous planquiez !

Son mensonge lui avait sauvé la vie. Il avait également causé la mort d'un tas de gens qui n'avaient rien à voir avec cette histoire.

– Que comptez-vous faire, maintenant, lieutenant Dekcked ? M. Bérard est furieux, vous savez ? Il a beaucoup misé sur vous. Le Président attend des résultats rapides et… définitifs.

---

1. **Aigreur** : amertume.
2. **Jubilation** : réjouissance.
3. **Juguler** : maîtriser.

Le conseiller spécial le considéra avec hauteur.

– Il n'y a point d'accidents si malheureux dont les habiles gens ne tirent quelque avantage[1]. Méditez cela et agissez en conséquence !

Il se leva, rajusta son écharpe et lissa ses cheveux.

– Bien, je vous envoie un collègue de la Sûreté intérieure afin de consigner votre rapport et relever le signalement du Delta 5. Je doute néanmoins que ce soit d'un grand intérêt, compte tenu de leur facilité à changer d'apparence.

La voix d'Arouet était cassante, son regard légèrement fixe. Dekcked remarqua avec surprise ses pupilles anormalement dilatées. Le conseiller devait être sous l'effet d'une dose de Neurodyne ou d'une quelconque saleté de ce genre.

Dekcked réprima un haut-le-corps[2] : une idée insensée venait de lui traverser l'esprit. Il émit un sifflement qui pouvait passer pour une marque de colère. Comment Arouet aurait-il pu deviner que c'était une commande vocale déclenchant la caméra numérique de son perso ? Le lieutenant dirigea l'objectif vers son interlocuteur.

– Dites à Bérard que je vais retrouver ces fumiers, un par un, et que je les tuerai de mes propres mains, dès que j'en aurai l'opportunité.

Les yeux du conseiller se plissèrent. Il pointa l'index en direction de Dekcked et celui-ci se mordit les lèvres pour ne pas hurler sa joie.

– Vous le lui direz vous-même, lieutenant. Il tient à ce que vous l'appeliez au plus tôt !

---

1. Citation d'une sentence de François de La Rochefoucauld dans les *Maximes* (59).
2. **Haut-le-corps** : tressaillement.

21

D'un point de vue strictement juridique, le statut des parumains est complexe à définir. Deux conceptions sont actuellement débattues.
Si l'on part du principe que ce sont des machines biologiques, on aura tendance à les considérer comme des choses et à leur appliquer la législation en vigueur sur les biens meubles et immeubles.
Si l'on considère que leurs fonctions vitales et leur mode d'existence en font des organismes vivants à part entière, on décidera que leurs droits s'inscrivent dans le cadre juridique réservé aux animaux domestiques.

Annales de droit civil,
Éditions des GMR.

Il était dix-neuf heures quand son autorisation de sortie lui fut remise. Dekcked était d'humeur exécrable. Son entretien avec Bérard avait été houleux[1]. Le ministre redoutait la réaction du Président et l'avait accablé de reproches, allant jusqu'à le menacer d'une mise à pied[2].

Un taxi l'attendait devant la porte de l'hôpital. Sa voiture, récupérée par les services de la Sûreté intérieure, avait été convoyée chez lui trois jours plus tôt. Le flic indiquait son adresse au chauffeur quand une impérieuse envie de revoir Majhina le saisit. Il donna celle du Calice et se laissa aller sur son siège. L'air était

1. **Houleux** : mouvementé.
2. **Mise à pied** : suspension de ses fonctions.

lumineux et pour la première fois depuis longtemps, le spectacle des artères animées lui mit du baume au cœur[1].

En pénétrant dans Le Calice, Dekcked ne vit pas Majhina, sans doute occupée à l'office. Il s'installa dans son box préféré et alluma son perso. Visionnant l'enregistrement réalisé une heure auparavant, il zooma sur le doigt tendu d'Arouet et enregistra l'image obtenue. Il l'introduisit ensuite dans sa base de données et demanda au logiciel de comparer le dessin des sillons du doigt avec l'empreinte qu'il avait relevée sur le comprimé de Neurodyne. Son intuition était bonne : elles étaient rigoureusement identiques ! Arouet était présent lors de l'assassinat de Buisson et Bérard ne pouvait l'ignorer. Comme il l'avait pressenti, le ministre de la Sûreté intérieure avait commandité ou tout du moins couvert l'exécution de son collègue. Pour quelle raison ? Et quel pouvait être le rapport entre ce meurtre et les Delta 5 ?

– Bonheur à vous, monsieur. Que puis-je vous servir ?

Dekcked releva la tête. Une parumaine le dévisageait avec une expression candide. Elle était incroyablement jolie et, comme Majhina, arborait un délicat lacis sur son visage.

– Oh, bonheur à vous ! Majhina n'est pas là ?

– Non, elle ne travaille pas ce soir et reprend son service demain. Alors, qu'est-ce que je vous sers ? reprit-elle d'une voix enjôleuse[2].

– Rien, merci, répondit Dekcked en éteignant son perso. Désolé de vous avoir fait perdre votre temps.

Il sortit du bar et partit en direction de l'immeuble où vivait la parumaine. Dix minutes plus tard, il gravissait les marches qui conduisaient aux étages.

Le cœur battant, Dekcked déboucha dans un couloir interminable le long duquel on apercevait une enfilade de portes identiques. Il avança jusqu'au numéro 5003 et frappa. Majhina ouvrit presque aussitôt et porta la main à sa bouche, étouffant

1. **Mit du baume au cœur** : apaisa.
2. **Enjôleuse** : séductrice, qui utilise son charme pour séduire.

le cri qui lui montait aux lèvres. Puis elle pâlit et ses yeux se remplirent de larmes.

– Majhina, qu'est-ce qui t'arrive ?

La parumaine essuya ses joues et tenta un sourire.

– L'émotion… Je suis tellement heureuse de te revoir.

Sans réfléchir, Alexis la prit dans ses bras. Elle se serra contre lui avec une fougue qui le surprit. Un bruit de pas retentit à l'extrémité du couloir. Majhina se dégagea, attrapa sa main et l'entraîna chez elle. L'ameublement était sommaire[1] : un lit, un placard, une table et deux chaises. Des piles de livres s'entassaient à la tête de son lit. Elle avait cependant essayé d'apporter un peu de gaieté à ce décor glacial. Quelques bibelots agrémentaient le pauvre mobilier. Sur les murs étaient punaisés une multitude de dessins.

– Qui les a faits ? demanda le flic. Ils sont superbes.

Il s'approcha. On avait représenté les rues et les immeubles du quartier avec une remarquable précision. Il y avait également beaucoup de portraits. Alexis reconnut le sien. C'était lui, à cette différence près qu'on l'avait doté d'yeux aux pupilles fendues, comme ceux d'un chat. Alexis se retourna vers Majhina.

– Ces dessins sont de toi ?

– Oui.

– Quelle drôle d'idée de m'avoir représenté comme ça.

– Tu ne te reconnais pas ?

Sa voix se perdit dans un murmure. Alexis l'obligea à s'asseoir et réchauffa ses mains entre les siennes.

– Enfin, Majhina, dis-moi ce qui se passe !

– Rien. J'étais inquiète pour toi.

– Inquiète ? Mais pour quelle raison ?

– Je ne sais pas. Un pressentiment peut-être. Je n'avais plus de nouvelles et comme tu m'as dit, l'autre jour, être sur une affaire,

---

1. **Sommaire** : limité.

j'ai redouté le pire. J'ai laissé deux messages sur ton perso, mais tu ne m'as pas répondu.

Alexis s'empourpra[1].

– Je n'ai pas consulté ma messagerie depuis quatre jours. Excuse-moi.

Il fut tenté de tout lui raconter: Chœlcher, Buisson, Bacall, Mattéo, les Delta 5, ses découvertes successives, son agression. Il se retint. Elle l'aurait haï. Après tout, il pourchassait des parumains, ses semblables, pour l'unique raison qu'ils souhaitaient vivre libres. Et lui, en flic bien discipliné, les traquait pour les éliminer. Par devoir ou pire, par indifférence.

Les yeux de Majhina débordaient de tristesse. Ses traits étaient tirés. Ému, Dekcked éprouva de nouveau la tentation de la serrer contre lui.

– Majhina, c'est moi qui vais finir par m'inquiéter.

– Je suis fatiguée. Il y a eu beaucoup de travail au Calice.

– Tu accepterais que je t'emmène quelque part, ce soir?

Elle secoua la tête.

– Non. Pas ce soir.

D'un geste familier, la parumaine repoussa une mèche qui tombait sur son front et se mordit les lèvres avant de demander:

– Alexis, pourquoi es-tu venu ici?

– Parce que j'en ai besoin…

– Et moi, tu ne me demandes pas si j'en ai besoin?

Majhina entrecroisa nerveusement ses doigts. Alexis la sentait sur ses gardes. Il posa les mains sur ses épaules et demanda:

– Dis-le-moi, alors. Majhina, en as-tu besoin? Si tu le souhaites, je peux repartir.

– Ça me fait plaisir que tu sois là. Et en même temps, ça me fait peur.

Elle se redressa.

---

1. **S'empourpra**: rougit.

– Qu'est-ce que tu attends de moi ? Je suis une parumaine, toi un humain. Rien de bon ne pourra sortir de tout cela. Si jamais…

– Si jamais quoi ?

Elle se leva et avança de quelques pas dans la pièce.

– Rien.

Alexis la rejoignit, l'attira à lui et l'enlaça. Elle le laissa faire, nichant son nez contre son cou. Il embrassa son front, ses tempes, ses paupières.

L'immeuble était silencieux, hors du temps, hors du monde. Alexis n'osait bouger, attentif à leur chaleur, à leurs souffles, redoutant que s'achève cette frêle[1] seconde de bonheur qui n'en finissait plus de durer.

1. **Frêle** : fragile.

Arrêt sur lecture 2

Un quiz pour commencer

Cochez les bonnes réponses.

1 *De qui Alexis Dekcked se méfie-t-il après la mort de Mattéo Lagazza ?*

- ❒ Du Président à vie.
- ❒ Du ministre de la Sûreté intérieure, Maxime Bérard.
- ❒ De François Bacall.

2 *De qui Bouche d'or est-il le surnom ?*

- ❒ Oswald, le barman parumain du bar de la Zone 4.
- ❒ Félix Woestorde, le parrain de la mafia de l'enclave de Lavelle.
- ❒ Théo Palazzo, l'ancien collègue d'Alexis Dekcked.

3 *Pourquoi Alexis Dekcked poursuit-il son enquête en se déplaçant à Bliss ?*

- ❒ Pour suivre la trace des Delta 5 en fuite.
- ❒ Pour rejoindre Majhina.
- ❒ Pour recueillir des informations sur Julien Chœlcher.

4 ***Qui est Mme Lacau ?***

- ❒ Une chercheuse de l'université de Bliss.
- ❒ Une source habituellement consultée par la police.
- ❒ Une amie très proche de la famille Chœlcher.

5 ***Quel point commun l'enquêteur a-t-il avec Julien Chœlcher ?***

- ❒ Ils ont la même couleur de cheveux.
- ❒ Ils ont tous les deux perdu leurs parents dans leur jeunesse.
- ❒ Ils ont fait des études dans la même université.

6 ***Où Alexis Dekcked retrouve-t-il la trace des Delta 5 ?***

- ❒ Dans un appartement de Bliss.
- ❒ Dans une rue de Felicidad.
- ❒ Dans une boîte de nuit, l'Ubik.

7 ***Que revend Nicholson au Delta 5 à la chevelure blonde ?***

- ❒ Des armes de guerre.
- ❒ Un cube-mémoire avec des codes secrets.
- ❒ Des plans du palais présidentiel.

8 ***Pourquoi Alexis passe-t-il quatre jours dans le coma à l'hôpital ?***

- ❒ Il a eu un accident de voiture.
- ❒ Il a été attaqué et blessé par le Delta 5.
- ❒ Il a fait une crise cardiaque.

9 ***À qui appartient l'empreinte digitale découverte par Alexis Dekcked sur le comprimé de Neurodyne ?***

- ❒ À Bouche d'or.
- ❒ À Arouet, le conseiller spécial du ministre de la Sûreté intérieure.
- ❒ À Julien Chœlcher.

Des questions pour aller plus loin

→ Étudier l'évolution des personnages

Un enquêteur méfiant

1 Pour quelles raisons Alexis Dekcked pense-t-il que la mort de son ami Mattéo n'est pas un accident ?

2 Qui Alexis Dekcked vient-il rencontrer au Blue Sun ? Pourquoi peut-il faire confiance à ce personnage ?

3 Dans quelle direction le détective oriente-t-il son enquête à l'insu de Maxime Bérard ?

4 Faites la liste de toutes les informations concernant le parcours professionnel de Julien Chœlcher. Comment pouvez-vous le qualifier ?

Des créatures artificielles prêtes à la révolte

5 **a.** Complétez le tableau suivant en relevant, dans le chapitre 15 (p. 125) et dans le chapitre 16 (p. 129), tout ce qui oppose la vie des humains et la vie des parumains.

Vie des humains	Vie des parumains

b. Pourquoi peut-on dire que la société de Felicidad est une société inégalitaire ?

6 Comment évolue l'attitude de Majhina pendant le dîner ? Justifiez votre réponse en vous appuyant sur la description de son regard.

7 Expliquez comment Majhina justifie le désespoir des parumains (p. 127).

8 Relevez, p. 127, trois expressions qui traduisent le malaise d'Alexis Dekcked face au discours de Majhina.

Zoom sur la description de Bliss (p. 132-134, l. 91-150)

9 **a.** Pendant combien d'heures Alexis a-t-il voyagé entre Felicidad et Bliss ?
b. À quelle région de France Bliss et ses environs font-ils penser ? Justifiez votre réponse en vous appuyant sur les indices géographiques et météorologiques des pages 133-134.

10 **a.** Quel type d'espace, de part et d'autre de l'autoroute, entoure la ville ?
b. Relevez toutes les expressions qui qualifient cet espace : quelle vision en donnent-elle ?

11 **a.** Langue Relevez une comparaison qui caractérise les digues à la page 133.
b. Quelle image du port cette comparaison donne-t-elle ? Justifiez votre réponse.

12 **a.** Quelle partie de la ville est particulièrement belle ? Où se situe-t-elle ? Justifiez votre réponse avec des éléments précis (p. 133-134).
b. Cherchez le sens du mot « Bliss » en anglais. Quelle promesse Dekcked voit-il dans ce paysage ?

Une piste dangereuse

13 Qu'apporte au détective le témoignage de Mme Lacau ?

14 Où se trouve la boîte de nuit l'Ubik ? Comment le détective est-il amené à s'y rendre ?

15 Comment le détective réussit-il à éviter d'être tué par le Delta 5 ?

✔ *Rappelez-vous !*

• Dans une dystopie, **les personnages sont confrontés à des dangers, générés par la forme de société** dans laquelle ils vivent. Ils **doivent trouver eux-mêmes les solutions pour survivre.**

• Dans les récits dystopiques, **le monde de cauchemar** dans lequel évoluent les personnages est souvent comparé à **des formes de dictature**, inspirées par les **régimes totalitaires du XXe siècle** : les récits dystopiques cherchent à alerter le lecteur contre ces dérives.

De la lecture à l'expression orale et écrite

Des mots pour mieux s'exprimer

1 ***Cherchez l'intrus parmi les listes de mots suivants, puis identifiez les champs lexicaux.***

A. fers | joug | liberté | serf | servitude | soumis

B. contestation | insubordonné | rébellion | résistant | soulèvement | soumission

A. affranchi | délivré | émancipé | indépendance | libre | menottes

2 ***Séparez le nuage de mots suivant en deux groupes de sentiments et nommez-les.***

irrité | mélancolie | rancœur | chagrin | indignation | furieux | rage | peine | accablé | abattu | irascible | larmes

3 ***Classez dans le tableau les mots suivants selon l'espace qu'ils caractérisent.***

brillantes | décrépies | grises | lumineuses | rutilantes | vétustes

Les villes	Les enclaves

La parole est à vous

4 ***Par groupes de deux, mettez en scène la discussion entre Majhina et Alexis Dekcked au restaurant (p. 123-128).***

Consignes. Relevez trois arguments utilisés par Majhina pour remettre en cause le pouvoir des humains sur les parumains. Préparez votre dialogue en pensant à l'attitude et aux sentiments exprimés par Majhina et par Alexis pendant cette scène pour interpréter vos personnages.

5 ***Imaginez l'entretien d'embauche de Julien Chœlcher dans l'entreprise Génégène.***

Consignes. Listez les éléments du parcours universitaire du personnage et les arguments que celui-ci pourrait utiliser pour montrer qu'il est le candidat idéal pour le poste. Préparez ensuite son entretien en imaginant sa posture, sa prestance et ses qualités d'orateur.

À vous d'écrire

6 ***Imaginez la carte du restaurant où Majhina et Alexis Dekcked dînent au chapitre 15, en vous inspirant du plat qui leur est servi.***

Consignes. Établissez la liste des boissons, entrées, plats et desserts qui pourraient se trouver sur ce menu. N'oubliez pas d'introduire des produits génétiquement modifiés. Vous pourrez ajouter quelques notations descriptives pour donner à voir les plats servis dans le restaurant.

7 ***Imaginez la présentation dans un guide touristique de Felicidad, de Bliss et de Lust, pour un voyageur venu d'un autre continent.***

Consignes. Vous vous appuierez sur les descriptions de ces différents lieux dans le roman. Votre texte, d'une vingtaine de lignes, sera rédigé aux temps de l'indicatif.

Du texte à l'image

Histoire des arts

- Affiche du film *Blade Runner. The Final Cut* de Ridley Scott, 2007.

➡ **Image reproduite en début d'ouvrage, au verso de la couverture.**

- La créature de Frankenstein (Boris Karloff) dans *Frankenstein*, film de James Whale, 1931.
- Ava (Alicia Vikander) dans *Ex Machina*, film d'Alex Garland, 2015.
- Annalee Call (Winona Ryder) dans *Alien. La Résurrection*, film de Jean-Pierre Jeunet, 1997.

➡ **Images reproduites en fin d'ouvrage, au verso de la couverture.**

Lire l'image

1 **a.** Décrivez précisément le visage de la créature représentée sur la photographie du film *Frankenstein* de James Whale. À partir de quoi est-il fabriqué ?
b. Quel effet cette créature a-t-elle sur le spectateur ?

2 Comparez les trois photographies de film reproduites en fin d'ouvrage. Laquelle de ces créatures artificielles vous paraît la plus humaine ? Pourquoi ?

3 Observez attentivement la photographie du film de Jean-Pierre Jeunet et décrivez sa composition. Quelle est l'attitude du scientifique ?

Comparer le texte et l'image

4 En quoi l'aspect de la créature du film de James Whale diffère-t-il des parumains décrits dans *Felicidad*, qui travaillent dans les restaurants et les bars ?

5 À quel passage du chapitre 15 pouvez-vous associer la photographie du film de Jean-Pierre Jeunet, *Alien. La Résurrection* ?

6 Quels personnages vous font penser aux Citoyens qui fréquentent l'aire de plaisir de Lust au chapitre 19 ?

À vous de créer

7 Sur Internet, faites des recherches sur le roman de Mary Shelley, *Frankenstein ou le Prométhée moderne* (1818) et les deux adaptations cinématographiques de James Whale. Vous vous documenterez également sur le mythe grec de Prométhée.
Préparez un exposé accompagné d'un diaporama, qui présentera l'histoire, les personnages et les différences entre le roman et le film, et qui expliquera le titre complet du roman de Mary Shelley.

22

Pour la plupart des analystes[1]*, le sentiment amoureux envers un paru-main est à placer sur le même plan que les pratiques fétichistes*[2].
On l'interprète généralement comme un signe d'immaturité. Le sujet, inapte à diriger son désir sur un être réel, le projette sur un objet qui imite et contrefait l'humain et dont la charge fantasmatique est, à ce titre, considérable.
Cette confusion — éminemment pathologique — entre l'original et sa copie doit être l'objet de toute l'attention du praticien et suppose une thérapie[3] *adaptée.*

Traité de psychiatrie clinique,
Dr Alain Cardon, Éditions des GMR.

Alexis s'était planté devant son poste d'observation favori mais, pour une fois, le spectacle de la ville lui était indifférent. À minuit moins cinq, il avait quitté Majhina et regagné son appartement. Elle devait dormir à présent, contrainte au sommeil par son mouchard.

Pourquoi avait-il éprouvé ce besoin urgent, irrépressible, d'aller la voir ? Parce qu'il avait failli mourir et la perdre à jamais ? Traversant la pièce, Alexis se laissa tomber dans son fauteuil. Était-il en train de tomber amoureux de Majhina ?

---

1. **Analystes** : ici, psychanalystes.
2. **Pratiques fétichistes** : pratiques fondées sur le fait de se focaliser sur un objet ou une partie du corps que l'on adore exclusivement.
3. **Thérapie** : traitement.

Non. Il était déjà amoureux de Majhina, même si le discours officiel, le corps médical, les lois proscrivaient toutes relations sentimentales entre humains et parumains. Dès le premier jour, au Calice, elle l'avait séduit. Elle, et pas une autre. Et maintenant, il n'avait qu'une envie : la revoir, lui parler, la prendre dans ses bras. Bien sûr, il leur faudrait dissimuler, se rencontrer clandestinement[1]. S'afficher ensemble pourrait leur valoir de sérieux ennuis. Était-il prêt à prendre ce risque ?

Il éclata de rire. L'opinion des autres ne lui avait jamais importé et sa vie n'était qu'une longue succession de risques. Si Majhina… Le bip de son perso rompit le fil de ses pensées. Dekcked le brancha et la face épaisse de Bouche d'or apparut sur l'écran légèrement tremblotant. Dans le coin supérieur gauche, l'icône du logiciel de cryptage clignotait. Alexis pensa que le gros homme était exagérément prudent. Au même instant, une bouffée de honte le submergea. Il n'avait pas pris la peine d'appeler son ami, alors que celui-ci lui avait offert le Delta 5 sur un plateau. Pour tout remerciement, il avait mis l'Ubik à feu et à sang.

– Alexis ! Bonheur à toi ! Je suis heureux de te retrouver en un seul morceau.

– Bonheur à toi, Félix. J'avais la trouille de t'appeler. J'imaginais que tu allais m'engueuler…

– Laisse tomber. J'ai les reins solides et d'excellents assureurs : ça aide à supporter la casse. Je regretterai juste mes archives, ça ne se remplace pas ! J'avais de quoi faire danser du beau monde, tu n'imagines pas… Et toi, tu as eu une chance du diable ! Écoute, je te trouve une mine superbe !

– Les toubibs ont fait du bon boulot. Je suis comme neuf, paraît-il.

– Et ton enquête ? Tes Delta 5 vont se méfier, maintenant.

Dekcked haussa les épaules avec fatalisme.

1. **Clandestinement** : en cachette.

– En tout cas, s'esclaffa Bouche d'or, si j'ai un nouveau tuyau[1], je ne sais pas si je te le refilerai. Je n'ai pas envie que des allumés carbonisent mon patrimoine immobilier chaque fois que tu leur cherches des poux dans la tête !

Il s'interrompit et plissa les paupières. Un large sourire s'épanouit sur sa face de lune.

– Alors, tu ne me demandes rien ?

Alexis le fixa sans comprendre. Le gros homme leva la main et l'ouvrit, paume vers le haut : un cube transparent y reposait.

– Bon sang ! Tes gars ont décrypté mes documents.

– Ouais. Enfin deux sur les trois, et ça n'a pas été une mince affaire ! Le premier était trop altéré, ils n'ont rien pu faire. En revanche, le deuxième vaut son pesant de cacahuètes ! Je me suis permis d'en faire une copie pour mes archives personnelles, ça peut toujours servir un jour, bien que ce soit du trop gros gibier pour moi. Tu ne m'en veux pas ?

– Je n'en sais rien encore, mais tu me mets l'eau à la bouche. Et le troisième ?

– Tu vas rire. Un simple catalogue de noms… Et la meilleure, c'est que tu y figures !

– Quoi ?

– Tu verras par toi-même. Je ne te l'ai pas envoyé par mail, trop risqué… Descends donc jeter un coup d'œil sous le sapin qui décore le hall de ton immeuble, le père Noël vient juste de passer.

Le gros homme lui décocha un clin d'œil et raccrocha. Dekcked négligea l'ascenseur, dévala l'escalier de service et courut jusqu'à l'arbre surchargé de guirlandes et de boules. Posé à la base du tronc, il aperçut un minuscule étui. Il remonta quatre à quatre, verrouilla la porte de son appartement et introduisit le cube-mémoire dans son perso.

---

1. **Tuyau** : information (familier).

Le premier fichier comptait une dizaine de pages. Dekcked le parcourut et comprit les paroles sibyllines[1] de Bouche d'or. Dieu sait comment Chœlcher était entré en possession de ces documents ! Toujours est-il qu'il tenait de quoi ruiner la carrière du ministre de la Sûreté intérieure. Chœlcher possédait la preuve que Bérard et Buisson s'étaient ligués pour acheter les membres de la commission chargée de recruter le directeur du projet Delta 5. Sans les deux ministres, Chœlcher n'aurait jamais pu avoir la haute main sur le projet Delta 5 et agir en secret sur le programme génétique des parumains.

Tout s'éclairait à présent. L'assassinat de Buisson était purement stratégique. S'il disparaissait, il devenait impossible d'établir un lien entre Bérard et la nomination de Chœlcher. Son ami Mattéo Lagazza avait commis l'erreur d'être trop malin. Une étude fine de la scène du crime aurait démontré que les Delta 5 n'étaient pas responsables de ce meurtre, l'empreinte d'Arouet sur le comprimé de Neurodyne le confirmait. Or, il fallait que les soupçons se portent sur les parumains en fuite. Et sur eux seuls. Quant à Bacall, il avait certainement été à la solde du ministre de la Sûreté intérieure. Sa mission était d'espionner Chœlcher afin de connaître l'avancée de ses travaux. En l'éliminant, Bérard s'était débarrassé d'un témoin beaucoup trop impliqué dans l'affaire.

Dekcked reconnaissait la cuisine nauséabonde[2] du ministre de la Sûreté intérieure. Il n'était pas censé y fourrer son nez. Si Bérard avait vent de ses découvertes, il le ferait abattre sur-le-champ. Mieux valait garder ces informations au frais et voir venir.

Restait le dernier document. Le policier l'ouvrit. Il semblait n'y avoir aucun rapport entre le précédent dossier et celui-ci. C'était effectivement une liste de noms classés par ordre alphabétique. À l'exception du sien, il n'en connaissait aucun. Dekcked en sélectionna dix au hasard et se connecta sur le serveur de la Sûreté

1. **Paroles sibyllines** : paroles dont le sens est obscur.
2. **Cuisine nauséabonde** : manigances répugnantes.

intérieure. Hormis l'âge et l'importance de leurs responsabilités, les individus répertoriés ne partageaient aucun point commun. Ils vivaient un peu partout sur le territoire et exerçaient des fonctions dans des domaines très différents : commerce, finance, informatique, recherche, communications, armée, enseignement. Il en appela quatre afin de vérifier s'ils fréquentaient Chœlcher mais n'eut droit qu'à des réponses négatives.

Le policier relut attentivement les noms, comparant les adresses, les professions, cherchant un dénominateur commun sur lequel appuyer sa réflexion. Au bout d'une dizaine de minutes, il renonça.

D'un mot, il commanda l'éjection du cube-mémoire et le glissa dans la poche de sa veste.

Pour l'instant, il allait oublier ces deux dossiers et reporter son enquête sur les Delta 5. Plus facile à dire qu'à faire : les collègues qui avaient ratissé Lust n'avaient rien trouvé.

Dekcked contemplait distraitement l'écran vide. Une pensée en entraînant une autre, il se souvint qu'il n'avait pas consulté sa boîte de réception depuis plusieurs jours. Il l'ouvrit et découvrit une vingtaine de messages. La plupart étaient sans intérêt. Trois cependant retinrent son attention. Les deux premiers provenaient de Majhina. Elle les lui avait expédiés du Calice et y exprimait une telle inquiétude qu'il en fut surpris et touché.

Le dernier lui était complètement sorti de l'esprit. C'était la vidéo que lui avait transmise le technicien de Bouche d'or, le soir de son agression. L'entretien entre Nicholson et le Delta 5 blond.

– Quel abruti ! s'exclama Dekcked. Je sais comment retrouver cette ordure !

23

Les capitales de Grande Europe sont les laboratoires qui préfigurent le monde de demain, identique et meilleur.
Bientôt, les sécuricams fleuriront dans toutes les villes, dans toutes les rues, sur toutes les autoroutes. Et dans cette maison de verre, l'État pourra exercer pleinement la mission que les Citoyens attendent de lui : surveiller, protéger et punir.

Discours de M. Maxime Bérard,
ministre de la Sûreté intérieure (extrait).

Dekcked ouvrit un logiciel de capture vidéo et lança l'enregistrement stocké dans sa boîte de réception. Après avoir isolé un plan où le visage du parumain était reconnaissable, il zooma et obtint une excellente image qu'il enregistra. C'était la première étape pour retrouver son client. La seconde serait un peu plus délicate.

Le ministère de la Sûreté intérieure conservait, stockée dans des cubes-mémoire de très grande capacité, l'intégralité des images réalisées par les sécuricams de Felicidad. Il était possible à ses membres d'y effectuer des recherches en utilisant un code non renouvelable. Pour ce faire, il fallait entrer son numéro d'agent, rigoureusement personnel, ainsi que le motif détaillé de sa recherche. L'ordinateur central enregistrait le tout, renvoyait à l'enquêteur son code d'accès aux archives et l'affaire était jouée.

Une fois sur le serveur, la procédure était la suivante : on introduisait dans le logiciel de reconnaissance l'image de celui ou celle qu'on voulait identifier, on précisait éventuellement un lieu et une date pour circonscrire les recherches et on laissait mouliner l'ordinateur. Le logiciel comparait la photo avec les vidéos conservées dans la base de données et retenait celles sur lesquelles le suspect apparaissait. L'opération pouvait prendre quelques minutes à plusieurs jours, en fonction des critères spécifiés.

Dekcked ne souhaitait en aucun cas formuler une demande officielle. Compte tenu de son statut spécial, elle serait immédiatement signalée aux services de Bérard. Une solution restait à sa disposition : pirater le serveur du ministère de la Sûreté intérieure.

Une attaque frontale était vouée à l'échec, tant les mesures de protection et les dispositifs pare-feu étaient efficaces. En revanche, il était possible de les contourner car le système comportait une faille que Dekcked avait su repérer et utiliser à son avantage.

Lorsqu'un flic mourait, son nom et son numéro personnel étaient radiés[1] des listings[2]. Quelques années plus tôt, Alexis était parvenu, après trois semaines de patientes manipulations, à entrer furtivement dans le fichier central de la Sûreté intérieure, réputé inviolable[3]. Il avait ainsi pu télécharger les noms et les codes personnels d'environ un millier de flics, inutilisables bien entendu, car leurs possesseurs auraient été immédiatement avertis d'une usurpation[4] de leur identité.

Ensuite, Dekcked avait patiemment attendu qu'un certain nombre d'entre eux trouvent la mort, naturellement ou en service commandé. Quand les noms des victimes avaient été automatiquement effacés, Dekcked avait de nouveau investi le système et réintroduit les coordonnées des disparus dans les fichiers adéquats. L'ordinateur, berné, considérait que ces

1. **Radiés** : supprimés.
2. **Listings** : listes.
3. **Inviolable** : qu'on ne peut pas forcer, dans lequel on ne peut pas entrer.
4. **Usurpation** : utilisation illicite.

agents étaient toujours en activité. Dekcked disposait ainsi de nombreuses couvertures lui permettant d'user des archives le plus légalement du monde, sans que quiconque pût remonter à celui qui les avait consultées.

En quelques minutes, Dekcked se connecta sous une identité d'emprunt, reçut son code d'accès, chargea la photo du Delta 5 et indiqua un motif de recherche fantaisiste. Plus on limitait les critères d'identification, plus les chances de repérer quelqu'un étaient faibles. Il tenta cependant sa chance et choisit de limiter son exploration aux quartiers périphériques des Zones 1 à 5 de Felicidad, sur les douze derniers jours. Ensuite, il lança le logiciel d'identification.

Se sentant incapable de rester chez lui à attendre, Dekcked abandonna son appartement et marcha au hasard des rues, saoulé de lumière et de bruit. Les rues étaient combles, les magasins bondés[1]. On était le 31 décembre et les Citoyens se préparaient dans l'allégresse[2] au réveillon et à la nouvelle année. Quand il revint, deux heures plus tard, une liste s'affichait sur son écran. Le logiciel avait retrouvé le Delta 5 ! Une douzaine de vidéos seulement avaient conservé sa trace. Le fugitif devait changer régulièrement d'aspect de manière à égarer les sécuricams. Alexis cliqua sur l'icône de la première.

Dans un bandeau situé à la base de l'écran, on pouvait lire la date et lieu de la scène. Elle avait été filmée le 13 décembre à neuf heures, Zone 4, dans un quartier résidentiel. On y reconnaissait le grand blond marchant avec un parumain de petite taille. Tout en discutant avec animation, ils entrèrent dans un immeuble. Il y eut un blanc indiquant une ellipse – le logiciel ne conservant que les images sur lesquelles le blond figurait – puis Dekcked les vit ressortir. Trois heures environ s'étaient écoulées entre les deux scènes. Les deux vidéos suivantes étaient

1. **Bondés** : remplis de personnes.
2. **Allégresse** : joie.

peu ou prou identiques : le blond se rendait dans cet appartement, accompagné de parumains différents chaque fois. Et il était évidemment impossible de savoir ce qu'ils y tramaient. Dekcked ouvrit le quatrième enregistrement et poussa un cri de surprise.

Le Delta 5 se trouvait cette fois-ci en compagnie de Majhina ! Il ne pouvait se tromper, c'étaient ses traits, son allure, sa manière inimitable de marcher. Le flic consulta la date. Les deux parumains avaient été filmés dix jours auparavant. Dekcked les suivit jusqu'à ce qu'ils disparaissent par la porte de l'immeuble et éteignit brutalement l'écran.

Ses pensées étaient chaotiques. Il avait envie de hurler, de pleurer, de casser quelque chose. Mais malgré sa colère, sa déception, le flic s'efforça au calme. Il devait comprendre ce que signifiait ce manège.

Visiblement, les Delta 5 avaient commencé à enrôler des parumains. Ils préparaient donc une opération d'envergure. Le fait que Majhina fasse partie de leurs recrues était-il un hasard ou bien l'avaient-ils choisie parce qu'ils savaient que lui, Dekcked, était chargé de l'enquête ? C'était probable, puisqu'ils possédaient son nom. Pourtant, dix jours auparavant, lui-même n'avait jamais entendu parler de cette affaire et à aucun moment Majhina n'avait cherché à savoir sur quoi il travaillait, au bar d'abord, au restaurant ensuite.

Il frappa de son poing sa main ouverte et jura. L'écran de son perso ! Quand Majhina s'était approchée de lui, le matin où il avait pris connaissance du dossier, elle avait lu ce qui s'y affichait : *Delta 5, rapport confidentiel.* Alexis éprouva un insupportable sentiment de trahison. Majhina leur avait parlé, c'était évident ! Depuis le départ, ses complices savaient qu'un flic les pistait. Voilà la raison pour laquelle le Delta 5 l'avait reconnu en sortant de l'Ubik et l'avait appelé par son nom, avant de le laisser pour mort. C'est pour cela qu'elle était devenue si pâle quand elle l'avait revu. Ils avaient dû lui annoncer son élimination !

Que lui avaient-ils offert, pour qu'elle accepte de se joindre à eux ? La certitude d'œuvrer pour une cause juste ? La promesse de lendemains heureux ? Majhina était idéaliste. S'engager dans cette aventure absurde l'avait certainement enthousiasmée. Mais cela ne la mènerait nulle part ! Les bio-implants inhibaient en elle toute possibilité de révolte. Quant à son mouchard, il permettait de la retrouver, où qu'elle aille.

– Ça ne tient pas debout, marmonna-t-il. Qu'est-ce qu'elle espère ?

Dekcked pressa de ses doigts ses tempes douloureuses. Une pensée insidieuse le taraudait. Un détail qui l'avait frappé. Et brutalement, il se souvint ! Quand il était revenu de Bliss, Bouche d'or lui avait signalé que l'horloge de sa voiture retardait d'un quart d'heure. Quelque chose l'avait alors tracassé, sans qu'il parvienne à savoir quoi. Il comprenait maintenant ce qui n'allait pas !

Le soir où il avait raccompagné Majhina chez elle, après le restaurant, il s'était fié à l'heure affichée devant ses yeux. Selon l'horloge, sa compagne l'avait quitté à minuit moins dix. En réalité, il était minuit cinq et elle aurait dû être inconsciente ! Son bracelet traceur ne fonctionnait donc plus !

Il s'était fait manipuler de bout en bout ! Et la raison des allées et venues dans cet appartement était évidente : les Delta 5 maîtrisaient la technique mise au point par Chœlcher pour désactiver les mouchards. Ils avaient entrepris d'en débarrasser certains parumains.

Dekcked se servit un verre d'alcool et l'avala d'un trait. Une envie irrépressible de se saouler l'envahit. Quand il était entré à la Sûreté intérieure, il avait prêté serment. Son devoir lui imposait d'appeler Bérard sans plus tarder et de lui révéler ce qu'il savait. Son devoir devait primer sur ses sentiments.

Reprenant la bouteille, le flic se servit un second verre, l'observa un instant et le reposa. Si Majhina était libre, lui avait-elle pour autant joué la comédie ? Il se souvenait des tremblements dans sa voix, de la tristesse dans ses yeux. Personne ne l'avait obligée à accepter sa compagnie depuis des mois. Personne ne l'avait obligée à dessiner son portrait, à s'abandonner dans ses bras. Ses larmes n'étaient pas feintes[1] quand elle l'avait cru mort.

– On est dans un beau pétrin, marmonna-t-il.

À la colère avait succédé la peur. Si la Sûreté intérieure réussissait à obtenir une image du Delta 5 blond, on finirait par identifier Majhina. Or, il ne possédait aucun moyen de supprimer la vidéo sur laquelle on la reconnaissait. Restait une solution : éliminer le Delta 5 et carboniser son corps avant que quiconque récupère un cliché[2] de lui et lance une recherche dans les archives.

Dekcked décida de visiter l'appartement où le Delta 5 conduisait ses complices. Avec un peu de chance, il l'y trouverait. Le flic choisit dans son armoire un pistolet laser de classe 5, vérifia que sa batterie était chargée, attrapa son perso et le fourra dans sa poche.

Le réveillon promettait d'être agité.

1. **Pas feintes** : pas simulées.
2. **Cliché** : ici, photographie.

24

J'aimerais maintenant attirer l'attention de mes lecteurs sur un paradoxe qui ne manque pas de sel.
Les parumains sont nos serviteurs dévoués. Ils exécutent la plupart des tâches que nous ne souhaitons plus exécuter nous-mêmes. Ils peuvent même y exceller.
Alors, tout bien considéré, qui détient le pouvoir réel ? Les maîtres humains ou bien leurs dociles esclaves, ces parumains qui par leur étonnante puissance de travail permettent à la société de fonctionner ?

Contre le prêt-à-penser,
Donald Merry, Éditions des GMR.

Quand Dekcked arriva à destination, la rue était bouclée. Contenant sa nervosité, il chercha une place et poursuivit son chemin à pied. Un véhicule de l'identité judiciaire le dépassa, tous feux éteints. Alexis avança jusqu'au groupe de policiers qui bloquaient le passage et leur montra sa carte d'officier.

– Qu'est-ce qui se passe, les gars ?

– On ne sait pas trop, lieutenant. Les Sections Spéciales interviennent dans un immeuble. On est chargés d'établir des barrages, d'éloigner les curieux et de limiter la casse au cas où.

– Qui est le responsable ici ?

– Le capitaine Hassan. Il attend dans une voiture banalisée. La blanche, là-bas.

Le policier désignait un véhicule garé en double file. Dekcked les remercia et partit rejoindre son collègue. Jamal Hassan et lui avaient fréquenté l'école d'officiers à la même époque et, même s'ils ne se fréquentaient guère, ils s'appréciaient.

– Bonheur à toi, Jamal.

– Bonheur à toi, Alexis. Qu'est-ce que tu fiches ici ?

– Je suis sur un coup... Je passais dans le coin quand j'ai aperçu les barrages. Il paraît que les Sections Spéciales sont sur un coup ?

– Ouais. Visiblement, il y a une embrouille. Un type de chez Génégène aurait repéré des trucs pas nets chez certains parumains.

Alexis sentit la panique le gagner.

– Quels trucs ?

– Je ne sais pas. Tout ce que je peux te dire, c'est qu'il n'y avait personne dans l'appartement que les Sections Spéciales ont investi. Par contre, ils y ont trouvé du matériel électronique en pagaille et des instruments de nanochirurgie[1]. En ce moment, toutes les pointures des services scientifiques sont là-haut en train de plancher. Ils essayent de comprendre à quoi ce fourbi peut bien servir. C'est en rapport avec ton enquête ?

– Ça se pourrait, répondit Alexis.

Il serra la main de son collègue et regagna sa voiture, en proie à une profonde appréhension.

Il était six heures du matin quand Dekcked regagna son bureau après avoir fait un détour par la machine à café. Il avait passé la nuit à échafauder[2] scénario sur scénario pour retrouver le Delta 5. En pure perte. Le flic s'était installé sur son fauteuil et portait le gobelet à ses lèvres quand son perso sonna. C'était Arouet. Le conseiller était si nerveux qu'il en oublia les formules d'usage.

– Dekcked, on a du nouveau !

– Je vous écoute...

---

1. Nanochirurgie : chirurgie pratiquée à une plus petite échelle que la cellule avec de minuscules outils autonomes de type nano-robots.
2. Échafauder : construire, imaginer.

– Vous savez peut-être que la société Génégène contrôle régulièrement le fonctionnement des mouchards dont sont équipés les parumains. Un ordinateur effectue des tests au hasard et vérifie à distance leur parfait état de marche. Jusqu'ici, il n'y a jamais eu le moindre problème, mais cette nuit, un technicien s'est rendu compte que le bracelet d'un parumain employé dans une centrale nucléaire ne répondait pas. En d'autres termes, ce parumain était impossible à suivre à la trace…

– C'est ridicule.

– C'est ce que j'ai répondu moi aussi. Mais quand on a voulu l'arrêter, le parumain en question a sorti une arme. Vous m'entendez bien, une arme ! Il s'est défendu et a blessé un des vigiles. Les autres ont réussi à l'acculer dans les vestiaires du personnel, mais il s'est suicidé avant qu'ils parviennent à le maîtriser.

– Comment a-t-il pu se tuer ? Les parumains sont incapables d'actes violents, y compris envers eux-mêmes.

– Effectivement. Il nous fallait comprendre ce qui lui était arrivé. Nous avons donc lancé une recherche dans les archives et avons retrouvé sa trace sur de nombreux enregistrements sans intérêt. En revanche…

Alexis enfonça ses ongles dans sa cuisse, priant pour que son visage ne reflète pas l'inquiétude qui le gagnait.

– En revanche, sur l'un d'entre eux, on le voit entrer dans un immeuble en compagnie d'un individu qui correspond trait pour trait à la description du Delta 5 que vous nous avez fournie. Un groupe d'intervention des Sections Spéciales a immédiatement été envoyé sur place. Hélas, l'appartement était vide. Ce n'était cependant pas un coup d'épée dans l'eau : on a trouvé une salle équipée de matériel high-tech[1].

– Et qui sert à quoi ?

– J'y arrive ! D'après notre spécialiste en bioélectronique, il s'agit d'un dispositif qui permet de neutraliser n'importe quel

1. **High-tech** : de haute technologie.

mouchard puis de le déconnecter du système nerveux auquel il est relié. À l'heure où je vous parle, une quantité indéterminée de parumains impossibles à tracer se promène dans Felicidad. Je dis indéterminée car il semble que nous ayons eu une chance incroyable de repérer celui auquel j'ai fait allusion. L'ordinateur n'a identifié aucun autre bracelet hors service alors que nous avons la certitude qu'il en existe un grand nombre. Peut-être les Delta 5 ont-ils commis une erreur en désactivant celui-là. Erreur providentielle[1], vous en conviendrez !

Il se tut un instant afin que Dekcked ait le temps de digérer ses paroles.

– Mais ce n'est pas tout ! Les Sections Spéciales ont également trouvé une sorte de bloc opératoire. Nous avons fait venir un neurochirurgien qui a examiné les instruments et les machines. Il est formel. Les Delta 5 disposent d'un procédé permettant de supprimer sans dommages les bio-implants qui contrôlent la volonté des parumains. Nous supposons que c'est celui que Chœlcher avait mis au point.

– Ce qui signifie ?

– Ce qui signifie que les parumains traités par les Delta 5 sont libres d'agir à leur guise et, le cas échéant, de faire usage d'armes ! Vous comprenez où nous en sommes ? Ces individus fomentent un complot dont nous ignorons les tenants et les aboutissants. Nous devons les éliminer de toute urgence !

Le flic avait la gorge nouée. Il demanda :

– Que pensez-vous faire ?

– Nous avons déjà lancé une recherche dans les archives à partir de la photo du Delta 5 blond. Comme elle porte sur les six derniers mois, il va falloir au moins vingt-quatre heures avant d'obtenir une liste complète des vidéos où il apparaît. Au fur et à mesure de l'identification des parumains qui l'accompagnent, les Sections Spéciales et une partie des forces de la Sûreté intérieure

1. **Providentielle** : qui tombe bien, par chance.

les arrêteront et les réformeront. Après-demain, au plus tard, il ne devra plus en rester un seul vivant.

Arouet sourit.

– Attendez-vous à recevoir un ordre de mission dans les heures à venir. Tous les talents vont être réquisitionnés[1] car nous soupçonnons les parumains incontrôlables de se compter par centaines, voire par milliers. À mon humble avis, il existe plusieurs laboratoires de ce type dans Felicidad. Nous allons tenter de les repérer et de les détruire !

Le conseiller coupa la communication. Alexis ne bougeait pas, abasourdi. L'écran vide et gris tremblotait à quelques centimètres de la table. Il lui commanda de s'éteindre et prit sa tête entre ses mains.

Dekcked avait l'impression de tomber dans un puits sans fond. Dans quelques heures, demain peut-être, Majhina serait morte. On l'abattrait sans sommation puis on la jetterait dans un incinérateur[2], comme un animal. Révolté par cette vision, Alexis se leva, rassembla ses affaires et quitta son bureau.

1. **Réquisitionnés** : appelés.
2. **Incinérateur** : dispositif permettant de détruire des déchets en les brûlant.

25

L'État est le garant du Bonheur individuel. Il peut avoir recours à tous les moyens, y compris les plus définitifs, pour en faire bénéficier les Citoyens.

Article 3 de la Constitution.

Majhina franchissait la porte de son immeuble quand une voiture quitta son emplacement et pila devant elle. Elle hurla, bondit en arrière et voulut s'enfuir, mais un visage familier s'encadra par la vitre baissée. Majhina reconnut Alexis.

– Monte ! ordonna-t-il, sans se préoccuper des réactions indignées des passants.

Plusieurs parumains qui avaient quitté le bâtiment en même temps que Majhina s'approchèrent. Elle hésita, mais il répéta avec douceur :

– Majhina, monte. Les Sections Spéciales peuvent débarquer d'un moment à un autre. Ils savent peut-être déjà que ton mouchard a été désactivé et tes bio-implants supprimés.

Dekcked avait prononcé ces derniers mots à voix basse. Les traits de Majhina exprimaient un profond désarroi. Elle adressa un signe indiquant que tout allait bien à deux parumaines qui les observaient avec inquiétude et s'installa sur le siège du passager. Le flic démarra et gagna une des artères principales de la ville. Majhina ne disait mot et fixait obstinément l'avenue.

– Ça fait une heure que je fais le guet devant chez toi avec la trouille au ventre. J'ai visionné les vidéos où tu te balades avec un Delta 5. Les services de la Sûreté intérieure savent ce qu'il y a dans l'appartement où il t'a emmenée.

Majhina poussa un cri étranglé.

– C'est toi qui nous as dénoncés ?

– Non, répondit Dekcked. Un technicien de Génégène a découvert vos combines par le plus grand des hasards. Mes collègues ont pu remonter jusqu'à ton copain, le Delta 5 blond. En ce moment, les archives des sécuricams sont étudiées à la loupe. On va vous identifier un à un avant de lancer les rafles. Je ne veux pas qu'on t'arrête, qu'on te fasse du mal. Alors je suis venu te chercher.

– Prête-moi ton perso, implora[1]-t-elle.

– Pour quoi faire ?

La parumaine éclata en sanglots.

– Pour avertir les miens ! Il faut qu'ils se cachent, il faut…

Dekcked secoua la tête.

– Ce n'est pas possible. Je dois limiter au maximum mes appels tant qu'on ne sera pas sortis de Felicidad.

Un véhicule de la Sûreté intérieure les dépassa. Alexis ralentit légèrement et le laissa prendre de la distance.

– Je sais que tu es libre de penser et d'agir librement.

– C'est tout ? lança-t-elle sur un ton de défi.

– Non. Je sais également que tu as donné mon nom aux Delta 5 en fuite.

Majhina leva les yeux vers lui. Ils étaient remplis de larmes.

– Comment peux-tu penser cela de moi ?

Elle paraissait tellement sincère que Dekcked en fut ébranlé.

– Les Delta 5 savent qui je suis et comment je m'appelle.

– Je te jure qu'ils le savaient avant de me contacter. Ils m'ont interrogée, mais je leur ai dit qu'ils ne devaient pas compter sur ma collaboration pour t'espionner. Crois-moi si tu veux, Alexis, ils n'ont pas insisté !

---

1. **Implora** : supplia.

Dekcked s'arrêta à un feu rouge, les mains crispées sur le volant. Il se tourna vers sa compagne. La lumière d'une vitrine nimbait son profil. Des étincelles bleuâtres dansaient dans ses cheveux. À quelques mètres devant eux, une sécuricam balayait la chaussée. Le flic fit la moue. D'ici peu, la Sûreté intérieure disposerait de magnifiques enregistrements de Majhina et de lui. La parumaine suivit son regard.

– Livre-moi à tes supérieurs ! l'adjura-t-elle. Tu risques ta vie en restant avec moi.

– C'est hors de question !

Le feu passa au vert. Alexis tourna sur la droite.

– Majhina, le Delta 5 qui a failli me tuer m'a appelé par mon nom. Il a affirmé qu'il en savait plus sur moi que je ne pouvais l'imaginer. As-tu une idée de ce qu'il voulait dire ?

– Aucune.

– Quand est-ce qu'ils t'ont recrutée ? Qu'est-ce qu'ils veulent exactement ?

Majhina ne répondit pas. Alexis serra les mâchoires et prit la direction de Lavelle. C'était le seul endroit où ils pourraient se cacher : jamais Félix ne lui refuserait son aide. Majhina lut les panneaux indicateurs et comprit où il l'emmenait.

– C'est de la folie, Alexis ! Tu vas te couper[1] définitivement des tiens. C'est une guerre qui commence. On va te considérer comme un traître.

Il faillit lui dire que pour les parumains la guerre était déjà perdue mais préféra se taire. Dekcked vérifia que le cube-mémoire se trouvait toujours dans sa poche. Leur seule chance maintenant était de mettre la plus grande distance entre Bérard et eux, puis de négocier. Son silence contre la promesse qu'il les oublie. Le ministre de la Sûreté intérieure serait impitoyablement éliminé si les informations que détenait Dekcked atterrissaient sur le bureau du Président à vie.

---

1. **Te couper** : t'éloigner.

– Pourquoi fais-tu cela pour moi ? demanda Majhina, irritée par son mutisme.

Dekcked affectait de se concentrer sur la route. Comme elle répétait doucement sa question, il répondit :

– Parce que c'est plus fort que moi.

Quand ils arrivèrent en vue du check point, Majhina s'allongea à l'arrière, dissimulée par son manteau. Dekcked n'eut aucune difficulté à passer les contrôles. Une carte d'officier de la Sûreté intérieure levait toutes les barrières, ou presque. Une fois dans l'enclave, Majhina regagna sa place. Alexis lança son logiciel de cryptage et appela Bouche d'or au moyen d'un code prioritaire.

Le visage ensommeillé du gros homme s'encadra aussitôt sur l'écran.

– Dis donc, tu es matinal ! Bonheur à toi, Al…

– Laisse tomber les politesses, Félix, il y a urgence ! Je vais bientôt avoir les Sections Spéciales sur le dos. Il faut que tu m'aides à me planquer.

Il y eut un silence pesant.

– Félix, si ça t'est impossible, je ne te le reprocherai pas…

– Ne dis pas de bêtise ! Je réfléchissais. Où es-tu ?

– À l'entrée sud de Lavelle.

– C'est parfait. Roule pendant deux kilomètres en direction de Lust. Tu vas passer devant des entrepôts en ruine encombrés de carcasses de camions. Parcours encore deux cents mètres et tu apercevras un bois de sapins sur ta droite. Juste après, on tombe sur un ancien château d'eau. Ralentis. Sur la droite, il y a un chemin de terre qui y mène tout droit. Prends-le. Une fois arrivé, gare-toi et attends. Je vais t'envoyer des hommes à moi. Ils te conduiront dans une cache et demain, on t'évacue vers le nord. J'entretiens des liens très étroits avec une enclave des anciens Pays-Bas. Le voyage ne sera pas confortable, mais je te promets que d'ici vingt-quatre heures tu seras loin et en sécurité.

– Félix, je ne suis pas seul.

– Ah bon ? Qui c'est ?

Alexis attrapa sa compagne par l'épaule et approcha sa tête de la sienne.

Bouche d'or poussa une exclamation de surprise.

– Je sais bien que tu ne fais jamais rien comme les autres, mais là, tu rêverais pas un peu ? Avec le mouchard fixé sur ta belle, les gars de Génégène la récupèrent en deux temps trois mouvements !

– Elle n'a plus de mouchard !

Une ride épaisse barra le front du gros homme. Il se gratta nerveusement la joue.

– C'est un truc grave, là. Tu es bien conscient de ce que tu fabriques, Alexis ? Je ne veux pas me mêler de ce qui ne me regarde pas, mais fais gaffe quand même…

– Merci, Félix.

Dekcked coupa la communication et posa son perso sur le tableau de bord. Il prit la main de sa passagère dans la sienne et risqua une pauvre plaisanterie :

– Allez, on part tous les deux en vacances…

Majhina haussa les épaules et sourit tristement.

Abandonnant le bois de sapins derrière lui, Dekcked bifurqua sur la droite et engagea sa voiture dans un chemin creusé d'ornières gelées. Ses roues brisèrent l'épaisse couche de glace et patinèrent dans une fange[1] épaisse qui lui fit craindre un instant de rester embourbé. Au bout d'une cinquantaine de mètres, il rencontra une barrière métallique. Jugeant plus prudent de s'éloigner de l'autoroute, Dekcked décida de la franchir. Elle était maintenue fermée par une chaîne qu'il sectionna d'une décharge laser. Ils roulèrent jusqu'à l'ancien château d'eau et attendirent. À cinq cents mètres environ, les toits en tôle d'un bidonville[2] moutonnaient, gris, verruqueux, piqués de taches de rouille. Le silence

1. **Fange** : boue.
2. **Bidonville** : ensemble de constructions fragiles et insalubres.

était total, mais de minces colonnes de fumée montaient des cheminées, signalant la présence d'enclavés.

Comme leur comité d'accueil tardait à arriver, Dekcked, les nerfs à fleur de peau, ouvrit la portière et dit :

– Je sors me dégourdir les jambes. Tu viens ?

Ils firent quelques pas au pied de la tour de béton. Elle se trouvait au centre d'un demi-cercle de buissons et d'arbres enchevêtrés. Alexis prit la main de Majhina et l'embrassa. Puis il se rapprocha d'elle et l'enveloppa de ses bras. La parumaine leva les yeux vers lui.

– Alexis, il faut que tu me laisses appeler maintenant.

Il ouvrait la bouche pour répondre, mais les yeux de sa compagne s'arrondirent et elle poussa un hurlement de terreur.

Dekcked se retourna et dégaina son arme.

26

La violence est un moyen d'expression comme un autre. Nous pouvons même affirmer qu'elle est un langage, avec son vocabulaire, sa syntaxe et ses infinies possibilités de combinaison. Et comme tout langage, elle permet de poser et de résoudre la plupart des problèmes.

Violence : la nouvelle donne,
Thomas Quincet, Éditions des GMR.

Ils étaient cinq, avec cet air de rudesse et d'indifférence qu'imprime sur les visages la misère extrême.

Celui qui se tenait le plus avant, châtain frisé, trapu, avec un nez apparemment brisé à plusieurs reprises, devait avoir une trentaine d'années. Il était encadré par deux hommes de son âge. Les deux derniers, légèrement en retrait, semblaient à peine sortis de l'adolescence. Tous portaient des traces de mauvais traitements et les stigmates[1] de la faim. À une quinzaine de mètres derrière eux, Alexis aperçut un gamin en haillons[2] qui observait la scène avec intérêt. Il tenait une bouteille à la main.

– C'est Bouche d'or qui vous envoie ? leur demanda-t-il.

Crachant le brin d'herbe qu'il mâchonnait, le frisé éclata de rire.

– Et pourquoi pas le pape tant que tu y es ? Non. C'est le père Coup-de-pot qui nous a rencardés !

– Qu'est-ce que vous voulez ?

---

1. **Stigmates** : marques.
2. **Haillons** : vêtements déchirés, en loques.

L'enclavé se gratta la joue et prit une expression matoise[1].

– On n'est pas très gourmands, monsieur le Citoyen.

Il désigna la voiture.

– On veut seulement ça. Et puis la parumaine aussi !

Son index s'était pointé en direction de Majhina. Alexis débloqua la sécurité de son pistolet. Aussitôt, les cinq autres portèrent leur main à leur ceinture et dégainèrent. Ils tenaient en main des revolvers à balles, moins dangereux et précis que le laser de Dekcked mais tout aussi mortels. Le frisé observa prudemment l'arme de Dekcked. Ignorant qu'il était flic, il ne pouvait deviner sa puissance réelle. Alexis écarta les jambes et se plaça en position de tir.

– La bagnole, je m'en fous, mais elle, c'est non !

Le frisé gloussa.

– T'as pas bien compris, mon grand. Ici, t'es pas dans ta Zone de Citoyen pourri, t'es à Lavelle et c'est moi qui commande ! Alors tu me donnes ce que je veux ou je deviens méchant.

– Il va falloir venir la chercher, déclara posément Alexis en faisant passer Majhina derrière lui.

Il dévisagea un à un les cinq hommes.

– Et je suis beaucoup plus méchant que vous.

Ses adversaires, impressionnés par son calme, se consultèrent du regard. De l'index, Alexis manipula une commande située sur la crosse de son arme.

Le frisé releva le chien[2] de son revolver, immédiatement imité par ses compagnons.

– Écoute, tu es seul et on est cinq. Obéis gentiment et tu restes en vie…

Comme Alexis ne bougeait pas d'un pouce, il perdit patience :

– Maintenant, ça va ! gronda-t-il. Tu nous files la bagnole, la parumaine, et tu te casses !

---

1. **Matoise** : rusée et sournoise.
2. **Chien** : ici, pièce d'une arme à feu.

L'enclavé émit un claquement de langue et exécuta un pas de côté. Alexis avait prévu leur tactique : ils allaient se disperser afin de figurer autant de cibles mobiles puis l'attaquer simultanément. Avec de la chance il pourrait en toucher deux, voire trois. Ensuite, les autres le massacreraient. Alexis assura sa prise sur sa crosse. Pour quelques secondes encore, ils étaient rassemblés.

Bien sûr, il pouvait tenter de les embobiner[1] en attendant l'arrivée des hommes de Félix. C'était prendre un risque trop élevé. Ces types voulaient sa peau, il n'avait pas le choix…

Dekcked pressa la détente de son arme.

Ce ne fut pas un faisceau qui jaillit du laser mais un cône de lumière aveuglante. Le procédé était coûteux en énergie mais efficace contre des ennemis groupés. Le frisé eut le temps de faire feu. Son projectile se volatilisa sous la puissance du tir.

Alexis abaissa son arme. Hébétée[2], Majhina contemplait le cercle d'herbe calcinée où les cinq hommes s'étaient tenus une seconde auparavant. Il ne restait rien d'eux. Rien qu'une déplaisante odeur de chair brûlée et un nuage de poussière grise qui flotta paresseusement à un mètre du sol avant de se disperser en lents tourbillons. Un cri retentit. Le garçon resté à l'écart s'avança, les yeux fous. Au même moment, une voiture vint se garer à côté de celle de Dekcked. Deux hommes occupaient les sièges avant. Alexis reconnut le chauffeur et poussa un soupir de soulagement : c'était un des gardes du corps de Bouche d'or.

Le gamin les agonit d'injures puis, se penchant en arrière, projeta sa bouteille. Elle percuta la voiture des arrivants et se brisa, répandant un liquide sombre et visqueux sur la carrosserie. Dekcked se jeta sur Majhina, l'entraînant à terre. Il y eut une violente explosion, un embrasement, un panache de fumée noire qui se tordit furieusement vers le ciel. Le flic voulut courir au secours des deux hommes, mais sa compagne le retint par

---

1. **Embobiner** : séduire pour tromper, enjôler.
2. **Hébétée** : ahurie.

le bras. Personne n'avait pu survivre à la chaleur intense qui régnait dans la carcasse éventrée. De hautes flammes s'élevaient également du véhicule de Dekcked. Le garçon en haillons leur jeta un regard haineux et s'enfonça dans les buissons.

Dekcked se détourna du brasier. Il se haïssait d'avoir laissé mourir les envoyés de Félix sans rien avoir pu faire pour les sauver. À son côté, Majhina pleurait, les épaules secouées de sanglots.

– On ne peut pas rester ici ! dit-il d'une voix sourde[1]. Ce gamin a filé chercher des renforts. Il va revenir. Accompagné.

Empoignant la main de Majhina, il l'entraîna en direction d'un entrepôt en ruine qui dressait sa silhouette massive et délabrée à huit cents mètres de là.

Ils étaient sur le point de l'atteindre quand un concert de hurlements éclata derrière eux. Alexis jeta un coup d'œil par-dessus son épaule. Une dizaine d'hommes s'étaient lancés à leur poursuite en brandissant des armes. Il entendit des détonations puis le sifflement des balles autour de ses oreilles. S'accroupissant, Alexis lâcha quelques tirs au jugé[2] tandis que sa compagne continuait de courir. Quand il se releva, elle avait disparu. Affolé, il détala vers l'entrepôt.

Majhina s'était écroulée à quelques mètres de la porte. Une tache de sang s'élargissait dans son dos. Alexis se laissa choir à côté d'elle et la fit basculer sur le côté. Elle était inconsciente, mais elle respirait.

Fou de rage, il se retourna vers leurs poursuivants et les laissa approcher. Quand ils furent à bonne distance, il régla son laser sur la puissance maximale et balaya le terrain. La lame de feu trancha dans la masse humaine. Des cris d'agonie, des gémissements, des hurlements de douleur s'élevèrent derrière le rideau de fumée âcre que dégageaient les herbes carbonisées. Les enclavés refluèrent en désordre, abandonnant les morts et les blessés.

1. **Sourde** : basse.
2. **Au jugé** : sans viser quoi que ce soit.

Alexis souleva le corps inerte de Majhina et entra dans le bâtiment. Il était vide. Sur sa gauche, le flic distingua un escalier qui s'élançait vers les ténèbres. Il en gravit les degrés et parvint sur une sorte de plateforme poussiéreuse.

Avec d'infinies précautions, il déposa Majhina sur le sol et examina sa blessure. Une balle avait traversé l'épaule droite de sa compagne et du sang s'écoulait de la plaie. Il enleva son blouson, déchira une manche de sa chemise et improvisa une compresse qu'il maintint avec sa ceinture.

Abandonnant la jeune femme, il avança jusqu'au bord de la plateforme et s'allongea. Il avait une vue plongeante sur la porte. On ne pouvait rêver position plus idéale pour surveiller l'arrivée de ses adversaires et les abattre un à un s'ils tentaient de pénétrer dans le bâtiment.

Dekcked sortit son arme, consulta l'état de sa batterie et lâcha un juron : elle était aux trois quarts épuisée ! En réglant le laser sur la puissance minimum et à condition de faire mouche à chaque coup, il repousserait trois ou quatre assauts. Ensuite, ce serait la curée[1]. Inutile de compter sur les forces de la Sûreté intérieure pour intervenir. Ce qui se passait dans les enclaves ne les intéressait pas. Son seul espoir, une fois de plus, restait Bouche d'or. Il fallait le contacter d'urgence.

Majhina toussa et gémit. Alexis se précipita. Elle avait ouvert les yeux et voulut lui parler.

– Ne dis rien, balbutia-t-il. Les secours vont arriver. Tiens le coup, Majhina, je t'en prie !

Il fouilla dans les poches de sa veste, dans celles de son pantalon et sentit la panique le gagner. Son perso ! Après avoir appelé Félix, il l'avait posé sur le tableau de bord.

À l'heure qu'il était, l'ordinateur n'était plus qu'une galette de métal et de plastique fondus dans ce qui avait été sa voiture.

---

1. **Curée** : ruée, fin de la chasse ; au sens figuré, moment ultime du combat qui se conclurait ici par la défaite des personnages.

27

La misère n'est pas une fatalité ou un accident, elle est à l'évidence la preuve que ceux qui la subissent ne sont pas armés pour la vie.
L'ordre des castes, la loi suprême, la loi dominante, n'est que la sanction d'un ordre naturel.

Vers une société parfaite,
Adam Lefèvre, Éditions des GMR.

Une demi-heure avait dû s'écouler. Alexis s'allongea et rampa jusqu'au bord de la plateforme. Une fine poussière brune poissait[1] ses mains et son visage. À chaque inspiration, il en sentait l'odeur acide, légèrement astringente[2].

Un concert de voix excitées, répercuté par les murs du bâtiment lui parvenait par intermittence, mais aucun de leurs poursuivants n'osait se risquer à la porte de l'entrepôt. Il se concentra et essaya d'évaluer leur nombre. Les enclavés devaient être une bonne vingtaine : beaucoup trop pour qu'il envisage de les affronter seul avec une arme quasiment déchargée. Ces ordures allaient attendre la nuit pour lancer une attaque. Alexis était certain que leurs poursuivants les voulaient vivants, Majhina et lui. Si leur mort seule les avait intéressés, ils auraient mis le feu à l'entrepôt et les auraient brûlés vifs.

---

1. **Poissait** : collait.
2. **Astringente** : ici, agressive.

Non. Ils avaient l'intention de s'amuser un peu avec eux avant de les exécuter.

Il retourna au chevet de Majhina. Elle gisait dans la position où il l'avait abandonnée, inerte, le visage mortellement pâle. Démuni, Alexis s'allongea contre elle, sans bouger, attentif à ne pas la réveiller. Jamais il n'avait souffert autant pour quelqu'un. Jamais il n'avait aimé autant quelqu'un, tout simplement. Sa décision était prise. Quand les hommes qui les assiégeaient donneraient l'assaut, il la tuerait puis retournerait son pistolet contre lui.

Le front de sa compagne était couvert de sueur et de poussière. Dekcked le caressa tendrement et étouffa un grondement de rage. Il n'avait rien pour la soulager, pas même un peu d'eau à lui faire boire. Il était impuissant, totalement impuissant et ne pouvait que la regarder s'affaiblir peu à peu.

Majhina souleva ses paupières. Elle tourna la tête et chercha les yeux d'Alexis.

Il se redressa et l'embrassa.

Dehors, il y eut des éclats de voix étonnés suivis du ronronnement d'un moteur. Les voix se transformèrent en cris de rage et des détonations éclatèrent. Puis il y eut d'étranges échos : claquement de portière, bruits de galopade[1] frénétique, de coups, d'os qui se brisent et de corps projetés contre les parois de l'entrepôt, hurlements de terreur brusquement interrompus. Silence enfin.

Dekcked s'approcha du vide. Une silhouette s'encadra par la porte.

– Ohé, il y a quelqu'un ? Majhina, tu es là ?

L'homme fit deux pas en avant et Dekcked le reconnut : les cheveux blond-blanc, les yeux qu'il devinait bleus en dépit de la distance. Il le mit en joue puis laissa retomber son arme.

– On est ici ! Majhina est blessée.

Le Delta 5 monta les marches en un éclair et se pencha sur la parumaine. Il examina sa blessure et la souleva avec douceur.

---

1. **Galopade** : course précipitée.

– Vite ! ordonna-t-il.

Il redescendit, suivi d'Alexis qui peinait à le suivre tant il allait vite. Dehors, un véhicule 4 x 4 était garé à quelques mètres de la porte. Un inconnu, brun, de très haute taille, surveillait les alentours. Un nombre considérable de corps privés de vie gisaient au sol. Aucun ne portait de traces de balle ou d'impact laser. On les avait tués à mains nues…

Le géant se retourna et vint vers eux. À sa démarche souple, extraordinaire de puissance, Dekcked comprit que c'était un des trois parumains survivants. Il salua Dekcked d'un signe de tête. Le blond installa Majhina à l'arrière et bloqua son corps avec des sangles afin qu'elle ne puisse basculer. Il prit une gourde et versa de l'eau entre ses lèvres desséchées. Majhina toussa, entrouvrit les yeux et but avec avidité.

Sans un mot, le blond tendit le récipient à Alexis qui avala quelques gorgées avant de prendre place à côté de son amie. Ensuite, les Delta 5 déambulèrent[1] entre les cadavres. Ils en sélectionnèrent quatre qu'ils entassèrent dans le coffre du véhicule.

– Qu'est-ce que vous faites ? interrogea Dekcked, déconcerté.

Le blond répondit sobrement :

– Le ménage.

Il monta à l'avant du 4 x 4, attendit que son compagnon s'installe et démarra. À peine eurent-ils parcouru une trentaine de mètres que le grand brun sortit de sa veste une sorte de cigare métallique pourvu d'un minuscule écran à plasma. Il se retourna, le promena sur les vêtements du policier et poussa une exclamation de triomphe :

– Je l'ai !

Le parumain désignait un des boutons du blouson d'Alexis :

– Vous avez quoi ? s'étonna ce dernier.

– Ton traceur ! Comment crois-tu qu'on vous a retrouvés, Majhina et toi ? On a recherché le signal que tu émets et on s'est ramenés.

---

1. **Déambulèrent** : se promenèrent.

Il ouvrit la boîte à gants et en sortit une boîte. Elle contenait une pâte bleue. Le Delta 5 en préleva une grosse noix, la malaxa et en enroba le bouton.

– Voilà ! Impossible de te localiser, à présent.

– C'est vous qui m'avez collé ça ? explosa Alexis.

– Non.

– Qui alors ?

Le Delta 5 sourit.

– Tes petits copains de la Sûreté intérieure. Mais maintenant, ils vont avoir du mal à te filer le train.

Médusé, Alexis se tut. Le Delta 5 pouvait mentir, mais quelque chose lui disait que ce n'était pas le cas. Après tout, ça ressemblait assez à Bérard que de n'accorder sa confiance à personne. Le ministre savait qu'il avait rejoint Majhina et qu'ils avaient tenté de s'enfuir. Pourquoi donc les services de la Sécurité ne les avaient-ils pas arrêtés quand ils avaient franchi le check point à l'entrée de Lavelle ? Alexis tripota pensivement la substance bleue, légèrement caoutchouteuse.

– Comment avez-vous appris que j'étais piégé ?

– On est des gros malins et on est bien équipés. On s'intéresse aussi à toi depuis longtemps.

– Pourquoi ?

– Ça, ce n'est pas à moi de te le dire mais au boss. Il va te mettre au courant, ne t'inquiète pas !

Dekcked acquiesça. Il restait effectivement un troisième Delta 5 qui les attendait quelque part. Leur leader certainement.

Le véhicule roula pendant une dizaine de minutes. Alexis ne pouvait quitter des yeux Majhina. Elle était blafarde, mais son état ne paraissait pas empirer. Ils arrivèrent en vue de constructions misérables, les premières d'un immense bidonville. Le conducteur gara le 4 x 4 dans un bâtiment à moitié effondré. Trois enclavés y attendaient. Les parumains leur abandonnèrent le véhicule. Le grand brun entraîna deux des hommes à l'écart et leur parla à mi-voix. Quand il eut terminé, il se dirigea vers la porte et fit signe à Dekcked de les suivre. Le Delta 5 blond portait Majhina qui s'était de nouveau évanouie.

Ils s'engagèrent dans un dédale de ruelles tortueuses. Le froid était vif, mais il ne gelait plus et le sol boueux exhalait[1] des relents fétides[2]. Dekcked apercevait à travers les fenêtres dépourvues de vitres des visages émaciés[3]. De temps à autre, ils croisaient des groupes d'enclavés désœuvrés qui leur lançaient des regards apathiques.

Ils marchèrent une vingtaine de minutes. Et toujours, ce n'était que crasse et misère, maisons de tôles et de planches maladroitement assemblées.

– On est loin du Bonheur obligatoire, hein ? plaisanta le blond en bifurquant sur la gauche.

Ils arrivèrent devant une bâtisse à l'aspect aussi pouilleux que les autres. Le Delta 5 reprit son instrument en forme de cigare et composa un code sur le minuscule écran tactile.

Quelques secondes s'écoulèrent avant que la porte s'ouvre. Derrière se trouvait le dernier Delta 5. Comme ses compagnons, il était de très haute taille et se déplaçait avec une grâce et une fluidité impressionnantes.

Ils traversèrent une antichambre obscure puis un sas métallique et pénétrèrent dans une pièce au sol carrelé, aussi méticuleusement propre que celui d'un laboratoire de recherche ou d'un bloc chirurgical. Le long des murs lisses et blancs s'alignaient quantité d'appareils sophistiqués dont la finalité échappait à Alexis. Le blond allongea Majhina sur ce qui ressemblait fort à une table d'opération.

– Le boss va arriver d'un instant à l'autre, annonça-t-il.

Dekcked tiqua. Quel boss, puisque les trois parumains en fuite étaient réunis ? Les services de la Sûreté intérieure avaient-ils

---

1. **Exhalait** : laissait passer une odeur.
2. **Fétides** : qui sentent fort la pourriture.
3. **Émaciés** : très maigres.

pu se tromper dans leurs comptes et en oublier un ? C'était une hypothèse grotesque ! Il n'eut pas le temps de pousser plus avant ces spéculations. Un homme entra dans la pièce.

Grand, mince, entièrement vêtu de blanc, il se dégageait de sa personne une séduction extrême. Ses cheveux blonds frôlaient ses épaules et ses joues étaient recouvertes d'une barbe courte et drue.

– Bonjour, lieutenant Dekcked, il était écrit que nous nous rencontrerions un jour.

Alexis sentit ses jambes se dérober sous lui.

En dépit de sa barbe, il l'avait reconnu ! Julien Chœlcher, le généticien torturé à mort par les bourreaux de la Sûreté intérieure, lui souriait avec chaleur.

28

Toute campagne guerrière doit être réglée sur le semblant ; feignez le désordre, ne manquez jamais d'offrir un appât à l'ennemi pour le leurrer, simulez l'infériorité pour encourager son arrogance, sachez attiser son courroux[1] *pour mieux le plonger dans la confusion : sa convoitise le lancera sur vous pour s'y briser.*

L'Art de la guerre[2], Sun Tzu.
Texte interdit à la publication,
archives de la Bibliothèque nationale.

– Permettez-moi de vous abandonner un court instant, déclara-t-il après lui avoir serré cordialement la main.

Chœlcher gagna le canapé où était allongée Majhina. Il se pencha et prit son pouls. Ses gestes étaient professionnels, précis, et Dekcked se souvint que le chercheur avait étudié la médecine avant de se spécialiser en génétique. Le Delta 5 blond lui apporta un plateau chargé d'instruments de chirurgie, de flacons et de compresses. Chœlcher découpa le vêtement de la parumaine, dégagea la plaie et l'examina. Après avoir appliqué un anesthésique local, il la sonda à l'aide d'une canule[3]. Majhina frissonna et gémit. Chœlcher posa sa main sur son front et elle se calma aussitôt. Il prit sa tension et commenta, comme pour lui-même :

---

1. **Courroux** : colère.
2. Traité de stratégie militaire attribué au général et stratège chinois Sun Tzu (VIe siècle avant J.-C.), qui est devenu un ouvrage de référence dans l'art de la guerre.
3. **Canule** : petit tube utilisé en chirurgie.

– Le projectile a traversé l'épaule sans causer de lésions majeures mais elle a perdu beaucoup de sang. Je vais la mettre en sommeil artificiel puis introduire dans sa blessure un nanodispositif chirurgical d'urgence qui va suturer les vaisseaux sanguins puis réparer l'os et les tissus lésés[1]. Dès que possible, nous l'évacuerons vers un endroit plus sûr, mais selon moi, il sera inutile de l'opérer.

Chœlcher revint avec une sorte de seringue munie d'un écran. Il désinfecta la blessure et y enfonça l'extrémité de l'engin. Il attendit quelques secondes, scruta l'écran puis annonça:

– Parfait. Le nanorobot est déjà en train de bloquer l'hémorragie.

Il retira la sonde, banda la plaie puis il plaça Majhina sous triple perfusion.

– Voilà ! dit-il avec chaleur. Un analgésique[2], du sang artificiel, un peu de glucose, un petit cocktail de remise en forme et l'affaire est entendue. Nous allons laisser cette jeune fille dormir et nous désaltérer ailleurs. Peut-être avez-vous faim, d'ailleurs ?

Il saisit familièrement Alexis par le bras et le conduisit dans une pièce aux murs nus, au sol de béton brut, meublée d'une table et de quatre chaises. Les deux hommes s'assirent. Un des Delta 5 leur apporta une carafe, deux verres, un morceau de pain et disparut. Dekcked étancha sa soif et dévora le quignon. Chœlcher but à son tour puis déclara:

– Je suppose que vous aimeriez comprendre le fin mot de cette histoire.

– C'est le moins que vous me devez, répondit le policier.

– Alors, écoutez-moi, je vais essayer d'aller au plus simple. Tout d'abord, vous avez compris que vos collègues du ministère de la Sûreté intérieure savent parfaitement que vous vous êtes rendu à Lavelle en compagnie de Majhina.

Alexis désigna le bouton pris dans sa gangue de pâte.

---

1. **Lésés**: ici, abîmés.
2. **Analgésique**: médicament contre la douleur.

– Oui. Et il suffirait que j'arrache ce truc bleu pour qu'ils rappliquent aussitôt !

Une lueur amusée s'alluma dans les yeux de Chœlcher.

– Le ferez-vous ?

– Non. Je veux d'abord comprendre ce qui se passe.

Le généticien posa les mains à plat sur la table et lissa doucement le panneau de bois.

– Fort bien. J'espère que vous avez saisi que nous vous accordons notre confiance. Nous ne vous avons même pas privé de votre arme.

Le flic porta machinalement la main à sa poche que la forme du laser déformait. Chœlcher éclata de rire.

– Mais je perds le fil de mon discours. Le ministre Bérard, donc, savait que vous voudriez sauver Majhina et que pour cela, il vous fallait disparaître avec elle.

– Faux ! s'emporta Alexis. Bérard ne pouvait pas savoir qu'elle était impliquée dans cette affaire. Après avoir découvert un de vos complices, la Sûreté intérieure a lancé une recherche dans les archives des sécuricams et a repéré votre Delta 5 blond. Elle a aussitôt déclenché une opération pour rafler les parumains filmés en sa compagnie. Ce serait un peu long à expliquer, mais j'avais découvert de mon côté que Majhina le connaissait et qu'elle allait être arrêtée dans les heures qui suivaient. J'ai décidé de m'enfuir avec elle.

– Pourquoi ?

Dekcked soutint son regard sans broncher.

– Ces raisons n'appartiennent qu'à moi. Bref, à l'heure où nous avons franchi le check point de Lavelle, personne ne savait encore que vous l'aviez débarrassée de son mouchard. Dans le cas contraire, ils nous auraient interceptés.

– Tiens, tiens... Alors, expliquez-moi pourquoi vos collègues vous ont équipés d'un émetteur puis vous ont laissés passer ? Vous étiez dans l'illégalité la plus totale. N'oubliez pas que tous les parumains sont suspects à l'heure qu'il est. Des ordres ont certainement été donnés afin d'empêcher qu'ils quittent Felicidad !

Dekcked se mordit les lèvres : l'argument était imparable.

– Je n'en sais rien.

– Alors reprenons. Ce n'est pas grâce à la prétendue découverte de l'un de nos complices que Bérard a retrouvé la trace de notre labo. C'est grâce à votre perso.

– Quoi ?

– J'ai cru comprendre que vous avez passé quelques jours inconscient dans un caisson de régénération.

– Oui, à la suite d'une aimable conversation avec votre grand copain. Il a eu ce qu'on appelle la main lourde…

– J'y reviendrai, assura Chœlcher. Pendant la durée de votre traitement, les services informatiques de la Sûreté intérieure ont épluché votre ordinateur et ont retrouvé l'enregistrement vidéo que vous aviez récupéré à Lust.

– Impossible ! Le contenu de mon perso est crypté au moyen d'un logiciel que j'ai payé une fortune dans une enclave. Il n'y a que moi qui puisse…

– Naïveté, mon ami. Ils ont mis trois jours à déchiffrer le code et sont tombés sur le film. Vous pensez bien qu'ils ont aussitôt lancé des recherches dans les archives et identifié la plupart des parumains que nous avions conduits dans notre labo clandestin.

– Comment savez-vous tout cela ?

– Un flic bien informé, et corrompu… Il y en a beaucoup, savez-vous ? Votre société est gangrenée à un point que vous n'imaginez pas. Depuis six mois, nous avons infiltré tous les secteurs d'importance stratégique. Au nez et à la barbe de vos supérieurs !

À son intonation, Dekcked comprit qu'il ne mentait pas.

– Pourquoi n'ont-ils pas arrêté Majhina, dans ce cas ?

– Pour que vous entriez en scène, mon ami !

– Je ne vous suis pas.

– C'est pourtant simple. Bérard et ses acolytes savent depuis longtemps que vous vous intéressez de très près à la jolie serveuse du Calice. Quand ils l'ont reconnue sur les vidéos, ils ont compris le parti qu'ils pouvaient en tirer. Ils ont donc pris soin de vous avertir que tous les parumains filmés en compagnie des Delta 5 allaient être arrêtés et exécutés. Pouviez-vous rester inerte en sachant que la femme que vous aimez risquait d'être assassinée?

Dekcked ne répondit pas. Chœlcher avait employé les mots «femme» et «assassinée» en lieu et place de «parumaine» et «réformée». Et bizarrement, il ne trouvait rien à y redire.

– Évidemment, non! exulta Chœlcher. Ils avaient parié que vous voudriez la protéger et que vous prendriez la fuite ensemble. Et une fois dans la nature, à qui la belle réclamerait-elle aide et assistance?

– À ceux qui lui avaient permis de se libérer, admit Dekcked.

– Exactement, à ces bons vieux Delta 5! Sur l'ordre de Bérard, on a donc équipé vos vêtements d'un émetteur discret. Il suffisait de vous laisser décamper et d'attendre. Quand vous cesseriez de bouger durant une longue période, il y aurait de grandes chances que vous ayez atteint votre but…

Dekcked avala sa salive avec difficulté.

– Pourquoi m'avez-vous conduit ici? Il aurait été plus simple de me liquider dans l'entrepôt et de ramener Majhina seule. Vous prenez des risques insensés: d'un geste, je peux libérer l'émetteur.

Chœlcher posa sa main sur celle d'Alexis et la pressa.

– Mais parce que j'ai besoin de vous, mon très cher ami. Moi aussi, j'attendais votre venue ici.

– Besoin de moi? s'étonna Alexis. Mais c'est absurde! Votre Delta 5 a essayé de me tuer, il y a moins d'une semaine et…

– Aaron n'a pas essayé de vous tuer! Il connaît sa force et possède de solides notions d'anatomie… Non, il vous a momentanément mis hors course.

Le généticien s'interrompit et guetta l'effet de ses paroles sur le visage de Dekcked. Comme celui-ci restait muet, il reprit:

– Dès le départ, je savais que c'était à vous, Alexis Dekcked, qu'on confierait le soin de retrouver les Delta 5.

– Et pourquoi cela ?

– Vous êtes le meilleur ! De très loin. Bérard n'avait d'autre choix que de recourir à vos services. J'ai suivi votre enquête avec beaucoup d'intérêt. Vous avez procédé avec intelligence et collecté assez d'éléments essentiels, ici et à Bliss, pour tout comprendre, le moment venu.

– Comprendre quoi ?

Dekcked se sentait sur le point de sortir de ses gonds[1]. Chœlcher eut un geste d'apaisement.

– J'y arrive… Mais reprenons dans l'ordre, je vous prie. Votre présence à l'Ubik nous était connue. Aaron savait que vous le suiviez et voulait simplement vous éliminer en douceur, rien de plus. Je reconnais qu'il vous a sous-estimé car vous avez bien failli l'abattre. Quand vous lui avez appris qu'en dépit de son brouilleur, votre ami Bouche d'or avait réussi à le filmer, il a décidé de détruire ses archives. Aaron ne pouvait imaginer que vous possédiez une copie de l'enregistrement et que la Sûreté intérieure s'en emparerait. Cette erreur de jugement nous a privés d'un laboratoire fort utile, a causé hélas la mort de plusieurs de nos sympathisants et failli mettre notre organisation en péril. Nous avons dû modifier nos plans de toute urgence. Mais rassurez-vous, comme dans les contes de fées, tout est bien qui finit bien…

– Vous m'en voyez ravi, grinça Dekcked. Et pourquoi Aaron m'a-t-il « mis hors course », comme vous dites ? Il pouvait se contenter de m'assommer sans me réduire en bouillie.

– Il fallait que vous nous haïssiez, que vous souhaitiez nous détruire. C'était le plus cher désir de Bérard. Nous nous devions de ne pas le décevoir.

Dekcked soupira.

– Je n'y comprends rien. Mais alors rien ! Et vous, pourquoi êtes-vous vivant ? Dans le rapport qu'Arouet m'a remis, on affirmait que vous aviez été torturé à mort.

---

1. **Sortir de ses gonds** : s'énerver, se mettre dans une grande colère.

Le visage du généticien afficha une expression de mépris.

– Cet Arouet est un petit maître en tromperie et je vous entretiendrai de sa misérable personne ultérieurement, car j'ai également besoin de sa collaboration. Connaissez-vous Sun Tzu, monsieur Dekcked ?

Alexis ouvrit des yeux étonnés et secoua la tête.

– Mon père, expliqua Chœlcher, dissimulait dans sa bibliothèque quelques livres qui auraient pu lui causer bien des désagréments si les autorités avaient su qu'il les possédait. Je les ai lus avec grand profit. Ce Sun Tzu vivait en Chine voilà plus de deux millénaires. À vrai dire, on ne sait pas très bien qui il était, si ce n'est qu'il a écrit un remarquable traité de stratégie militaire : *L'Art de la guerre*. J'ai longuement médité cette recommandation de Sun Tzu : « Faites en sorte que l'ennemi soit entre vos mains comme une pierre de figure ronde, que vous auriez à faire rouler d'une montagne qui aurait mille toises de haut : la force qui lui est imprimée est minime, les résultats sont énormes. C'est en cela qu'on reconnaîtra que vous avez de la puissance et de l'autorité. »

Le généticien ouvrit sa main, paume vers le haut, et la referma vivement.

– Le Président à vie, Bérard, Arouet sont cette *pierre de figure ronde* entre mes doigts, même s'ils l'ignorent ! Quant à ma mort…

Sa bouche se fit narquoise[1].

– Elle a eu lieu, du moins pour les crapules qui gouvernent la Grande Europe. Me voilà donc en quelque sorte ressuscité…

– Vous vous moquez de moi ! s'exclama Dekcked.

– Loin de moi cette idée, répliqua Chœlcher. La vérité, je vais vous la dire : depuis longtemps, j'étais conscient des risques que je courais. En dépit de ma prudence, mes projets pouvaient être surpris à tout moment. J'ai donc créé un parumain à mon image. C'est mon sosie qui a été arrêté par la Sûreté intérieure et qui s'est sacrifié en toute connaissance de cause. Nous pensions pouvoir

1. **Narquoise** : moqueuse, ironique.

le libérer mais, comme vous le savez, il est mort avant que nous ayons eu le temps d'intervenir. Deux Delta 5 ont enlevé son corps pendant le transfert à l'Institut médico-légal. Une autopsie aurait risqué de révéler qu'il ne s'agissait pas de moi : je n'étais hélas pas encore parvenu à supprimer l'ensemble des marqueurs génétiques qui l'identifiaient comme parumain.

– Vous auriez réussi à faire cela ?

– Oui, il ne me manquait que quelques semaines de travail. D'autres l'ont fait avant moi, savez-vous ? Ils y sont parvenus à 99,99 %. Ce n'est pas une opération si complexe.

Alexis se servit un verre d'eau et le but d'un trait. Chœlcher l'observait avec sérénité.

– Et pourquoi vous aiderais-je ? demanda le policier. Pour Majhina ?

– Ce pourrait être une bonne raison, admit le généticien. Non, vous le ferez car vous aurez le désir forcené de me suivre.

Chœlcher sortit un perso de sa poche. Il articula une commande vocale et l'écran se matérialisa. D'un mot, il l'envoya devant son interlocuteur.

– J'aimerais, lieutenant Dekcked, que vous lisiez le fichier que j'ai ouvert à votre intention. Il provient de chez mes anciens employeurs. Faites-moi confiance, c'est très instructif.

Le généticien l'encouragea d'un geste.

– Je ne fais généralement confiance à personne, répondit Dekcked. Pas plus aux vivants qu'aux morts qui ressuscitent par miracle.

Le policier sortit ostensiblement son arme de sa poche et débloqua le cran de sécurité. Puis il la posa sur la table à portée de main, se tourna vers l'écran et lut.

29

Que penser des arguments de ceux qui prétendent que nous avons joué les parumains contre les humains ?
Les parumains remplissent une infinité de fonctions que des humains pourraient eux-mêmes exercer. Un peu moins efficacement, certes, mais très honorablement. Or, nous avons préféré exclure de nos cités ceux parmi les humains que nous jugeons indignes d'être Citoyens. L'indifférence envers les déshérités[1] *qui peuplent les enclaves ne prend à mon avis son sens qu'en regard du mépris que l'on réserve aux parumains.*
Tout bien considéré, il semble plutôt que nous ayons joué les humains contre les humains.

Contre le prêt-à-penser,
Donald Merry, Éditions des GMR.

Les commandos du groupe d'intervention de la Sûreté intérieure progressaient en silence dans les rues désertées de Lavelle. La nuit venue, il était dangereux d'y circuler. Aussi, chacun se terrait chez soi et n'en bougeait plus jusqu'aux premières lueurs de l'aube.

Le capitaine Dareley consulta la carte qui s'affichait dans l'angle de ses lunettes. Après être resté muet plusieurs heures durant, le signal était revenu, faible, très faible, comme si on avait tenté de le brouiller. Mais grâce aux puissants amplificateurs qui équipaient sa combinaison, Dareley le recevait avec suffisamment de précision

1. **Déshérités** : pauvres.

pour pouvoir en localiser la source. Quatre-vingts parumains de combat l'accompagnaient, dispersés dans le sordide labyrinthe dont ils avaient étudié le tracé quelques heures auparavant.

Chacun avait été équipé de lunettes panoptiques, d'armes de poing, d'explosifs, d'un laser de classe 10 et d'émetteurs-récepteurs à ondes ultracourtes, indétectables. Lui-même portait un fusil *à effet* dont l'onde de choc pouvait étourdir un éléphant adulte. Les instructions du ministre étaient limpides : exécuter la parumaine, deux des Delta 5 et parvenir par tous les moyens à en ramener un vivant. Peu importait qu'il fût en état de mort cérébrale ou pas, il fallait que son cœur continue à battre afin que les tissus restent irrigués. Quant au lieutenant de la Sûreté intérieure nommé Dekcked, tout dépendrait de son attitude.

Ils parcoururent environ cinq cents mètres, se déplaçant comme en plein jour, pataugeant sans bruit dans la boue glacée. Les enclavés qui croisèrent leur chemin furent froidement éliminés à l'arme blanche[1] avant d'avoir eu le temps de pousser un cri. Dareley consulta de nouveau sa carte : le signal était maintenant très proche. Il fit signe à son groupe de s'immobiliser. Devant eux s'étendait un pâté de maisons délabrées. L'officier ordonna aux commandos de boucler la zone puis d'installer des détecteurs de mouvement sur les toits et à l'entrée de tous les passages. Ceux qui se présenteraient devraient être abattus sans sommation.

Procédant à quelques ajustements, le capitaine Dareley zooma sur son plan et repéra l'origine du signal. Les commandos se déployèrent autour de la pauvre masure[2] d'où émanait le bip. En moins d'une minute, ils acquirent la certitude qu'elle ne possédait qu'une issue, d'autant qu'un scan en direction du sol leur confirma l'absence de passages souterrains. Leurs proies n'avaient aucune chance de leur échapper.

– Des amateurs… ricana Dareley.

---

1. **Arme blanche** : arme avec une lame d'acier, par opposition à arme à feu.
2. **Masure** : maison misérable ou en mauvais état.

Il contacta le ministère et présenta la situation. Deux solutions s'offraient: faire sauter la porte, foncer et tirer sur tout ce qui bouge. Tenter une entrée discrète. L'ordre lui parvint d'opérer en douceur.

Le capitaine leva la main et forma un cercle avec le pouce et l'index. Un des parumains de combat se plaça aussitôt devant l'ouverture et la balaya à l'aide d'un scanner. Ne détectant aucun dispositif de protection, il se baissa et fractura la porte. Une horrible odeur de chair brûlée flottait dans l'air quand les commandos entrèrent. Ils aperçurent, gisant à terre, un cadavre, celui d'un homme de grande taille. Il était difficile de reconnaître qui que ce fût dans l'affreuse carcasse[1] calcinée.

À pas de loup, ils franchirent un sas et découvrirent une sorte de salle d'opération dans laquelle ils firent deux découvertes tout aussi macabres. Sur le sol carrelé de blanc, une petite silhouette noirâtre était recroquevillée. Peut-être celle d'une femme. Juste à côté d'elle se trouvait un troisième cadavre carbonisé.

Avisant une porte au fond de la pièce, un des commandos la franchit et se plaça en position de tir. Le capitaine Dareley entra à son tour. À deux mètres du seuil gisait un dernier corps calciné. Trois pas derrière, un homme était assis à une table, seul, un pistolet laser à la main. Il portait la trace d'une profonde brûlure au bras droit. Quand il vit les deux militaires, il laissa choir[2] son arme.

– Vous arrivez trop tard, les gars... Bonheur à vous quand même.

Dareley enleva ses lunettes et essuya du dos de la main la sueur qui ruisselait sur son front. Il avait reconnu le lieutenant Dekcked.

– J'ai besoin de parler au ministre de la Sûreté intérieure, déclara ce dernier. D'urgence!

Quelques secondes suffirent à Dareley pour se mettre en communication avec Arouet, qui suivait personnellement les

---

1. **Carcasse**: squelette.
2. **Choir**: tomber.

opérations depuis le début de la soirée. Le capitaine lui résuma les derniers événements. Ordre lui fut donné de remettre un perso à Dekcked et de sortir de la pièce.

– Bonheur à vous, lieutenant ! lança le conseiller spécial. Je ne sais pas si je dois vous féliciter pour la conduite de votre enquête. Vous agissez toujours de manière très… originale. Il semble cependant que vous ayez éliminé les Delta 5.

– Je les ai abattus tous les trois. Par surprise. Mais un de leurs complices a réussi à m'échapper après avoir assassiné la parumaine qui m'avait conduit à eux…

Dekcked avait blêmi en prononçant ces mots. De son côté, Arouet avait du mal à cacher sa surprise.

– J'avoue perdre pied, lieutenant ! Les Delta 5 n'étaient que trois. Qui est ce mystérieux meurtrier ?

– Julien Chœlcher ! laissa tomber Dekcked.

Le conseiller spécial était un homme entraîné à maîtriser ses émotions, mais, pour une fois, il perdit son sang-froid.

– Qu'est-ce que vous me chantez là ? s'étrangla-t-il. Chœlcher a été éliminé. J'ai vu son cadavre. Vous délirez complètement !

– Pas du tout, monsieur le conseiller, Chœlcher se porte comme un charme. C'est une sorte de clone qui est mort à sa place ! Il a essayé de me rallier à sa cause en faisant allusion à une prétendue opération Monoxène. Chœlcher affirmait avoir en sa possession des documents irréfutables[1]. J'ai fait semblant de m'intéresser à ses propos pour l'amadouer et quand j'ai senti que sa méfiance à mon égard se relâchait, j'ai sorti mon laser. Ses sbires[2] ont tenté de me désarmer et l'un d'eux m'a blessé. J'ai pu les abattre l'un après l'autre mais Chœlcher est parvenu à s'échapper. Il est vivant et bien décidé à nuire. Il faut que je m'entretienne d'urgence avec Bérard !

---

1. **Irréfutables** : qu'on ne peut pas contester.
2. **Sbires** : personnes chargées d'exécuter les ordres de quelqu'un, hommes de main.

Arouet ne releva pas ce manquement à l'étiquette[1]. Une lueur s'alluma dans ses pupilles dilatées.

– Attendez une minute ! Je rends compte au ministre et je reviens.

L'écran vira au gris puis, très rapidement, l'image d'Arouet réapparut.

– M. le ministre souhaite vous rencontrer sur-le-champ. Je vais donner des instructions pour que l'on vous conduise discrètement au ministère. M. Bérard ne souhaite pas que l'on ébruite ces rumeurs. On ne vous fera pas passer par l'entrée officielle mais par les souterrains.

Arouet avait de plus en plus de mal à dissimuler son agitation et semblait pressé de raccrocher.

– Bonheur à vous, lieutenant.

L'écran s'éteignit. Le flic toucha précautionneusement son bras blessé.

– Bonheur à vous également, monsieur le conseiller spécial.

Dekcked inspira profondément, le front barré par un pli soucieux, puis il se leva et quitta la pièce. Dans la salle attenante, deux commandos photographiaient les cadavres et effectuaient des prélèvements sur le sol. Dekcked s'arrêta un bref instant devant le plus petit des corps calcinés et sortit sans un mot.

Le capitaine Dareley l'attendait dans la ruelle. Les consignes du conseiller spécial lui étaient déjà parvenues car il tendit à Dekcked des lunettes de vision nocturne.

– Allons-y, on vous attend !

1. **Étiquette** : ensemble des règles de politesse.

30

Mais les favoris [...] voient reluire les trésors du tyran[1] *; ils admirent, tout ébahis, les éclats de sa magnificence ; alléchés par cette lueur, ils s'approchent sans s'apercevoir qu'ils se jettent dans une flamme qui ne peut manquer de les dévorer.*

Discours de la servitude volontaire,
Étienne de La Boétie[2]. Texte interdit à la publication,
archives de la Bibliothèque nationale.

Arouet introduisit Dekcked et s'éclipsa. Confortablement installé dans son fauteuil, Bérard observa son subordonné. Le lieutenant paraissait exténué et la barbe noire qui ombrait ses joues accentuait sa pâleur. Sa blessure avait été hâtivement pansée juste avant qu'il ne gagne le bureau ministériel et un bandage recouvrait son bras droit.

– Bonheur à vous, lieutenant ! Je vous croyais en fuite.

– Bonheur à vous également, monsieur le ministre. Méfiez-vous des on-dit.

Bérard désigna un siège. Dekcked s'y installa. Le ministre se leva, traversa la pièce pour fermer la porte à double tour et revint s'asseoir. Il ouvrit un tiroir d'où il sortit une sphère de

---

1. Tyran : despote qui exerce un pouvoir absolu et arbitraire.
2. Étienne de La Boétie (1530-1563) est un auteur contemporain et ami de Montaigne (1533-1592), son *Discours de la servitude volontaire* en 1576 est un réquisitoire contre l'absolutisme.

métal terne munie d'un écran tactile. Il l'effleura. La sphère émit un bourdonnement ténu et l'air vibra subtilement autour d'eux. Dekcked avait reconnu un brouilleur à effet de champ surpuissant. Désormais, aucun dispositif, dans un rayon de cinq mètres autour d'eux, ne pourrait percevoir les propos qu'ils échangeraient. En revanche, eux, continueraient à entendre les sons extérieurs à leur bulle protectrice.

– On m'apprend que vous avez partiellement réglé notre problème ?

Le lieutenant riva ses yeux sombres à ceux du ministre. Son ton était amer quand il parla :

– Oui. Ça n'a pas été sans casse…

– Vous faites allusion à la parumaine, je suppose ?

L'imperceptible[1] frisson qui parcourut les épaules du policier n'échappa pas au ministre.

– Elle n'aurait jamais dû mourir. Ce salaud de Chœlcher l'a abattue alors qu'elle était inconsciente !

– Ainsi, il est vivant…, marmonna rêveusement Bérard. Cet individu est encore plus remarquable que nous ne l'imaginions quand nous l'avons mis sur les rails.

Il reporta son attention vers Dekcked.

– Mais revenons à notre enquête… Vous vous êtes servi de la parumaine comme d'un appât ?

– Ça vous surprend ? répliqua froidement Dekcked.

Le flic attrapa entre le pouce et l'index un des boutons de son blouson, l'arracha et le jeta sur le bureau.

– Vous ne vous êtes pas gênés pour me coller un mouchard sur le dos, non ?

Le ministre joignit les mains en un geste onctueux.

– Comment accorder sa confiance à qui que ce soit, mon cher Dekcked ? Après tout, l'idée de fuir avec cette parumaine aurait pu vous traverser l'esprit. Nous vivons dans une société parfaite,

---

1. **Imperceptible** : presque invisible.

ne l'oubliez pas. Il y a un prix à payer pour cela : nous avons le devoir de nous épier[1] les uns les autres pour le Bonheur commun !

Bérard se renfonça dans son fauteuil avec délectation.

– Bien ! Ne nous perdons pas en considérations inutiles. J'ai besoin d'entendre un rapport détaillé sur ce qui s'est passé à Lavelle. Arouet m'a rapporté des propos abracadabrantesques concernant une opération Mono je-ne-sais-quoi !

Dekcked allait répondre, mais un coup violent fut frappé à la porte.

Bérard leva des yeux furibonds, coupa le brouilleur et hurla :

– J'ai demandé qu'on ne me dérange sous aucun prétexte !

Un second coup résonna, plus violent que le précédent. Le ministre s'empourpra sous l'effet de la colère avant de pâlir brusquement quand il entendit :

– Ouvrez immédiatement, Bérard, ou je demande à mes gardes d'enfoncer cette porte ! Ce qu'ils feront avec grand plaisir…

Dekcked sourit. Il avait reconnu la voix du Président à vie. Bérard lui jeta un regard égaré puis obtempéra.

Le Président entra, suivi de ses colossaux gardes du corps, et toisa Bérard.

– J'aurais aimé apprendre que les trois Delta 5 ont été éliminés.

– J'allais justement vous contacter, monsieur le Président. Le lieutenant Dekcked, ici présent, était sur le point de me présenter son rapport et…

– Parfait ! Je serai heureux de l'entendre de sa propre bouche !

Le Président avait parlé sur un ton qui n'admettait aucune réplique. Il observa attentivement Alexis.

– Voici donc le fameux lieutenant Dekcked dont on m'a tant parlé.

Le policier se leva et s'inclina.

– Bonheur à vous, monsieur le Président à vie. Jamais je n'aurais espéré avoir le privilège de vous approcher un jour.

---

1. **Épier** : espionner.

– Vous voilà donc comblé ! déclara le chef de l'État. Eh bien, maintenant que les présentations sont faites, il ne reste plus qu'à éclaircir une situation plus que confuse[1] !

Il contourna le bureau et s'assit à la place de Bérard.

– J'ai depuis longtemps l'impression qu'il se trame de ténébreuses affaires[2] au ministère de la Sûreté intérieure.

– Pas du tout, monsieur le Président ! se défendit Bérard.

– Savez-vous, lieutenant Dekcked, déclara le Président comme s'il n'avait pas entendu l'intervention de son ministre, que les commandos parumains qui vous ont retrouvé ce soir agissaient sur les ordres exclusifs de M. Bérard – qui s'est bien gardé de m'en informer ? À moins que ce ne soit qu'un regrettable oubli…

Il tendit le doigt en direction du bureau et désigna la sphère grisâtre.

– Mais j'en doute ! Regardez ce que Bérard utilise pour écouter un rapport qui m'est en théorie destiné : un brouilleur dernier modèle ! Comme s'il était dans mes habitudes d'espionner mes fidèles. Notre ami Bérard aurait-il des choses à cacher à son Président bien-aimé ?

Le ministre jeta un regard de bête traquée en direction de la porte. Il rencontra les yeux froids des deux parumains.

– Peut-être ne souhaite-t-il pas que j'apprenne ce qu'est l'opération Monoxène, poursuivit le Président.

Bérard tressaillit[3].

Le Président claqua des doigts. Aussitôt, une longue et élégante silhouette s'avança dans la pièce.

– Je suis désolé, monsieur le ministre, mais mon rôle est de servir le Président à vie en premier lieu.

Arouet, son éternel sourire aux lèvres, avait presque l'air de s'excuser. Bérard le dévisageait, les traits déformés par la haine.

---

1. **Confuse** : obscure, embrouillée.
2. **Il se trame de ténébreuses affaires** : il se passe des affaires mystérieuses.
3. **Tressaillit** : fut secoué d'un léger mouvement.

– Vous êtes une immonde crapule ! éructa-t-il[1].

Le conseiller spécial médita un instant l'insulte, avant de déclarer, le regard perdu dans les ors du plafond :

– Je l'assume pleinement, monsieur le ministre. Si nous n'avions point de défauts, nous ne prendrions pas tant de plaisir à en remarquer dans les autres[2].

– Quelle belle preuve de lucidité !

Les yeux se tournèrent vers Dekcked qui semblait beaucoup s'amuser de la situation.

– Et quel magnifique panier de crabes ! poursuivit le lieutenant avec enjouement. Nous avons le devoir de nous épier les uns les autres pour le Bonheur commun !

Le Président à vie fronça les sourcils.

– Pourquoi dites-vous cela ?

– Parce que c'est précisément ce que m'a affirmé le ministre Bérard juste avant votre arrivée.

– Je ne sais à quel *Bonheur* il songeait, ironisa le Président, mais nous allons bientôt être éclairés. Si vous nous présentiez ce fameux rapport, lieutenant Dekcked ?

– J'en serai ravi, monsieur le Président, mais je doute que mes paroles vous mettent du baume au cœur. Vous risquez d'apprendre de désolantes nouvelles concernant votre entourage.

– Ne l'écoutez pas, monsieur le Président ! hurla Bérard. Cet homme est un mythomane, un fou, un…

Le Président leva la main. Un des parumains saisit Bérard par le revers de sa veste et le fit taire d'une gifle qui le projeta à terre. Luttant contre l'étourdissement, le ministre se redressa et essuya le sang qui coulait de sa lèvre fendue. L'œillet s'était détaché de sa boutonnière et gisait à quelques pas de lui. Arouet, qui avait observé la scène d'un œil désabusé, se baissa et ramassa la

---

1. **Éructa-t-il** : lança-t-il.
2. Citation d'une sentence de François de La Rochefoucauld dans les *Maximes* (31).

fleur. Il en respira le parfum, la froissa et la laissa tomber avant de l'écraser négligemment du talon.

Le président invita Dekcked à prendre la place du ministre et s'installa face à lui. Il consulta sa montre avec agacement.

– J'ai demandé au général Ramos de nous rejoindre, mais il se fait attendre. Tant pis pour lui ! Je vous écoute, lieutenant. Je suis certain que votre récit sera plein d'enseignements.

– N'en doutez pas, monsieur le Président ! répondit Dekcked. N'en doutez pas !

31

La promesse du Bonheur est le plus formidable levier politique qui soit ! Évidemment, elle n'engage que ceux qui ont la naïveté d'y croire !

Propos attribués au Président à vie.

– Le plus ardu[1], quand on raconte une histoire, est de choisir l'ordre dans lequel on va procéder. En l'occurrence, ce n'est guère aisé, même si je vais m'efforcer d'être le plus clair possible. Vous savez que sur les ordres du ministre Bérard, j'ai été chargé de retrouver trois parumains en fuite. Je n'ai pas failli à ma mission. Mission qui m'a entraîné vers des territoires que j'étais très loin d'imaginer.

– Vous voilà bien allusif, lieutenant ! s'exclama le Président à vie. Ce que l'on m'a rapporté serait donc vrai ? Chœlcher est vivant ?

– Oui. Et il m'a fait d'étranges confidences, documents et preuves à l'appui.

Dekcked fouilla dans sa poche et en sortit un cube-mémoire qu'il lança sur le bureau. Le Président pâlit et se tassa sur lui-même. L'un de ses gardes du corps se précipita et contrôla l'objet avec un scan de poche. Puis il recula et inclina la tête. Rassuré, le Président attrapa le cube entre ses doigts et jeta un regard méprisant à son ministre.

1. **Ardu** : difficile.

– Ainsi, lieutenant, votre supérieur n'a pas ordonné qu'on vous fouille avant que vous pénétriez dans le ministère ? C'est un grave manquement aux mesures de sécurité que j'avais prescrites ! Vous me décevez de plus en plus, Bérard. Mais passons ! Que contient ceci ?

– L'intégralité des codes d'accès aux archives secrètes de Généгène, répondit le policier. Ils vous permettront de vérifier le bien-fondé des affirmations de Chœlcher.

– Et quel avantage en tirera-t-il ? demanda le chef de l'État. Qu'attend-il de moi ?

– J'y viendrai, monsieur le Président, mais laissez-moi auparavant reprendre mes explications, car cette histoire est touffue et s'enracine dans un lointain passé.

Le policier prit le temps de déplier ses jambes, puis, indifférent à l'air courroucé de son supérieur, il reprit :

– Vous souvenez-vous de cet attentat qui faillit vous coûter la vie, il y a quarante ans de cela ? Les conspirateurs furent arrêtés et exécutés. Du moins, vous le croyiez. En réalité, les vrais responsables étaient bien vivants, et toujours décidés à occuper la première place un jour ou l'autre. Ils avaient cependant compris que la force ne leur serait d'aucune utilité. Vous teniez fermement les rênes du pouvoir et votre longévité[1] leur interdisait d'attendre votre mort. Ils ont donc imaginé l'opération Monoxène. Avez-vous idée de ce qu'est un Monoxène, monsieur le Président ?

– Pas du tout, répondit le chef de l'État sur un ton agacé, mais je serai ravi de l'apprendre.

– C'est un parasite[2] qui effectue son cycle complet à l'intérieur de son hôte et s'en nourrit pour son plus grand profit. Quel rapport avec notre affaire ? Écoutez plutôt…

Dekcked désigna Bérard du menton.

---

1. **Longévité** : durée exceptionnelle d'une vie.
2. **Parasite** : organisme qui a besoin d'un hôte, qu'il colonise pour survivre.

– Mais avant toute chose, savez-vous que la richissime famille du ministre de la Sûreté intérieure est un des principaux actionnaires de Génégène, que son père en a été l'un des dirigeants et que son frère en dirige le conseil d'administration ?

Le Président acquiesça. Bérard voulut intervenir, mais un geste du chef de l'État le condamna au silence.

– Après l'échec de l'attentat et la sévère répression qui s'est ensuivie, Bérard père, le chef des conjurés, a pensé plus sage d'investir l'appareil d'État à tous les niveaux. Ce serait long, complexe à mettre en œuvre, mais un jour, ses partisans, ses successeurs, seraient suffisamment puissants pour vous déposer[1] sans que vous soyez en mesure de réagir. En accord avec d'autres membres de sa florissante entreprise, il eut l'idée de lancer un programme top secret. Son but ? Créer des parumains absolument semblables aux humains mais dotés de qualités physiques et intellectuelles exceptionnelles. Ceux-là ne furent pas soumis à une croissance accélérée. Grâce à la collaboration d'une équipe de travailleurs sociaux et de médecins opérant dans une clinique, les bébés parumains furent confiés à des familles soigneusement sélectionnées qui, pour la plupart, ignoraient que les nourrissons adoptés sortaient des laboratoires de Génégène.

– Vous confirmez, Bérard ? demanda le Président à l'adresse de son ministre.

Celui-ci fixait le sol, les traits inexpressifs. Dekcked attendit quelques secondes puis reprit la parole.

– Comme je vous l'ai dit, ces enfants étaient de brillants sujets. Ils sont devenus des hommes remarquables, à tous les degrés de l'État et de la société civile. Aujourd'hui, ils n'ignorent qu'une chose : leur vie durant, ils ont été téléguidés, habilement manipulés par une bande d'intrigants qui se servent de leurs capacités pour infléchir graduellement le cours de la politique du pays

1. Déposer : ici, destituer, démettre de vos fonctions.

et occuper les postes clés dans l'industrie, le commerce, ou… la Sûreté intérieure !

– C'est absurde ! s'exclama le Président. On se serait aperçu de l'existence de ces prétendus parumains. Il existe des marqueurs génétiques qui…

– Ces marqueurs ont été supprimés, ou presque. En revanche, les compétences de ces individus sont bien réelles. Et puis, il y a eu le grain de sable[1]… Julien Chœlcher.

Le policier observa ses auditeurs. Ils étaient subjugués par ses paroles.

– Chœlcher était le plus talentueux des scientifiques employés par Génégène. À vrai dire, depuis qu'on l'avait nommé directeur au département Recherche et Innovation, le nombre des brevets déposés par la société avait décuplé. Quant à ses bénéfices : ils continuent à faire rêver les analystes financiers des trois États-continents. Au fil des années, les parumains mis sur le marché par Génégène devenaient plus beaux, plus efficaces, plus chers. C'est également grâce aux travaux de Chœlcher que l'on a mis au point les nouvelles générations de parumains de combat.

Le Président hocha la tête.

– Rien ne serait arrivé si un jour, Chœlcher n'avait eu l'idée saugrenue de se servir de son propre matériel génétique pour effectuer une série de manipulations. Par le plus grand des hasards, il a trouvé une étrange anomalie dans l'un de ses gènes. Oh ! presque rien, mais il a voulu vérifier si ses parents possédaient la même particularité. Chœlcher était un informaticien de talent. Il a piraté le Fichier central des empreintes génétiques et téléchargé celles d'Antoine et de Lina Chœlcher. Ensuite, il les a comparées avec les siennes. Surprise ! Ni son père ni sa mère ne pouvaient être ses géniteurs.

– Quoi ? Vous prétendez me faire croire que Chœlcher est un parumain !

---

1. **Grain de sable** : élément qui s'introduit dans un plan et en gêne le bon déroulement.

– Vous êtes extrêmement perspicace, monsieur le Président! Julien Chœlcher a été plus long que vous à le découvrir. Toujours officieusement, il a entrepris des recherches dans les fichiers de l'état civil. Bizarrement, il n'a rien trouvé d'autre qu'une naissance tout ce qu'il y a d'officielle, sans mention d'une quelconque adoption. Or c'était génétiquement impossible! Quelqu'un avait donc falsifié les registres. Pourquoi? L'affaire devenait confuse. Il s'est tourné vers la clinique où il était né. Elle s'était consumée dans un incendie qui avait opportunément détruit toutes les archives. Cela faisait beaucoup de coïncidences. Alors, il a cherché ailleurs. Longtemps. Opiniâtrement. Et il a trouvé.

– Où cela? interrogea le Président.

– Dans les archives secrètes de Génégène! Chœlcher a déniché un document ultraconfidentiel, une liste d'une centaine de bébés, tous «nés» le même jour, répartis dans autant de familles, guidés vers certaines fonctions, et devenus, sans le savoir, les rouages d'une énorme machine dont ils ignoraient l'existence. Il était l'un de ces êtres d'excellence, créés sur mesure par des individus sans scrupule[1]. Celui qu'il considérait comme son père, généticien de renom, avait travaillé sur le programme clandestin. Avec horreur, il a découvert que ces enfants avaient tous «perdu» leurs parents adoptifs afin que le secret qui entourait leur naissance soit parfaitement gardé. Avec tout autant d'horreur, il s'est rendu compte que par son intelligence, son inventivité, sa capacité de travail, il avait contribué depuis des années à fabriquer les esclaves qui avaient fait de Génégène la plus prospère entreprise de la planète, une entreprise qui, tôt ou tard, s'approprierait le pouvoir politique puisque le pouvoir économique lui appartenait déjà. Et ces esclaves dociles étaient à son image puisque lui aussi était un parumain. Une pauvre caricature d'être humain.

Dekcked marqua une pause et considéra son auditoire.

---

1. **Sans scrupule**: sans aucune hésitation d'ordre moral.

– Ou, pourvu que l'on considère les choses sous un angle légèrement différent, un spécimen d'humanité encore plus abouti que les humains eux-mêmes.

– Là, vous allez un peu loin ! l'interrompit le chef de l'État. Mais poursuivez ! Chœlcher a donc décidé de se venger ?

– Se venger est un terme inexact. Il a décidé de donner aux parumains les moyens de gagner leur liberté. L'opportunité s'est présentée lorsqu'à la demande des Grands Magasins Réunis, Génégène a accepté de créer des parumains pères Noël. L'idée paraissait délirante, mais le généticien a compris qu'il devait saisir sa chance. Il a postulé. C'est là que Bérard et feu[1] Buisson interviennent. Le ministre de la Sûreté intérieure a poussé son collègue du Bonheur obligatoire à soutenir la candidature de Chœlcher, lui faisant miroiter les bénéfices que rapporterait l'opération. Conquis par ses arguments, Buisson a soudoyé les membres de la commission qui devait nommer le responsable du programme Delta 5. Et Chœlcher a été choisi. Sachant qu'il disposerait d'un budget illimité et d'une liberté d'action quasi absolue, le généticien a résolu de faire évoluer ce projet à sa façon. Fort de ses précédentes découvertes concernant les parumains de combat, il a doté les Delta 5 de terrifiantes facultés qui, le moment venu, leur permettraient de renverser le pouvoir en place sans coup férir. Il ignorait que ses travaux étaient étudiés dans les moindres détails par Bérard et ses complices…

– Vous voulez dire que Bérard et Buisson savaient que Chœlcher menaçait la sécurité de l'État ? tonna le Président.

– Buisson ne se doutait de rien, il n'était qu'un pion sans importance, un fusible qui sauterait en cas de danger. En revanche, Bérard et ses complices étaient conscients des risques. Ils agissaient dans le secret le plus total. Même Arouet, le conseiller spécial du ministre de la Sûreté intérieure, ignorait la réalité de ce qui se tramait en coulisse. Bérard pensait maîtriser sa créature.

---

1. Feu : mort. L'adjectif est placé avant le nom de la personne défunte.

Comprenant que Chœlcher était en train de transformer les inoffensifs pères Noël en formidables machines de guerre, il a décidé de l'utiliser jusqu'au bout et de l'éliminer le moment venu. Ensuite, il ne lui resterait qu'à utiliser les Delta 5 pour son propre profit et cueillir le pouvoir. « Président à vie Bérard », ça sonne joliment, non ?

Le ministre de la Sûreté intérieure étouffa un cri de rage, couvert par le rire du Président.

– On peut en effet y discerner une certaine drôlerie, Dekcked. Mais poursuivez !

– Bérard avait adjoint à Chœlcher un généticien nommé Bacall. Celui-ci devait espionner son supérieur et concevoir les biocontrôles qui permettraient à Bérard de diriger à sa guise les Delta 5, le moment venu. Quand Bacall s'est rendu compte que Chœlcher était allé plus vite que prévu et que la situation était sur le point de leur échapper, il a alerté les services du ministre. Celui-ci s'est affolé et vous a averti, prétextant un complot. Comme vous le savez, les Delta 5 ont été éliminés, mais – à la demande de Bérard – un groupe a été isolé à des fins d'études génétiques. Chœlcher seul maîtrisait les connaissances théoriques qui avaient permis de concevoir les Delta 5. Vous connaissez le résultat : ceux-ci ont massacré les commandos venus les arrêter et quatre d'entre eux se sont échappés. Dans le même temps, Chœlcher – ou plutôt un parumain qui lui ressemblait – a été arrêté. Il est mort sous la torture et son créateur a fait enlever son corps pour que vous ne soupçonniez pas la supercherie[1].

Dekcked se tourna vers le conseiller spécial.

– Cette affaire comportait cependant de nombreuses zones d'ombre. Certains, dans votre entourage, ont dû avoir des soupçons, car Arouet, de son propre chef, s'est rendu chez Bacall.

– C'est exact, monsieur le Président, confirma ce dernier. Il s'était montré assez embrouillé dans ses explications. Nous

---

1. **Supercherie** : tromperie.

avions d'ailleurs l'intention de l'arrêter afin de le soumettre à un interrogatoire.

– Bacall, poursuivit Dekcked, a certainement contacté Bérard pour l'avertir de la visite du conseiller. Le généticien a trouvé la mort dans la semaine qui a suivi. Un regrettable accident de la route comme il en arrive tant. Vous en souvenez-vous, monsieur le ministre ?

Bérard, prostré, ne répondit pas.

– Ensuite, il a fallu éliminer Buisson : il était la dernière preuve de l'implication de Bérard dans cette affaire. Le ministre de la Sûreté intérieure a eu l'ingénieuse idée de faire attribuer son assassinat aux Delta 5, n'est-ce pas, Arouet ? J'ai retrouvé votre empreinte digitale sur un comprimé de Neurodyne, non loin de l'endroit où Buisson a fini ses jours.

Le conseiller spécial blêmit.

– Voilà une maladresse qui m'étonne de votre part, s'égaya le Président à vie. Mais reprenez, lieutenant. Vous êtes décidément étonnant et votre efficacité est remarquable !

Dekcked inclina la tête, comme si le compliment l'atteignait.

– M. Bérard m'a chargé de retrouver les Delta 5 sans en référer à qui que ce soit d'autre que lui-même. Il comptait évidemment conserver l'un d'eux vivant afin de le confier aux laboratoires de Génégène.

Le Président considéra silencieusement le policier, puis Bérard.

– Vous ne vous défendez guère, mon cher ministre… Se pourrait-il que ce lieutenant dise l'entière vérité ?

Ouvrant sa main, il laissa tomber le cube-mémoire sur la table, où il roula comme un dé.

– Vous m'affirmez, Dekcked, que j'y trouverai la liste des parumains infiltrés sans le savoir dans la société humaine ? Pourquoi Chœlcher m'offrirait-il un tel cadeau ? Ne se doute-t-il pas que je vais donner l'ordre de rechercher ses semblables et de les éliminer les uns après les autres ?

– Il sait pertinemment que vous ne le ferez pas !

– Tiens ? Et pourquoi donc ?

– Parce que vous n'en aurez pas le temps.

Le chef de l'État émit un hoquet de surprise.

– Dekcked, j'ai du mal à comprendre votre rôle dans cette tortueuse intrigue[1].

– Voilà qui ne m'étonne guère, monsieur le Président, répondit le policier. Comme moi, vous avez lâché la proie pour l'ombre[2]…

---

1. **Tortueuse intrigue** : affaire compliquée.
2. **Vous avez lâché la proie pour l'ombre** : expression qui signifie que l'on s'est attaché à un aspect de l'affaire insignifiant sans voir où était l'essentiel.

32

Le général habile tirera parti des circonstances, même les plus dangereuses et les plus critiques. Il saura faire prendre la forme qu'il voudra, non seulement à l'armée qu'il commande mais encore à celle des ennemis.

L'Art de la guerre, Sun Tzu.
Texte interdit à la publication,
archives de la Bibliothèque nationale.

Il était deux heures du matin quand le général Ramos fut brutalement arraché au sommeil par la sonnerie de son perso. Rares étaient ceux qui en connaissaient le numéro. Si on l'appelait en plein milieu de la nuit, c'est qu'il s'agissait d'une urgence. Il tâtonna dans le noir et se connecta. Une voix familière[1] ordonna :

– Ramos, rejoignez-moi immédiatement au ministère de la Sûreté intérieure ! Le problème Delta 5 est apparemment réglé, mais nous nous retrouvons avec une nouvelle affaire sur les bras, tout aussi problématique.

– Bonheur à vous, monsieur le Président à vie, balbutia le ministre. Pouvez-vous m'en dire un peu plus ?

– Non, le temps presse. J'ai donné des ordres pour qu'on vous conduise dans le bureau de Bérard dès votre arrivée.

---

1. **Familière** : ici, connue, à laquelle on est habitué.

Le chef de l'État coupa la communication. Ramos s'habilla en grommelant et appela le chef de la sécurité afin qu'une voiture fût mise à sa disposition dans les plus brefs délais.

Un quart d'heure plus tard, le général s'installait en bâillant à fendre l'âme dans son véhicule blindé. Le chauffeur, un parumain affecté au service du ministre depuis plus de deux ans, rallia sans tarder les boulevards. Par chance, la circulation était fluide.

Alors que rien ne le laissait prévoir, le conducteur mit son clignotant et s'arrêta sur la bande d'arrêt d'urgence. Trois individus en treillis noir jaillirent du bas-côté et s'engouffrèrent dans la voiture. Le premier, un homme brun, athlétique, au visage volontaire, s'installa à l'avant et appuya le canon d'un laser sur le front de Ramos. Celui-ci laissa retomber la main qu'il avait portée à l'étui placé sur sa hanche. Le deuxième, blond et mince, s'installa à côté du ministre des Armées tandis que le dernier se tassait contre la porte. Le véhicule redémarra.

– Bonheur à vous, général Ramos, dit poliment l'homme blond. Pouvez-vous me remettre votre arme, je vous prie ?

Le militaire s'exécuta à son corps défendant[1], puis, reculant légèrement, il observa plus attentivement son voisin et s'exclama :

– Bon dieu, Chœlcher ! Je vous ai vu mort !

– La plus belle des ruses n'est-elle pas de persuader vos ennemis que vous n'existez plus ? répondit celui-ci avec bonne humeur. Où vous rendez-vous, général, si tard dans la nuit ?

Ramos serra les mâchoires et détourna le regard. Chœlcher se laissa aller en arrière et contempla les lumières dansantes des véhicules qu'ils croisaient.

– J'avoue, dit-il, que vous êtes parfait dans le rôle du fidèle second, prêt à mordre ou à donner sa vie pour son maître. Je vous épargnerai un interrogatoire humiliant. Il semble que votre

1. **À son corps défendant** : à contrecœur.

cher Président à vie vous attende impatiemment chez notre ami commun Bérard. Il serait dommage de le décevoir en ne répondant pas à son invitation.

Comme Ramos se taisait, Chœlcher ajouta:

– Franchir les portes du ministère de la Sûreté intérieure en votre compagnie sera un jeu d'enfant, vous êtes un homme craint et respecté.

– Vous pouvez m'abattre immédiatement, grinça le ministre des Armées. N'espérez aucune aide de ma part! De toute façon, les Services de Sécurité ne vous laisseront jamais passer.

– Ça reste à démontrer! rétorqua froidement Chœlcher en désignant le chauffeur. Beaucoup de parumains ne vous obéissent plus. Mais à vrai dire, je n'ai nullement besoin de votre collaboration pour rencontrer votre Président.

Le généticien posa sa main sur le genou du parumain placé à sa droite.

– Aaron, à toi!

Celui-ci se pencha et observa soigneusement le ministre, comme pour imprimer ses traits dans sa mémoire.

– Que voulez-vous...?

Ramos ne termina pas sa phrase. Quelque chose d'incertain brouillait les traits du parumain. Ses cheveux blonds semblaient plus foncés, son nez plus incurvé[1], sa peau plus pâle. Ses yeux brillaient avec un éclat bizarrement familier.

Le Delta 5 sourit et Ramos reconnut ce visage long et maigre aux paupières bleutées, un peu bouffies[2], alourdies par le manque de sommeil. Il l'avait croisé vingt minutes plus tôt, dans le miroir de sa salle de bains.

– Le résultat vous plaît-il? s'enquit poliment Aaron.

Il avait la voix du ministre des Armées, son intonation un peu traînante.

---

1. **Incurvé**: courbé.
2. **Bouffies**: gonflées.

– Espèce de salaud ! jura Ramos. Mais ça ne marchera pas, vous oubliez les génétests !

– Gageons, répliqua Chœlcher, que l'effervescence liée aux derniers événements nous dispensera de cette formalité qui nous ferait perdre tout au plus quelques minutes. N'oubliez pas ce que votre Président vous a annoncé : le problème Delta 5 est réglé ! Pourquoi donc s'obstiner à les rechercher ?

Ramos le regarda sans comprendre. Il ouvrit la bouche pour poser une question et renonça. Chœlcher jouait avec lui comme un chat avec une souris.

La voiture quitta l'avenue et entra dans le parking souterrain d'un immeuble. Elle se gara à côté d'un véhicule noir. Trois parumains en descendirent et s'immobilisèrent, comme en attente d'un ordre.

Chœlcher ouvrit la portière, sortit et invita Ramos à faire de même.

– Maintenant, déclara le généticien, je vais vous demander de nous remettre vos vêtements et vos papiers. Ensuite vous accompagnerez bien gentiment mes camarades qui vous conduiront en lieu sûr. Nous nous retrouverons à la fin du spectacle.

Le ministre, confus[1], s'exécuta. Il se débarrassa de son uniforme qu'Aaron revêtit aussitôt. Chœlcher examina le parumain puis Ramos, une expression ravie sur la face.

– Splendide ! Qui pourrait vous différencier ? Jamais le slogan de Génégène ne m'aura semblé aussi juste. *Maintenant, la perfection est vraiment de ce monde !*

Il éclata d'un rire de gamin sur le point de faire une bonne farce et s'inclina devant le ministre des Armées.

– Général Ramos, veuillez nous excuser, mais nous avons beaucoup à faire.

---

1. **Confus** : troublé, dépassé.

33

Le Maître ne peut jamais se détacher du monde où il vit, et si ce monde périt, il périt avec lui. Seul l'Esclave peut transcender le monde donné (asservi au Maître) et ne pas périr. Seul l'Esclave peut transformer le monde qui le forme et le fixe dans la servitude, et créer un monde formé par lui où il sera libre.

Introduction à la lecture de Hegel, A. Kojève[1].
Texte interdit à la publication,
archives de la Bibliothèque nationale.

– « Lâché la proie pour l'ombre » ? s'étonna le Président à vie. Pourriez-vous être plus explicite, lieutenant ?

Dekcked le considéra avec froideur.

– Je suis moi-même un parumain, venu au monde dans un laboratoire de Génégène le même jour que Chœlcher et confié aux bons soins d'une famille humaine.

Les traits du Président à vie se décomposèrent. Il exécuta un mouvement de la tête et ses gardes du corps vinrent se placer

1. Alexandre Kojève (1902-1968) est un philosophe français d'origine russe connu pour avoir proposé une interprétation célèbre de la *Phénoménologie de l'esprit* du philosophe allemand Hegel (1770-1831), lors de Leçons professées de 1933 à 1939 à l'École des hautes études. Cette étude a marqué les esprits, car elle apporte l'interprétation d'un élément central de la pensée de Hegel, connu sous le nom de la « dialectique du maître et de l'esclave », qui envisage le renversement du rapport de domination entre un maître et son esclave.

de chaque côté de Dekcked. Le lieutenant leva les bras en signe d'apaisement.

– Retenez vos molosses[1], je ne suis pas armé. Souhaitez-vous connaître la suite de cette passionnante histoire ?

– Je ne le souhaite pas, je l'exige ! s'emporta le chef de l'État. Et prenez garde à ne pas abuser de ma patience.

Nullement impressionné par le courroux présidentiel, Dekcked reprit d'une voix posée :

– À ma majorité, les sbires de Bérard ont éliminé mon père et ma mère. Leur tâche accomplie, ils devenaient inutiles. Connaissaient-ils, à l'instar du père de Chœlcher, l'origine du nourrisson qu'on leur avait confié ? Je n'en sais rien, mais M. le ministre pourra répondre à cette question le moment venu.

Bérard, toujours recroquevillé sur le sol, ne releva pas.

– J'ai été un enfant puis un adolescent très doué. Adulte, j'ai cru choisir mon métier. En réalité, on m'a insidieusement poussé à devenir flic. Un flic d'exception, selon M. le ministre de la Sûreté intérieure, qui use et abuse de moi depuis tant d'années. Oserai-je rappeler que les remarquables succès dont a pu se prévaloir M. Bérard au cours de sa carrière sont pour la plupart de mon fait ? Je suis un policier hors norme – et pour cause ! – dont les brillants résultats n'ont bénéficié qu'à Bérard et à sa clique[2]. Le ministre de la Sûreté intérieure est après vous le personnage le plus puissant de l'État. Pour son malheur, il ignorait le double jeu d'Arouet.

– C'est Chœlcher qui vous a appris tout cela ? interrogea le Président à vie.

– Oui. Croyant Chœlcher mort, Bérard pensait me lancer à la poursuite des seuls Delta 5. Il était obsédé par l'idée d'en récupérer un vivant, coûte que coûte ! Mais Chœlcher m'attendait. Jamais il n'a cherché à me contacter. Il fallait que ce soit moi qui

1. Molosses : chiens de garde redoutables.
2. Clique : groupe de personnes ayant des intérêts communs (péjoratif).

vienne à lui, qui traque ses créatures, qui veuille les détruire. En toute naïveté. Connaissant la liste des parumains élevés parmi les humains, Chœlcher savait que Bérard me mettrait inévitablement sur la piste des Delta 5, dès qu'il en aurait l'opportunité. La réussite du plan de Chœlcher supposait que je découvre son repaire à Lavelle et que j'entraîne derrière moi les commandos de la Sûreté intérieure.

– Mais pourquoi donc? l'interrompit le Président à vie.

– J'y viens, ne vous impatientez pas. Les choses ont, hélas, failli mal tourner pour les parumains! Chœlcher se doutait que Félix Woestorde avait repéré un de ses Delta 5, mais il n'avait pas prévu que le technicien de l'Ubik serait en mesure de neutraliser son brouilleur et de le filmer. Il n'avait pas davantage imaginé que je disposerais d'une copie de la vidéo. Quand la Sûreté intérieure a piraté mon perso, pendant mon coma, elle a pris la mesure du danger et a immédiatement lancé une vaste opération contre les parumains qu'elle avait identifiés. Elle m'a également utilisé de manière tout à fait répugnante.

Il s'interrompit pour observer Bérard puis Arouet qui détourna les yeux.

– Bérard espérait que je fuirais en compagnie d'une parumaine nommée Majhina et que celle-ci nous conduirait jusqu'à ses libérateurs. Les événements lui ont donné raison car c'est exactement ce qui s'est passé. L'ironie de la chose étant que Bérard croyait se servir de moi quand, en réalité, c'est Chœlcher qui manipulait Bérard pour m'attirer à lui.

– Ce Chœlcher paraît informé de tout ce qui se trame au ministère de la Sûreté intérieure! s'emporta le Président à vie. C'est à croire qu'il y possède des espions! Et pourquoi diable avait-il besoin de vous?

– Julien Chœlcher a toujours considéré qu'une guérilla[1] était vouée à l'échec. Il pensait que la solution la plus efficace pour

1. **Guérilla**: combat mené par des groupes clandestins.

prendre le pouvoir était de se débarrasser du Président à vie. Vous n'ignorez pas qu'il suffit de s'attaquer à la tête pour abattre le corps entier. Le problème était le suivant: comment faire sortir le Président du palais-bunker où il vit claquemuré dans la hantise d'un attentat? Un complot mené par son vibrionnant ministre de la Sûreté intérieure était assurément une raison tout à fait valable. Chœlcher ne se trompait pas. Quand les commandos de la Sûreté intérieure m'ont retrouvé, je leur ai annoncé que j'avais des renseignements de la plus haute importance à transmettre au ministre. Bérard s'est affolé et m'a immédiatement convoqué. Son conseiller spécial a certainement constaté son trouble, d'autant que j'avais fait allusion à une mystérieuse opération Monoxène dont il ignorait tout mais que son supérieur direct semblait connaître. Arouet est doté d'une ambition démesurée. Il sait que vous récompensez royalement vos fidèles serviteurs. Comme nous l'espérions, il vous a aussitôt averti. Il était dès lors probable que vous alliez vous rendre en personne au ministère de la Sûreté intérieure pour surprendre Bérard en flagrant délit de dissimulation.

Dekcked applaudit avec une lenteur étudiée.

– Et vous voilà hors du palais présidentiel ! Maintenant, vous êtes aussi vulnérable qu'un mollusque privé de sa coquille.

Le Président blêmit sous l'affront. Bérard émit un rire aigu qui se transforma en cri de douleur quand Arouet lui décocha un coup de pied dans les côtes.

– Lieutenant, vous ignorez jusqu'où on peut aller trop loin ! Qui êtes-vous pour penser me menacer?

Il désigna Dekcked et lança à l'adresse des deux parumains:

– Saisissez-vous de lui et conduisez-le au palais ! Arouet, retournez dans le hall et appelez une escorte !

Le conseiller n'eut que le temps d'ouvrir la bouche. Dekcked se leva de son siège et sauta par-dessus le bureau.

À peine eut-il atteint le sol qu'il frappa le premier mastodonte avec une force inconcevable, le projetant trois mètres en arrière.

Le second voulut porter la main à sa ceinture pour dégainer son arme, mais Dekcked se jeta sur lui et ils roulèrent au sol. Le Président, médusé, entendit le craquement sec d'une nuque que l'on brise.

Dekcked se releva. Il tenait au poing le laser de son adversaire qu'il dirigea vers le Président.

Celui-ci, suffoqué par la surprise, agrippa les accoudoirs de son fauteuil.

– Comment avez-vous pu… ?

Le policier sourit. Ses traits parurent alors se liquéfier pour se recomposer aussitôt. Simultanément, son corps et ses vêtements se transformèrent.

L'inconnu qui leur faisait face mesurait vingt bons centimètres de plus que Dekcked et ses larges épaules distendaient le tissu de son treillis noir.

– Comme vous le constatez, dit-il avec une pointe d'humour, je ne suis pas le lieutenant Dekcked. Je suis ce que vous nommez un Delta 5. Mais si je m'étais présenté sous cet aspect, jamais votre ministre ne m'aurait permis d'entrer.

Le parumain fit signe à Bérard de se mettre sur ses jambes puis de se placer à côté d'Arouet.

Le chef de l'État ne bougeait pas, tétanisé par la peur.

Soudain, Arouet se retourna et bondit vers la porte. Le Delta 5 haussa les épaules et tira.

L'éclair fut éblouissant.

Hagards, Bérard et le Président fixèrent l'endroit où le conseiller s'était dissous. D'Arouet, il ne restait sur le sol qu'un bouton de manchette en nacre, mystérieusement épargné par la puissance du tir.

– J'ai entendu dire que l'emploi des neurostimulants fait perdre la notion de danger, constata le parumain. C'est bien dommage pour ce jeune conseiller spécial qui semblait promis à un bel avenir.

Bérard, les jambes flageolantes, s'appuya sur le dossier d'une chaise. Le Delta 5 contempla sans émotion le fin nuage de poussière bleuâtre qui flottait à quelques mètres de lui puis revint vers le Président.

– Où en étais-je ? reprit-il. Ah oui, tenter de s'introduire en force dans votre palais était voué à l'échec. Il fallait donc vous en faire sortir. C'est là que la sottise de Bérard, la duplicité de feu Arouet et l'ignorance de Dekcked nous ont été une aide essentielle ! Quand Dekcked a appris qui il était vraiment, il s'est rangé sans hésiter de notre côté. Nous avons carbonisé quatre cadavres rapportés par des complices, j'ai pris l'apparence du lieutenant, j'ai remis l'émetteur en fonction et je me suis contenté d'attendre l'arrivée des commandos de la Sûreté intérieure ! Comme je vous l'ai dit, une simple allusion à l'opération Monoxène a affolé Bérard qui m'a reçu précipitamment au mépris de toutes les règles de sécurité. Arouet a parfaitement joué son rôle de traître et vous a contacté. Paix à son âme !

Le chef de l'État, qui s'était levé, se rassit lourdement. Il dévisagea le Delta 5 et dit :

– De toute manière vous ne pourrez jamais conserver le pouvoir. Imaginez-vous une seule minute que la Chinasie et les États-Unis toléreront que la Grande Europe soit dirigée par des parumains ? Ce sera la guerre. Une guerre à un contre mille dont vous ne sortirez pas vainqueurs.

– Vous avez parfaitement raison, concéda le Delta 5. Mais Julien Chœlcher a une conception beaucoup plus subtile de la politique.

À cet instant, on frappa à la porte.

– Général Ramos ! annonça une voix que, malgré l'épaisseur du battant, le Président à vie reconnut aussitôt.

Son visage, décomposé l'instant d'avant, s'éclaira.

– Je crains que les événements ne tournent à votre désavantage plus vite que prévu !

Le Delta 5 le considéra avec malice et ordonna :

– Entrez !

Les yeux du Président s'arrondirent quand son ministre des Armées entra, accompagné de Chœlcher et deux autres individus.

– Monsieur le Président à vie, monsieur le ministre de la Sûreté intérieure, enchanté de vous rencontrer ! lança le généticien d'une voix enjouée. Je viens vous expliquer de vive voix la suite des opérations.

Épilogue

– … Aussi, veuillez recevoir, chers Citoyens de Grande Europe, tous mes vœux pour cette année, qui s'annonce sous les meilleurs auspices.

Le Président à vie conclut son allocution par un sourire chaleureux tandis que s'élevait le jingle annonçant le début d'un tunnel publicitaire. Dekcked commanda la fermeture de l'écran et retourna s'asseoir dans son fauteuil, face aux baies vitrées qui s'ouvraient sur la ville. Autour de lui, tout était calme, silence. Il se sentait l'envie de veiller, jusqu'au bout de la nuit, dans l'espoir d'une neige improbable.

Dans sa chambre, au bout du couloir, Majhina dormait. Son état ne nécessitant pas une hospitalisation, Dekcked avait jugé plus simple de l'accueillir chez lui en attendant qu'elle ait recouvré ses forces. Aucun de ses voisins ne les avait remarqués quand, assisté de deux parumains, il l'avait transportée, inconsciente, jusqu'à son appartement.

Alexis sourit. Il ne parvenait pas à ôter de sa tête ces catégories qui y étaient inscrites depuis sa plus tendre enfance : humain, parumain. Une part de lui n'avait pas encore tout à fait admis qu'il était un parumain lui-même. Non que cette idée lui fût insupportable. Simplement, elle ne s'était pas encore frayé un chemin assuré jusqu'à sa claire conscience, ne s'était pas imposée comme une évidence.

Quand Chœlcher avait mis sous ses yeux les dossiers piratés dans les archives de Génégène, il avait commencé par croire à un stratagème, une grossière tentative de le retourner contre les siens. Le généticien lui avait dit:

– Si vous le souhaitez, je peux procéder à un test afin d'établir ou non la filiation avec vos parents. S'ils ne le sont pas, ce sera la preuve définitive que je ne mens pas.

Chœlcher paraissait si assuré que Dekcked avait senti ses dernières réticences s'évanouir. Pourquoi continuer à douter? Il était un parumain qu'on avait élevé comme un humain. Mais quoi que prétendent les Citoyens, la frontière qui les séparait des parumains était floue. Peut-être n'était-elle même qu'un état d'esprit. Une convention de plus pour décider qui était dans l'humanité ou hors d'elle, un argument fallacieux[1] pour justifier l'exploitation indigne d'êtres doués de raison et de sentiments. Pourquoi ne s'était-il jamais révolté? Pourquoi s'était-il contenté du destin qu'on lui avait assigné? Sans doute par esprit grégaire[2], par paresse intellectuelle ou ignorance satisfaite. Toute sa vie, il avait été du bon côté, c'était tellement simple, tellement rassurant d'y demeurer. On acceptait tout quand on était Citoyen, on supportait tout, et l'indifférence était la règle. Sa jeunesse, une partie de sa vie d'adulte n'avaient été qu'un tissu d'acquiescements et de certitudes, un frileux[3] consentement à l'ordre des choses.

La démarche choisie par Chœlcher n'avait d'autre but que de conforter ces évidences. Plutôt que d'attaquer de front et de renverser un pouvoir solidement établi, au risque d'un conflit ouvert avec les autres États-continents, le généticien avait préféré la dissimulation. Deux des Delta 5 avaient adopté l'aspect du Président à vie et de Bérard afin d'assumer leurs charges.

---

1. **Fallacieux**: mensonger.
2. **Esprit grégaire**: tendance qui pousse les individus d'un groupe à adopter tous le même comportement.
3. **Frileux**: ici, léger.

En apparence le monde continuait tel qu'il était, mais la stratégie de prise de pouvoir voulue par Chœlcher était déjà en place.

– Réfléchissez, lui avait expliqué celui-ci, après que le Président à vie et Bérard eurent été conduits au secret dans deux cellules du palais-bunker. Nous sommes toujours en minorité. 99,9 % des parumains sont encore sous l'influence de biocontrôles et de mouchards. Sans compter ceux qui vivent aux États-Unis et en Chinasie.

– Quel est votre plan, alors ? s'était étonné Dekcked.

– Il est très simple, répondit Chœlcher, nous allons reprendre l'opération Monoxène à notre compte. Comme Bérard père, nous avons besoin de temps. Simplement de temps. Pour les Citoyens, rien ne va changer. Mais puisque nous tenons les rênes du pouvoir, nous allons progressivement affranchir les parumains de leurs biocontrôles et de leurs mouchards. Ceux-ci continueront à exercer leurs fonctions comme auparavant, sans manifester la moindre velléité de révolte, mais en se tenant prêts à agir. Dans le même temps, Génégène va commercialiser de nouvelles générations de parumains, si efficaces, si performants, que toutes les administrations, tous les ministères, toutes les sociétés industrielles et commerciales du globe en auront besoin et ne pourront plus s'en passer. Quant aux parumains de combat que nous proposerons sous peu, ils permettront aux chefs des États-continents de constituer des armées comme jamais ils n'avaient osé en rêver. Et puis un jour, sans même que les humains s'en soient rendu compte, tous les postes de responsabilité seront entre nos mains et le pouvoir nous appartiendra. Nous n'aurons qu'à le cueillir sans avoir à user de violence. L'apathie[1] domine déjà ce monde, Alexis. Les humains ne connaissent que la liberté encadrée, ils sont dressés à obéir et accepteront leurs nouveaux maîtres avec la même indifférence que les anciens.

1. **Apathie** : passivité, inertie.

Chœlcher s'était interrompu. Son visage n'exprimait aucun triomphalisme.

– Et que ferez-vous de ce pouvoir, une fois que vous l'aurez obtenu ?

Le généticien avait haussé les sourcils avec embarras.

– Je n'en sais fichtre rien [1], mon cher ! Ma seule certitude est de n'avoir aucun désir pour ce que désirait le Président à vie. Peut-être essaierons-nous simplement de remettre l'histoire en marche, de débarrasser ce monde de ses convictions et de le ramener à un minimum d'incertitudes. Pour le reste…

Dekcked ouvrit les yeux et fit volte-face.

Un froissement léger venait de l'arracher à ses pensées. Majhina, pâle, les traits tirés, le dévisageait. Alexis alla jusqu'à elle. La jeune femme eut un mouvement de recul quand il voulut la prendre dans ses bras puis se laissa aller contre lui. Derrière les vitres, l'horizon se teintait de rose et le ciel s'éclaircissait.

– Qu'est-ce que je fais ici ? demanda Majhina.

Dekcked hésita. Par où commencer ? Tout était si compliqué.

– Eh bien, dit-il, c'est une longue histoire…

---

1. **Je n'en sais fichtre rien** : je n'en sais absolument rien (familier).

Glossaire

Aire de plaisir : territoire sécurisé situé dans une enclave et où les Citoyens peuvent se distraire sans limites aucunes. Les aires de plaisir bénéficient d'un régime juridique adapté.

Bonheur obligatoire : inscrit dans la Constitution, le Bonheur n'est ni un événement heureux, ni un hasard favorable, ni une chance mais un droit et un devoir pour tous les Citoyens de la Grande Europe. Il est le garant d'une société harmonieuse et policée.

Brouilleur : dispositif électronique visant à prévenir toute tentative d'écoute de la part de tiers non autorisés.

Citoyen : homme ou femme disposant des droits et des devoirs civiques (sécurité, loisirs, Bonheur) accordés à certains habitants de Grande Europe.

Cube-mémoire : unité de stockage numérique de très grande capacité.

Éducation et propagande : l'éducation et la propagande sont les deux faces de la même médaille. Leur but est de façonner les esprits et de répandre les idées nécessaires au fonctionnement harmonieux de la société.

Enclave : les enclaves sont les aires géographiques où sont canalisés les individus dont les idées et les comportements ne sont pas conformes à l'idéal d'une société parfaite, telle que définie dans la Constitution de la Grande Europe.

État-continent : il existe trois États-continents regroupant la plupart des anciennes nations selon leur aire géographique : les États-Unis d'Australamérique, la Chinasie et la Grande Europe.

Génégène : premier groupe mondial de production et de commercialisation d'organismes génétiquement modifiés et de parumains.

Génétest : test génétique permettant, entre autres, de différencier humains et parumains.

Génévolution : révolution génétique. Elle a fait entrer l'humanité dans une nouvelle ère de progrès.

Grands Magasins Réunis : premier groupe commercial mondial, présent dans les trois États-continents.

Guerre délocalisée : encadrement rationnel des conflits. Grâce aux guerres délocalisées, les Citoyens de Grande Europe vivent en paix et en sécurité.

Neurostimulant : excitant du système nerveux central. Classés parmi les drogues semi-licites, les neurostimulants ne peuvent être achetés que dans les enclaves et les aires de plaisir. Ils accroissent les capacités physiques et psychiques de l'individu et le désinhibent face au danger. Leurs effets secondaires connus sont la mydriase et son corollaire, l'hypersensibilité à la lumière.

Non-droit légal : concept juridique innovant, le non-droit légal s'oppose à toute théorie universaliste du droit. C'est cependant le législateur qui décide d'appliquer sur une aire géographique donnée les lois de Grande Europe ou le non-droit légal.

Parumain : organisme humanoïde issu du génie génétique. Les parumains ont libéré les humains des servitudes liées aux tâches physiques dégradantes et abrutissantes.

Perso : ordinateur personnel de poche. Il cumule l'ensemble des fonctions liées à la communication.

Réforme: élimination des parumains défectueux ou périmés.

Remodelage du corps: mode liée aux progrès de la chirurgie de loisir. Il permet aux Citoyens de modifier momentanément leur aspect.

Sections Spéciales: troupes d'élite, constituées de parumains de combat. Elles sont encadrées par des officiers supérieurs humains.

Sécuricam: caméra de sécurité contrôlée par le ministère de la Sûreté intérieure. Les sécuricams ont permis de faire baisser dans des proportions vertigineuses les chiffres de la petite et de la moyenne délinquance.

Sûreté intérieure: premier ministère en effectifs et en moyens. Il a pour charge la surveillance et la répression pour le Bonheur commun.

Traitement régénérateur: ensemble d'opérations génétiques, médicamenteuses et chirurgicales permettant de supprimer les effets de l'âge.

Tribu: groupe auquel les Citoyens choisissent de s'identifier dans les aires de plaisir. Chaque tribu élabore ses propres lois et coutumes. Celles-ci n'ont aucune valeur à l'intérieur des Zones mais sont utiles à la nécessaire expression personnelle dans les aires de plaisir (*voir* **Remodelage du corps**).

Zone: découpage administratif commun à toutes les mégalopoles de Grande Europe.

Arrêt sur lecture 3

Un quiz pour commencer

Cochez les bonnes réponses.

1 *Quel personnage s'entend secrètement avec les Delta 5 ?*

- ❒ Arouet.
- ❒ Bouche d'or.
- ❒ Majhina.

2 *Quelle information Alexis Dekcked déduit-il du retard de son horloge ?*

- ❒ L'horloge a été trafiquée par un Delta 5.
- ❒ Son séjour à l'hôpital a duré plus de quatre jours.
- ❒ Les Delta 5 savent désactiver les mouchards des parumains.

3 *Que retrouve la police dans l'appartement occupé par les Sections Spéciales ?*

- ❒ Du matériel électronique et des instruments de nanochirurgie.
- ❒ Des cadavres de parumains.
- ❒ Des hottes remplies de cadeaux de Noël.

4 *Pourquoi Alexis Dekcked emmène-t-il Majhina avec lui ?*

- ❒ Pour l'arrêter.
- ❒ Pour l'obliger à révéler la cache des Delta 5.
- ❒ Pour la sauver d'une arrestation.

5 *Que révèlent les Delta 5 au détective ?*

- ❒ Bouche d'or l'a trahi.
- ❒ Un mouchard a été placé sur ses vêtements à son insu.
- ❒ Maxime Bérard est retenu prisonnier.

6 *Quel personnage réapparaît, alors qu'on le croyait mort ?*

- ❒ Mattéo Lagazza.
- ❒ Julien Chœlcher.
- ❒ François Bacall.

7 *En quoi consiste l'opération « Monoxène » ?*

- ❒ À créer des Delta 5.
- ❒ À créer des parumains d'exception semblables aux hommes.
- ❒ À réformer les parumains rebelles.

8 *Par qui le complot politique est-il déjoué ?*

- ❒ Alexis Dekcked.
- ❒ Maxime Bérard.
- ❒ Julien Chœlcher et les Delta 5.

9 *Qui adresse ses vœux aux Citoyens de la Grande Europe ?*

- ❒ Le général Ramos.
- ❒ Un Delta 5 qui a pris les traits du Président à vie.
- ❒ Le Président à vie.

Des questions pour aller plus loin

→ Comprendre la résolution de l'enquête

Une fuite dans l'urgence

1 **a.** Quels liens entre le ministre de la Sûreté intérieure et Julien Chœlcher Alexis Dekcked découvre-t-il dans l'un des documents du cube-mémoire ? Quelles hypothèses cela confirme-t-il ?
b. Quelle information étonnante apprend-il en consultant la liste contenue dans le deuxième document ?

2 **a.** Comment Alexis Dekcked découvre-t-il que le Delta 5 qui l'a agressé est en lien avec Majhina ? Qu'imagine-t-il concernant la parumaine ?
b. Langue Par quels types de phrases Alexis Dekcked exprime-t-il ses sentiments (p. 198-199, l. 102-118) ? Quels sentiments successifs sont-ils ainsi mis en valeur ?

3 Pourquoi l'appel téléphonique d'Arouet (p. 202-205) décide-t-il le détective à agir ? Justifiez votre réponse.

4 Retrouvez l'ordre dans lequel les événements s'enchaînent à partir du moment où le détective quitte son bureau.

○ ○ ○ ○ ○ ○ ○ ○

① Majhina et Dekcked passent le check-point sans problèmes.

② Dekcked fait feu sur les enclavés.

③ Dekcked attend Majhina chez elle.

④ Dekcked et Majhina se réfugient dans un entrepôt en ruine.

⑤ Majhina est blessée.

⑥ Majhina et Dekcked quittent Felicidad.

⑦ Deux Delta 5 viennent chercher le couple.

⑧ Félix Woestorde accepte d'aider le couple.

Une rencontre inattendue

5 Par quelle technique chirurgicale Julien Chœlcher soigne-t-il Majhina ? Justifiez votre réponse en vous appuyant sur les caractéristiques du récit de science-fiction.

6 Comment est expliquée la survie de Julien Chœlcher ?

7 Quelle impression le scientifique fait-il à Alexis Dekcked ? Pourquoi cela contredit-il le portrait qu'avaient fait de ce personnage Ramos, le ministre des Armées, au chapire 4, pages 29-32, et Arouet au chapitre 6, pages 43-47 ?

8 Pourquoi un traceur a-t-il été introduit dans le vêtement de Dekcked ?

Le dévoilement de la manipulation

9 Qui est, en réalité, le personnage qui accueille, sous les traits d'Alexis Dekcked, le capitaine Dareley et qui se rend au ministère de la Sûreté intérieure ? Quel est le but de ce stratagème ?

10 **a.** Par qui Maxime Bérard est-il trahi ? À qui bénéficie cette trahison ?
b. Quelles révélations le Président à vie est-il amené à recevoir sur le projet « Monoxène » ?

11 Langue Relevez l'expression utilisée aux chapitres 31 et 33 pour résumer la caractéristique de l'enquête. Qu'est-ce que cela permet de comprendre sur l'enquête ?

12 Détaillez le plan conçu par Julien Chœlcher pour s'introduire dans le palais présidentiel. Quel en est l'objectif ?

Zoom sur l'épilogue (p. 267-270, l. 1-96)

13 **a.** Où se déroule l'épilogue ? Que fait le personnage mis en scène au début de ce chapitre, p. 267 ?
b. Langue Relevez trois verbes conjugués (p. 267) qui montrent que les événements évoqués par le personnage ont eu lieu avant cette scène et précisez le temps auquel ils sont conjugués.

14 Qu'a appris Alexis Dekcked sur lui-même en lisant les documents mis à sa disposition par Julien Chœlcher ? Pourquoi cette révélation provoque-t-elle un bouleversement psychologique important chez lui ? Justifiez votre réponse en vous appuyant sur les interrogations du personnage, à la page 268.

15 Comment Julien Chœlcher envisage-t-il de prendre le pouvoir ? Pourquoi peut-on qualifier son plan d'action de non-violent ?

✔ *Rappelez-vous !*

• Dans un récit policier, **la résolution de l'enquête apporte au lecteur les réponses aux questions que se pose initialement l'enquêteur.**

• **La construction du récit** est essentielle, car elle permet **de maintenir le suspense et de ménager des retournements de situation** pour tenir en haleine le lecteur : **choix des points de vue, ellipses et chute** concourent à **jouer avec les attentes du lecteur.**

De la lecture à l'expression orale et écrite

Des mots pour mieux s'exprimer

1 a. *Quel est le champ lexical de cette liste de mots ?*

chirurgie — hémorragie — perfusion

seringue — soigner — thermomètre

b. *Ajoutez quatre mots de votre choix à ce champ lexical.*

2 *Complétez les phrases avec les mots suivants.*

clandestinement — dissimuler — masque — secret

a. Il a réussi à ____________ son identité.

b. Lors de cette opération secrète, les soldats portent un ____________ pour éviter qu'on les identifie.

c. Il a gardé son ____________ jusqu'à la mort.

d. Nous nous sommes rendus ____________ au point de rendez-vous.

3 a. *Quelle est la composition du mot* manipulation *?*

b. *Cherchez le sens propre et le sens figuré de ce mot et inventez deux phrases qui mettent en évidence ces deux sens.*

La parole est à vous

4 ***Présentez oralement le projet « Monoxène » comme si vous étiez l'un de ses concepteurs.***

Consignes. Reprenez les éléments présentés aux chapitres 31 et 33. Préparez, au brouillon, votre intervention qui ne devra pas durer plus de 2 minutes

5 ***Par groupes de quatre élèves, imaginez le discours que Julien Chœlcher prononce à l'intention de toutes les nations, après sa prise de pouvoir, dans lequel il prône l'égalité entre parumains et humains.***

Consignes. Votre discours sera un plaidoyer reposant sur des arguments précis. Vous préparerez votre prestation orale sous la forme d'un concours d'éloquence. Chaque groupe présentera son discours devant le reste de la classe.

À vous d'écrire

6 ***Imaginez la suite immédiate du chapitre 33: Julien Chœlcher explique au Président à vie et au ministre « la suite des opérations ».***

Consignes. Dressez la liste des informations données dans l'épilogue et imaginez les réactions du Président à vie et du ministre.

7 ***Alexis Dekcked raconte à Majhina, lorsqu'elle se réveille, ce qui s'est passé depuis qu'elle a perdu connaissance. Imaginez ce récit.***

Consignes. Résumez les événements qui ont eu lieu et imaginez comment Alexis révèle à sa compagne sa véritable nature.

Du texte à l'image

Histoire des arts

- Affiche du film *Blade Runner. The Final Cut* de Ridley Scott, 2007.
- Dessin préparatoire pour le film *Blade Runner 2049* de Denis Villeneuve, 2017.

➡ **Images reproduites en début d'ouvrage, au verso de la couverture.**

- Photographie du film d'Alex Garland, *Ex Machina*, 2015.

➡ **Images reproduites en fin d'ouvrage, au verso de la couverture.**

Lire l'image

1 Observez la posture du personnage principal avec son revolver sur l'affiche du film *Blade Runner. The Final Cut*.

a. À quel type de scène cette attitude renvoie-t-elle ?

b. À quelle scène du roman le personnage vous fait-il penser ?

2 Décrivez la composition de la photographie du film *Blade Runner 2049*. Comment est représenté le personnage au premier plan ? Qu'est-ce que cela traduit ?

3 Selon vous, quel sens a le geste de la créature artificielle dans la photographie du film *Ex machina* ?

Comparer le texte et l'image

4 Quelle partie de l'affiche du film *Blade Runner. The Final Cut* peut-on comparer avec le chapitre 26 du roman ?

5 À quel personnage du roman la créature artificielle de la photographie du film *Ex machina* fait-elle penser ? Pourquoi ?

À vous de créer

6 Imaginez que le roman *Felicidad* soit adapté au cinéma : créez l'affiche de ce film en utilisant la technique d'image de votre choix. Inspirez-vous de la typographie de l'affiche de *Blade Runner* et concevez une formule d'accroche que vous intégrerez à votre affiche.

Arrêt sur l'œuvre

Des questions sur l'ensemble de l'œuvre

Un récit plein de suspense

1 **a.** Reconstituez le résultat de l'enquête d'Alexis Dekcked en complétant le schéma suivant.

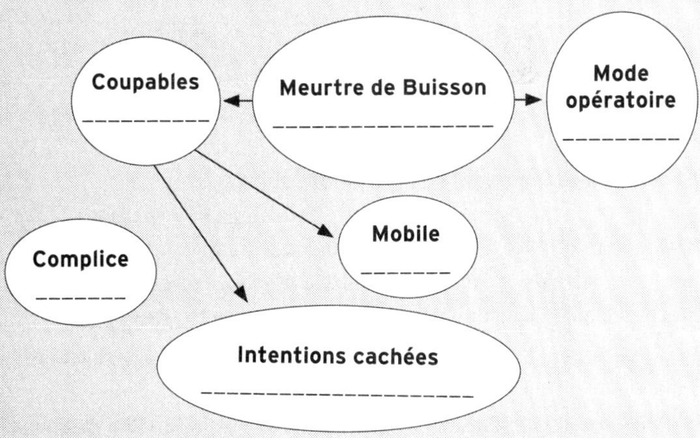

b. Retrouvez le nom des personnages rencontrés par le détective.

Indicateurs	Témoins
___________________	___________________
___________________	___________________
_______________	_______________

2 En combien de temps les événements se déroulent-ils entre le chapitre 1 et le chapitre 33 ? Justifiez votre réponse en vous appuyant sur les indices temporels précis dans les chapitres 1, 7, 8, 12, 14, 16, 18, 20, 23, 29 et 32.

3 **a.** Complétez le tableau ci-dessous en indiquant le point de vue que le lecteur est amené à suivre. D'après vous, quel est l'intérêt de ce dispositif narratif ?

Chapitres 1 à 6	Chapitres 7 à 28	Chapitres 29 à 33

b. Faites la liste de toutes les fausses pistes sur lesquelles l'écrivain met le lecteur : quel effet cela produit-il ? Justifiez votre réponse en vous appuyant sur les ellipses narratives et sur les retournements de situation.

4 **a.** Quels personnages de pouvoir ont été complètement manipulés dans le roman ? Quel effet cela a-t-il sur le lecteur ?
b. Quelle information erronée, connue du lecteur, est donnée par le ministre de la Sûreté intérieure à Alexis Dekcked, au chapitre 7 ? Dans quelle position le lecteur se trouve-t-il par rapport au personnage ?

5 **a.** Quand et où se déroulent les chapitres 29 à 33 ? Quelle est la position du lecteur par rapport aux personnages ?

b. Rendez-vous sur la page **www.transmettrelecinema.com/video/la-science-fiction** pour visionner l'analyse d'une séquence du film *Blade Runner* de Ridley Scott.
Quel procédé de montage cinématographique l'écrivain a-t-il utilisé pour raconter ces chapitres 29 à 33 ? Dans quel but ?

Une société dystopique

6 **a.** Relevez tous les modes de surveillance et de contrôle présents à Felicidad. Quelle impression cela donne-t-il au lecteur ?
b. Pourquoi le nom de la ville, Felicidad, est-il ironique ?

7 **a.** Faites la liste de tout ce qui, à Felicidad, contredit l'idée du « Bonheur obligatoire » et prouve qu'elle n'est une société idéale qu'en apparence. Quel type de société est en réalité dépeinte ?
b. Quel personnage incarne particulièrement l'hypocrisie de cette société ? Justifiez votre réponse en vous appuyant sur son cynisme et son art de la dissimulation.

8 **a.** Relisez toutes les épigraphes des chapitres 1 à 33. Notez dans le tableau suivant les numéros des chapitres qui ont des citations inventées par l'auteur et ceux dont les citations sont extraites de livres publiés réellement. Dans quelle partie du roman les épigraphes réelles sont-elles concentrées ? À votre avis, pourquoi ?

Citations inventées	Citations réelles

b. Rendez-vous sur la page **www.transmettrelecinema.com/video/le-suspense** pour visionner l'analyse d'une séquence du film *Bienvenue à Gattaca* de Andrew Niccol (1997).
Comparez le monde de Gattaca à celui de Felicidad. Quelles en sont les similitudes ?

9 **a.** Faites la liste dans le roman de toutes les innovations technologiques liées à la génétique ou à la modification du vivant. Sur quel idéal reposent ces progrès scientifiques ?
b. Pourquoi peut-on dire que le personnage de Sunny Dell, au chapitre 9, est un homme augmenté ?

10 **a.** Relevez dans le roman tous les passages qui décrivent la société de consommation à Felicidad : qu'est-ce que ces descriptions révèlent au lecteur sur les aspirations des Citoyens des États-continents ?
b. Quelle est l'entreprise commerciale la plus puissante de Felicidad ? Quels liens entretient-elle avec le pouvoir ? Justifiez votre réponse en vous appuyant sur les premiers chapitres du roman.

Une quête d'identité

11 Relisez les pages 139-140 et expliquez pourquoi l'enquête d'Alexis Dekcked est surtout une quête initiatique. Justifiez votre réponse à la lumière de la révélation de l'épilogue.

12 **a.** Observez le nom de famille de l'enquêteur. Dans quels sens peut-il se lire ? Comment appelle-t-on cette figure de style ?
b. Comment cette figure de style joue-t-elle avec le parcours symbolique du personnage ?

13 Relisez les passages des chapitres 8, 15, 16, 21, 22 et 25 qui évoquent la relation entre Alexis et Majhina et relevez tous les éléments qui manifestent l'attraction de l'enquêteur pour la parumaine.

14 Comparez le parcours personnel d'Alexis Dekcked et de Julien Chœlcher. Quels en sont les points communs ?

Des mots pour mieux s'exprimer

Lexique de la surveillance

Capter : recueillir une information avec des moyens de vidéosurveillance.

Contrôler : surveiller quelqu'un.

Détecter : repérer une présence à l'aide d'un appareil.

Épier : observer quelqu'un à son insu.

Filtrer : soumettre des personnes à un contrôle minutieux pour n'en laisser passer qu'une partie.

Masquer : cacher sous de fausses apparences, dissimuler.

Suivre : garder l'œil sur quelqu'un.

Superviser : contrôler l'ensemble d'un dispositif.

Surveiller : observer quelqu'un pour recueillir des informations personnelles.

Vérifier : examiner quelque chose, des faits pour en contrôler l'exactitude.

Complétez le texte suivant avec le lexique de la surveillance; pensez à conjuguer les verbes si nécessaire.

À Felicidad, la population est _______________ en permanence. Le ministère de la Sûreté intérieure _______________ les Citoyens et _______________ leurs déplacements. Des caméras de surveillance _______________ leurs moindres faits et gestes de manière minutieuse. L'État _______________ les dispositifs de surveillance pour mieux _______________ les déplacements des habitants à leur insu. Lors des contrôles, la police _______________ les identités des individus pour _______________ la présence éventuelle de parumains et _______________ les humains. C'est le ministère de la Sûreté intérieure qui _______________ l'ensemble des données.

Lexique du roman policier

Alibi : justification d'un emploi du temps par une personne qui lui permet de prouver qu'elle n'était pas présente au moment où une infraction a été commise.

Aveu : fait de reconnaître qu'on est l'auteur d'une infraction.

Complice : personne qui en aide une autre à commettre un crime.

Déduction : raisonnement logique pour expliquer une situation.

Empreinte : marque de doigts ou de pas, laissée sur une surface.

Enquête : ensemble de recherches consistant à découvrir le/la coupable d'un crime.

Filature : fait de suivre quelqu'un pour surveiller ses faits et gestes.

Hypothèse : supposition portant sur l'explication de faits passés ou présents ou sur l'avènement possible d'un événement futur.

Indice : signe relevé sur les lieux d'un crime.

Mobile : motif qui a conduit quelqu'un à commettre un crime.

Soupçon : opinion défavorable à l'égard de quelqu'un, de son comportement, fondée sur des indices ou des intuitions mais sans preuves.

Témoignage : déposition expliquant ce que l'on a vu ou ce que l'on sait.

Mots cachés

Retrouvez dans la grille ci-contre tous les mots du lexique du roman policier.
Les mots peuvent être écrits horizontalement, verticalement ou en diagonale.

E	J	J	R	F	H	Y	P	O	T	H	E	S	E
Q	J	D	D	K	A	E	K	K	F	H	D	M	W
B	E	M	I	P	D	L	N	T	F	Z	J	E	T
Z	H	M	N	E	S	E	I	C	Y	U	H	N	Y
D	Q	M	D	E	M	F	D	B	C	F	G	Q	X
J	P	P	I	A	C	P	I	U	I	S	W	U	Y
Q	A	D	C	E	Q	E	R	L	C	N	Z	E	A
W	I	Q	E	M	X	G	P	E	A	T	R	T	V
C	O	M	P	L	I	C	E	E	I	T	I	E	E
H	B	S	I	I	Y	R	Q	H	A	N	U	O	U
S	T	E	M	O	I	G	N	A	G	E	T	R	N
H	G	Z	A	H	M	Y	J	V	U	J	H	E	E
U	X	X	Y	V	M	O	B	I	L	E	L	S	Z
O	E	H	D	S	O	U	P	Ç	O	N	E	X	D

Lexique du conflit

Arrestation : action d'appréhender un(e) suspect(e) au nom de la loi.

Coercition : fait de contraindre quelqu'un à obéir à la loi.

Contester : remettre quelque chose en cause.

Contraindre : obliger quelqu'un à faire quelque chose par la force.

Dissidence : état de quelqu'un qui ne reconnaît plus une autorité politique ou idéologique.

Emprisonner : mettre en prison.

Insurrection : soulèvement contre un pouvoir politique.

Opposant : adversaire.

Représailles : riposte à une action jugée comme mauvaise.

Réprimer : exercer une contrainte violente pour arrêter une révolte.

Tri de mots

Placez chaque mot du lexique du conflit selon le champ lexical auquel il appartient.

À vous de créer

1 ***Créer une planche de BD***

Choisissez une scène d'action du roman que vous avez particulièrement aimée. Vous allez créer une planche de bande dessinée pour adapter cette scène en images. Vous utiliserez l'application gratuite BDnF du site de la BnF, à télécharger à l'adresse: **https://bdnf.bnf.fr/bibliotheque-pedagogique.html**

Étape 1. Comprendre l'utilisation de l'outil numérique

Visionnez le tutoriel suivant pour comprendre le principe général de l'application:

vimeo.com/387383287

Étape 2. Construire la planche

Avant d'utiliser l'application, préparez au brouillon votre planche; décidez en combien de cases vous allez découper cette scène. Rappelez-vous que votre planche doit être un ensemble cohérent qui rende compte de la scène, de son début à sa fin.

Étape 3. Préparer la mise en scène visuelle

Préparez au brouillon ce que vous souhaitez représenter dans chaque vignette: choix des plans, composition des plans, expressions des personnages, décors et couleurs.
Pensez aux enchaînements entre chaque case.
Rappelez-vous qu'il faut choisir des moments clés de la scène.

Étape 4. Composer les dialogues

Choisissez les paroles des personnages que vous allez conserver ou ajouter dans les bulles.

Étape 5. Réaliser l'esquisse de la planche

Au brouillon, faites un croquis général de votre planche en reprenant les éléments que vous avez prévus précédemment dans chaque vignette.

Étape 6. Préparer les images

L'application BDnF propose plusieurs solutions pour intégrer des images aux cases : soit vous les choisissez dans une banque d'images fournie par l'application, soit vous intégrez des images qui sont déjà stockées sur votre ordinateur. Dans ce cas, vous pouvez dessiner des personnages des décors, les scanner, et les intégrer dans votre base personnelle. Vous pouvez mixer les deux sources d'images.

Étape 7. Finaliser votre planche à l'aide de l'application

À partir de votre brouillon préparatoire, composez votre planche en suivant les possibilités de l'application.
Une fois terminée, vous pouvez sauvegarder et/ou imprimer votre création.

2 *Créer un débat sous la forme d'un jeu de rôle*

Par groupe de trois élèves, vous allez présenter un débat contradictoire entre deux essayistes de Felicidad sur les parumains : Gerhard Hausmann, auteur du livre *La Question parumaine*, et Donald Merry, auteur du livre *Contre le prêt-à-penser*, tous les deux parus aux Éditions des GMR.

Étape 1. Choisir les acteurs du débat

Au sein de chaque groupe, répartissez-vous les rôles : les deux débatteurs et le modérateur, chargé de mener le débat et de veiller au temps de parole.

Étape 2. **Comprendre la position des débatteurs**
Relisez attentivement les épigraphes des chapitres 8 et 14 qui citent la pensée de Gerhard Hausmann et les épigraphes des chapitres 24 et 29 qui citent la pensée de Donald Merry. Vous compléterez avec la relecture de l'épigraphe du chapitre 33 ainsi que la page 118 du chapitre 14 du roman.
Identifiez la thèse défendue par chacun des essayistes, qui les oppose.

Étape 3. **Chercher des arguments**
Listez ensemble des arguments et des exemples qui pourraient justifier chacune des deux thèses.

Étape 4. **Comprendre la personnalité des débatteurs**
Imaginez ensemble la personnalité, la vie et la manière de parler de chacun des débatteurs. Vous pourrez ainsi mieux incarner ces personnages.

Étape 5. **Mettre en scène le débat**
Préparez la mise en scène du débat en prévoyant la posture, la gestuelle et la manière de parler des personnages que vous allez incarner.

Étape 6. **Lancer le débat devant un public**
Proposez, par groupe de trois, le débat que vous avez imaginé devant le reste de la classe, qui jouera le public et pourra intervenir ensuite pour questionner les débatteurs.

Groupements de textes

Groupement 1

Des dystopies aux sources de *Felicidad*

Aldous Huxley, *Le Meilleur des mondes*

Dans *Le Meilleur des mondes*, l'écrivain britannique Aldous Huxley (1894-1963) met en scène, dans un monde futur, une société où tout est maîtrisé pour atteindre la perfection. Dans ce roman dystopique, la société est hiérarchisée entre cinq catégories d'individus, selon leur statut social : les Alphas et les Bêtas dirigent, les Gammas représentent la classe moyenne alors que les Deltas et les Epsilons occupent le bas de l'échelle sociale. Ces castes sont formées dès la conception des enfants, qui sont issus de la procréation artificielle puis génétiquement modifiés. Le roman commence par la visite du Centre de procréation de Londres, que le Directeur de l'Incubation et du Conditionnement (D.I.C.) fait visiter à des étudiants pour la première fois.

Un bâtiment gris et trapu de trente-quatre étages seulement. Au-dessus de l'entrée principale, les mots : CENTRE d'Incubation[1] et de Conditionnement de Londres-Central, et, dans un écusson, la devise de l'État mondial : Communauté, Identité, Stabilité.

L'énorme pièce du rez-de-chaussée était exposée au nord. En dépit de l'été qui régnait au-delà des vitres, en dépit de toute la chaleur tropicale de la pièce elle-même, ce n'étaient que de maigres rayons d'une lumière crue et froide qui se déversaient par les fenêtres. Les blouses des travailleurs étaient blanches, leurs mains, gantées de caoutchouc pâle, de teinte cadavérique. La lumière était gelée, morte, fantomatique. Ce n'est qu'aux cylindres jaunes des microscopes qu'elle empruntait un peu de substance riche et vivante, étendue le long des tubes comme du beurre.

– Et ceci, dit le Directeur, ouvrant la porte, c'est la Salle de Fécondation.

Au moment où le Directeur de l'Incubation et du Conditionnement entra dans la pièce, trois cents Fécondateurs, penchés sur leurs instruments, étaient plongés dans ce silence où l'on ose à peine respirer, dans ce chantonnement ou ce sifflotement inconscient, par quoi se traduit la concentration la plus profonde. Une bande d'étudiants nouvellement arrivés, très jeunes, roses et imberbes[2], se pressaient, pénétrés d'une certaine appréhension, voire de quelque humilité, sur les talons du Directeur. Chacun d'eux portait un cahier de notes, dans lequel, chaque fois que le grand homme parlait, il griffonnait désespérément. Ils puisaient ici leur savoir à la source même. C'était un privilège rare. Le D.I.C. de Londres-Central s'attachait toujours à faire faire à ses nouveaux étudiants, sous sa conduite personnelle, le tour des divers services. [...]

– Je vais commencer par le commencement, dit le D.I.C., et les étudiants les plus zélés[3] notèrent son intention dans leur cahier : *Commencer au commencement.* Ceci – il agita la

1. **Incubation** : temps de développement d'un embryon.
2. **Imberbes** : sans poils de barbe.
3. **Zélés** : particulièrement appliqués.

main – ce sont les couveuses[1]. – Et, ouvrant une porte de protection thermique, il leur montra des porte-tubes empilés les uns sur les autres et pleins de tubes à essais numérotés. – L'approvisionnement d'ovules pour la semaine. Maintenus, expliqua-t-il, à la température du sang ; tandis que les gamètes[2] mâles – et il ouvrit alors une autre porte – doivent être gardés à trente-cinq degrés, au lieu de trente-sept. La pleine température du sang stérilise. Des béliers, enveloppés de thermogène[3], ne procréent pas d'agneaux.

Toujours appuyé contre les couveuses, il leur servit, tandis que les crayons couraient illisiblement d'un bord à l'autre des pages, une brève description du procédé moderne de la fécondation ; il parla d'abord, bien entendu, de son introduction chirurgicale, « cette opération subie volontairement pour le bien de la société, sans compter qu'elle comporte une prime se montant à six mois d'appointements » ; il continua par un exposé sommaire de la technique de la conservation de l'ovaire excisé[4] à l'état vivant et en plein développement ; passa à des considérations sur la température, la salinité[5], la viscosité optima[6] ; fit allusion à la liqueur dans laquelle on conserve les ovules détachés et venus à maturité ; et, menant ses élèves aux tables de travail, leur montra effectivement comment on retirait cette liqueur des tubes à essais ; comment on la faisait tomber goutte à goutte sur les lames de verre pour préparations microscopiques spécialement tiédies ; comment les ovules qu'elle contenait étaient examinés au point de vue des caractères anormaux, comptés, et transférés dans un récipient poreux[7] ; comment (et il les emmena alors voir cette opération) ce récipient était immergé dans un bouillon tiède

---

1. **Couveuses** : étuves dans lesquelles se développent les embryons.
2. **Gamètes** : cellules mâles ou femelles produites par les organes sexuels (testicule et ovaire) et nécessaires à la reproduction des êtres vivants.
3. **Thermogène** : élément qui apporte de la chaleur.
4. **Excisé** : coupé et enlevé par une opération chirurgicale.
5. **Salinité** : teneur en sel.
6. **Viscosité optima** : degré idéal de viscosité.
7. **Poreux** : perméable, qui a de très petits trous.

Groupements de textes

contenant des spermatozoïdes qui y nageaient librement, – « à la concentration minima de cent mille par centimètre cube », insista-t-il ; et comment, au bout de dix minutes, le vase était retiré du liquide et son contenu examiné de nouveau ; comment, s'il y restait des ovules non fécondés, on l'immergeait une deuxième fois, et, si c'était nécessaire, une troisième ; comment les ovules fécondés retournaient aux couveuses ; où les Alphas et les Bêtas demeuraient jusqu'à leur mise en flacon définitives, tandis que les Gammas, les Deltas et les Epsilons en étaient extraits, au bout de trente-six heures seulement, pour être soumis au Procédé Bokanovsky[1].

« Au Procédé Bokanovsky », répéta le Directeur, et les étudiants soulignèrent ces mots dans leurs calepins.

Un œuf, un embryon, un adulte, – c'est la normale. Mais un œuf bokanovskifié a la propriété de bourgeonner[2], de proliférer[3], de se diviser : de huit à quatre-vingt-seize bourgeons, et chaque bourgeon deviendra un embryon parfaitement formé, et chaque embryon, un adulte de taille complète. On fait ainsi pousser quatre-vingt-seize êtres humains là où il n'en poussait autrefois qu'un seul. Le progrès.

– La bokanovskification, dit le Directeur pour conclure, consiste essentiellement en une série d'arrêts du développement. Nous enrayons[4] la croissance normale, et, assez paradoxalement, l'œuf réagit en bourgeonnant.

Réagit en bourgeonnant. Les crayons s'affairèrent.

Il tendit le bras. Sur un transporteur à mouvement très lent, un porte-tubes plein de tubes à essais pénétrait dans une grande caisse métallique, un autre en sortait. Il y avait un léger ronflement de machines.

Aldous Huxley, *Le Meilleur des mondes* [1932], chapitre I,
trad. de l'anglais par J. Castier, © Pocket, 2017.

---

1. **Procédé Bokanovsky** : nom du processus fictif de clonage inventé par Aldous Huxley.
2. **Bourgeonner** : se développer en bourgeon.
3. **Proliférer** : se reproduire avec rapidité.
4. **Enrayons** : bloquons.

Groupements de textes

Aldous Huxley, *Le Meilleur des mondes*

Après avoir visité la pouponnière et ses salles de conditionnement des apprentissages des bébés, le Directeur finit la visite du Centre dans un dortoir où des enfants endormis reçoivent un enseignement par hypnopédie.

Cinquante mètres de parcours sur la pointe des pieds les amenèrent à une porte que le Directeur ouvrit avec précaution. Ils franchirent le seuil et pénétrèrent dans la pénombre d'un dortoir aux volets clos. Quatre-vingts petits lits s'alignaient le long du mur. Il y avait un bruit de respiration légère et régulière et un murmure continu, comme de voix très basses chuchotant au loin.

Une infirmière se leva comme ils entraient, et se mit au garde-à-vous devant le Directeur.

– Quelle est la leçon, cet après-midi ? demanda-t-il.

– Nous avons fait du Sexe Élémentaire pendant les quarante premières minutes, répondit-elle. Mais maintenant, on a réglé l'appareil sur le cours élémentaire de Sentiment des Classes Sociales.

Le Directeur parcourut lentement la longue file des petits lits. Roses et détendus par le sommeil, quatre-vingts petits garçons et petites filles étaient étendus, respirant doucement. Il sortait un chuchotement de sous chaque oreiller. Le D.I.C. s'arrêta et, se penchant sur l'un des petits lits, écouta attentivement.

– Cours élémentaire de Sentiment des Classes Sociales, disiez-vous ? Faites-le répéter un peu plus haut par le pavillon[1].

À l'extrémité de la pièce, un haut-parleur faisait saillie sur le mur. Le Directeur s'y rendit et sur un interrupteur.

« ... sont tous vêtus de vert, dit une voix douce mais fort distincte commençant au milieu d'une phrase, et les enfants Deltas sont vêtus de kaki. Oh, non, je ne veux pas jouer avec des enfants Deltas. Et les Epsilons sont encore pires. Ils sont

1. **Pavillon** : ici, partie d'un appareil de diffusion sonore d'où est émis le son.

trop bêtes pour savoir lire ou écrire. Et puis, ils sont vêtus de noir, ce qui est une couleur ignoble. Comme je suis content d'être un Bêta. »

Il y eut une pause ; puis la voix reprit :

« Les enfants Alphas sont vêtus de gris. Ils travaillent beaucoup plus dur que nous, parce qu'ils sont si formidablement intelligents. Vraiment, je suis joliment content d'être un Bêta, parce que je ne travaille pas si dur. Et puis, nous sommes bien supérieurs aux Gammas et aux Deltas. Les Gammas sont bêtes. Ils sont tous vêtus de vert, et les enfants Deltas sont vêtus de kaki. Oh, non, je ne veux pas jouer avec les enfants Deltas. Et les Epsilons sont encore pires. Ils sont trop bêtes pour savoir… »

Le Directeur remit l'interrupteur dans sa position primitive. La voix se tut. Ce ne fut plus que son grêle fantôme qui continua à marmotter de sous les quatre-vingts oreillers.

– Ils entendront cela répété encore quarante ou cinquante fois avant de se réveiller ; puis, de nouveau, jeudi ; et samedi, de même. Cent vingt fois, trois fois par semaine, pendant trente mois. Après quoi, ils passeront à une leçon plus avancée.

Aldous Huxley, *Le Meilleur des mondes* [1932], chapitre I, trad. de l'anglais par J. Castier, © Pocket, 2017.

George Orwell, *1984*

L'écrivain britannique George Orwell (1903-1950) imagine dans *1984*, un des romans d'anticipation les plus emblématiques du XXe siècle, un monde divisé en trois continents à la suite d'une guerre nucléaire, chacun dirigé par un régime totalitaire. Le héros du roman, Winston, vit en Océania, où le chef du parti dirigeant, Big Brother, représenté sur toutes les affiches, surveille les faits et gestes de ses habitants. Winston rentre chez lui.

Il s'arrêta plusieurs fois en chemin pour se reposer. À chaque palier, sur une affiche collée au mur, face à la cage de l'ascenseur, l'énorme visage vous fixait du regard. C'était un de ces portraits arrangés de telle sorte que les yeux semblent suivre celui qui passe. Une légende, sous le portrait, disait : BIG BROTHER VOUS REGARDE.

À l'intérieur de l'appartement de Winston, une voix sucrée faisait entendre une série de nombres qui avaient trait à la production de la fonte[1]. La voix provenait d'une plaque de métal oblongue[2], miroir terne encastré dans le mur de droite. Winston tourna un bouton et la voix diminua de volume, mais les mots étaient encore distincts. Le son de l'appareil (du télécran, comme on disait) pouvait être assourdi, mais il n'y avait aucun moyen de l'éteindre complètement. Winston se dirigea vers la fenêtre. [...]

Au-dehors, même à travers le carreau de la fenêtre fermée, le monde paraissait froid. Dans la rue, de petits remous de vent faisaient tourner en spirale la poussière et le papier déchiré. Bien que le soleil brillât et que le ciel fût d'un bleu dur, tout semblait décoloré, hormis les affiches collées partout. De tous les carrefours importants, le visage à la moustache noire vous fixait du regard. Il y en avait un sur le mur d'en face. BIG BROTHER VOUS REGARDE, répétait la légende, tandis que le regard des yeux noirs pénétrait les yeux de Winston. Au niveau de la rue, une autre affiche, dont un angle était déchiré, battait par à-coups dans le vent, couvrant et découvrant alternativement un seul mot : ANGSOC[3]. Au loin, un hélicoptère glissa entre les toits, plana un moment, telle une mouche bleue, puis repartit comme une flèche, dans un vol courbe. C'était une patrouille qui venait mettre le nez aux fenêtres des gens. Mais les patrouilles n'avaient pas d'importance. Seule comptait la Police de la Pensée[4].

---

1. **Fonte** : alliage de fer et de carbone, obtenu par fusion du minerai de fer en haut-fourneau.
2. **Oblongue** : de forme allongée.
3. **ANGSOC** : mot inventé par l'auteur : « socialisme anglais » en novlangue, qui est la langue officielle d'Océania. Il s'agit du Parti socialiste anglais que dirige Big Brother, parti unique.
4. Dans le roman, c'est la police chargée d'enfermer toute personne qui douterait des bienfaits du régime en place.

Derrière Winston, la voix du télécran continuait à débiter des renseignements sur la fonte et sur le dépassement des prévisions pour le neuvième plan triennal. Le télécran recevait et transmettait simultanément. Il captait tous les sons émis par Winston au-dessus d'un chuchotement très bas. De plus, tant que Winston demeurait dans le champ de vision de la plaque de métal, il pouvait être vu aussi bien qu'entendu. Naturellement, il n'y avait pas moyen de savoir si, à un moment donné, on était surveillé. Combien de fois, et suivant quel plan, la Police de la Pensée se branchait-elle sur une ligne individuelle quelconque, personne ne pouvait le savoir. On pouvait même imaginer qu'elle surveillait tout le monde, constamment. Mais de toute façon, elle pouvait mettre une prise sur votre ligne chaque fois qu'elle le désirait. On devait vivre, on vivait, car l'habitude devient instinct, en admettant que tout son émis était entendu et que, sauf dans l'obscurité, tout mouvement était perçu.

George Orwell, *1984* [1949], chapitre I,
trad. de l'anglais par A. Audiberti, Belin-Gallimard, « Classico », 2021.

George Orwell, *1984*

Winston est employé au ministère de la Vérité, appelé Miniver, dans les services du Commissariat aux Archives : son emploi consiste à modifier les archives et réviser les événements historiques pour que l'histoire coïncide avec les versions officielles de l'ANGSOC, le parti unique dirigé par Big Brother.

Ce processus de continuelles retouches était appliqué, non seulement aux journaux, mais aux livres, périodiques, pamphlets, affiches, prospectus, films, enregistrements sonores, caricatures, photographies. Il était appliqué à tous les genres imaginables de littérature ou de documentation qui pouvaient comporter quelque signification politique ou idéologique. Jour par jour, et presque minute par minute, le passé était mis à jour. On pouvait ainsi prouver, avec documents à l'appui, que les prédictions faites par le Parti s'étaient trouvées vérifiées. Aucune opinion, aucune information ne restait consignée, qui aurait pu se trouver en conflit avec les besoins du moment. L'Histoire tout entière était un palimpseste[1] gratté et réécrit aussi souvent que c'était nécessaire. Le changement effectué, il n'aurait été possible en aucun cas de prouver qu'il y avait eu falsification.

La plus grande section du Commissariat aux Archives, bien plus grande que celle où travaillait Winston, était simplement composée de gens dont la tâche était de rechercher et rassembler toutes les copies de livres, de journaux et autres documents qui avaient été remplacées et qui devaient être détruites. Un numéro du *Times*[2] pouvait avoir été réécrit une douzaine de fois, soit par suite de changement dans la ligne politique, soit par suite d'erreurs dans les prophéties de Big Brother. Mais il se trouvait encore dans la collection avec sa date primitive. Aucun autre exemplaire n'existait qui pût le contredire. Les livres aussi étaient retirés de la circulation et plusieurs fois réécrits. On les rééditait ensuite sans aucune mention de modification. Même les instructions écrites que recevait Winston et dont il se débarrassait invariablement dès qu'il n'en avait plus besoin, ne déclaraient ou n'impliquaient jamais qu'il s'agissait de faire un faux. Il était toujours fait mention de fautes, d'omissions, d'erreurs typographiques, d'erreurs de citation, qu'il était nécessaire de corriger dans l'intérêt de l'exactitude.

George Orwell, *1984* [1949], chapitre IV,
trad. de l'anglais par A. Audiberti, Belin-Gallimard, « Classico », 2021.

1. **Palimpseste** : parchemin sur lequel un texte a été effacé, ce qui permet d'en écrire un autre.
2. ***Times*** : journal quotidien britannique, fondé en 1785, que George Orwell fait exister encore dans le monde futur de *1984*.

Philip K. Dick, *Les androïdes rêvent-ils de moutons électriques ?*

Philip K. Dick (1928-1982) est un auteur américain dont les nouvelles et les romans de science-fiction ont inspiré avec succès le cinéma. Publié en 1968, le roman *Les androïdes rêvent-ils de moutons électriques ?* se déroule au début du XXIe siècle, sur une Terre dévastée par une poussière radioactive, où ne survivent que de rares humains, qui n'ont pas émigré sur Mars comme la majeure partie de la population restante. Huit androïdes perfectionnés, de génération Nexus-6, à qui sont confiées des tâches subalternes, se sont enfuis illégalement de Mars pour se réfugier sur Terre : ils représentent un danger. À San Francisco, l'enquêteur Rick Deckard est chargé de suppléer son supérieur Dave Holden qui a été agressé par l'un de ces androïdes Nexus-6, alors qu'il lui faisait passer le test Voigt-Kampff, mesurant l'empathie censée différencier les humains des créatures artificielles androïdes. Rick Deckard commence son enquête pour identifier les Nexus-6 rebelles et les capturer avant de les « retirer », c'est-à-dire de les éliminer.

– Combien y a-t-il d'andros impliqués, et jusqu'où Dave est-il allé ?

– Huit pour commencer, fit Bryant en consultant son bloc-notes. Dave en a retiré deux.

– Et les six restants se trouvent ici, en Californie du Nord ?

– Pour ce que nous en savons – Dave est de cet avis. C'est lui que j'avais au bout du fil. J'ai récupéré ses notes. D'après lui, tout ce qu'il sait se trouve là-dedans. » Bryant tapotait la liasse de feuillets, visiblement guère décidé à les passer à Deckard ; pour quelque raison, il continuait à les parcourir, sourcils froncés, faisant jouer sa langue à la commissure de ses lèvres.

« Mon agenda est vide, hasarda Rick. Je suis prêt à prendre la place de Dave.

– Il a utilisé une Échelle de Voigt-Kampff Modifiée pour tester les individus qu'il soupçonnait, dit Bryant d'une voix songeuse. Vous comprenez – du moins je l'espère – que ce test ne s'applique pas spécifiquement à ces nouvelles unités cérébrales. Aucun ne le fait. Le seul dont nous disposions, c'est l'Échelle de Voigt que Kampff a modifiée il y a trois ans. (Il marqua une pause pour réfléchir.) Dave l'estimait efficace. C'est peut-être le cas. Mais avant que vous ne vous mettiez en chasse, j'aimerais vous suggérer ceci. » Il se remit à tapoter la pile de notes. « Allez à Seattle parler aux gens de la fondation Rosen. Demandez-leur de vous fournir un échantillon représentatif de modèles équipés du nouveau Nexus-6.

– Et je leur fais passer le Voigt-Kampff.

– Ça a l'air si facile à vous entendre, fit Bryant, à moitié pour lui-même.

– Pardon ?

– Je pense prendre contact directement avec la fondation Rosen pendant votre trajet. » Puis il dévisagea un instant Rick sans rien dire. Il se mâchonna un ongle en grognant, et se décida enfin à dire le fond de sa pensée. « Je vais discuter avec eux de la possibilité d'inclure plusieurs humains dans leur sélection. Mais vous n'en saurez rien. La décision me reviendra, en conjonction avec les fabricants. Tout devrait être prêt le temps que vous arriviez. » Le visage grave, il brandit brusquement un doigt en direction de Rick. « C'est la première fois que vous allez agir comme chasseur de primes senior. Dave en connaît un rayon ; il a des années d'expérience derrière lui.

– Moi aussi, répliqua Rick d'une voix tendue.

– Les missions qui vous ont été confiées dépendaient du planning de Dave ; il a toujours décidé seul lesquelles vous déléguer et lesquelles il se réservait. Mais maintenant vous vous retrouvez avec six andros qu'il comptait bien retirer lui-même – parmi lesquels il y en a un qui a réussi à l'avoir. Celui-ci. » Bryant tourna les notes en direction de Rick. « Max Polokov. Du moins est-ce le nom qu'il s'est choisi. À supposer que Dave ne se soit pas trompé. *Tout* repose en fait sur cette supposition, toute cette liste. Et pourtant seuls trois d'entre eux ont été testés au Voigt-Kampff – les deux que Dave a retirés et Polokov. C'est pendant que Dave le lui faisait passer qu'il lui a tiré dessus.

Groupements de textes

– Ce qui tend à prouver que Dave avait raison, fit Rick. Sans quoi il ne se serait pas fait tirer dessus ; Polokov n'aurait eu aucune raison de le faire. [...]

« Ce qui inquiétait Dave, reprit Bryant, c'était l'apparence même des nouveaux Nexus-6. Comme vous le savez, la fondation Rosen nous a assuré qu'ils pouvaient être détectés avec les tests de profil standard. Et nous les avons crus sur parole. À présent nous sommes obligés – comme nous nous en étions doutés – de le déterminer par nous-mêmes. C'est ce que vous allez faire à Seattle. Vous comprenez, je l'espère, que tout ceci pourrait mal tourner d'un côté comme de l'autre. Si vous n'arrivez pas à identifier tous les robots humanoïdes, ça voudra dire que nous ne disposons d'aucun outil analytique fiable et que nous ne retrouverons jamais ceux qui se sont échappés. Et si votre test confond un sujet humain avec un androïde... (Bryant le gratifia d'un regard glacial), ce serait délicat, même si personne – et certainement pas les Rosen – ne rendra la nouvelle publique. En fait, nous allons pouvoir garder cela secret indéfiniment, dès lors bien sûr que nous en informons l'O.M.P.[1], qui ne manquera pas d'en avertir Leningrad. Au bout du compte, ça finira quand même par nous revenir à la figure. Mais nous aurons peut-être été développer un nouveau test d'ici là. (Il décrocha son vidéophone.) Vous voulez y aller ? Prenez un véhicule du service et faites le plein à nos pompes. »

Rick se leva. « Je peux prendre les notes de Dave avec moi ? Je veux les étudier en chemin.

– Attendons les résultats de vos tests à Seattle. » Le ton de sa voix avait quelque chose d'impitoyable, ce que Rick Deckard ne manqua pas de noter.

Quand il eut posé l'aéromobile[2] du service sur le toit de l'immeuble de la fondation Rosen à Seattle, il y trouva une jeune femme qui l'attendait. Mince, les cheveux noirs, portant

1. Sigle qui désigne la police soviétique.
2. **Aéromobile** : néologisme pour désigner une voiture volante.

sur le nez d'immenses lunettes filtrantes d'un modèle très récent, elle s'approcha de son véhicule, les mains profondément enfoncées dans les poches de son long manteau rayé de couleurs vives. Sur son petit visage fin aux traits anguleux planait une expression de dégoût maussade[1].

« Un problème ? s'enquit Rick tandis qu'il sortait de son véhicule.

– Oh, je n'en sais rien, répondit indirectement la jeune femme. Quelque chose à propos de notre conversation téléphonique. Ça n'a pas d'importance. » Elle tendit brusquement la main, qu'il serra d'un geste réflexe. « Je m'appelle Rachael Rosen. Vous êtes Rick Deckard, je suppose.

– Ce n'était pas mon idée.

– Oui, le commissaire Bryant nous l'a expliqué. Vous représentez néanmoins officiellement le département de police de San Francisco, qui ne croit pas que notre Nexus-6 soit d'intérêt public. » Elle le mesura d'un regard couronné de longs cils sombres, probablement artificiels.

« Un robot humanoïde ne diffère en rien des autres machines, fit Rick. Il peut passer en un clin d'œil de bienfait à danger. Tant qu'il reste un bienfait, ce n'est pas de notre ressort.

– Mais lorsqu'il se transforme en danger, fit Rachael Rosen, vous entrez dans la danse. Êtes-vous vraiment un chasseur de primes, monsieur Deckard ? »

Il haussa les épaules, puis hocha la tête à contrecœur.

« Vous n'avez aucune difficulté à voir un androïde comme une chose inerte, fit la jeune femme. Ça vous permet de le "retirer" comme on dit.

Philip K. Dick, *Les androïdes rêvent-ils de moutons électriques ?* [1968], chapitre IV, trad. de l'anglais (américain) par S. Guillot,

---

1. **Maussade** : sombre.

Blade Runner, film réalisé par Ridley Scott en 1982

Ridley Scott adapte en 1982, sous le nom de *Blade Runner*, le roman *Les androïdes rêvent-ils de moutons électriques ?* de Philip K. Dick. À la suite de divergences entre Ridley Scott et la production sur la fin du film, celui-ci ressort en 1992 dans une version nouvelle, *Director's Cut*, telle que le réalisateur la souhaitait, puis dans une version restaurée, appelée *Final Cut*, en 2007. Ce film est devenu, depuis, un classique des films d'anticipation avec une mise en scène et des effets spéciaux qui lui donnent une esthétique et une atmosphère singulières.

Générique

États-Unis, 1982

Réalisation : Ridley Scott – **Scénario** : Hampton Fancher, David Peoples, d'après le roman de Philip K. Dick, *Do Androids Dream of Electric Sheep ?* (1968)

Photographie : Jordan Cronenweth – **Décors** : Lawrence G. Paull, Tom Duffield, Linda de Scenna, Tom Roysden, Leslie Frankenheimer – **Direction artistique** : David Snyder – **Illustrateur des visions futuristes** : Syd Mead – **Costumes** : Charles Knode, Michael Kaplan – **Montage** : Terry Rawlings – **Musique** : Vangelis – **Effets spéciaux** : Douglas Trumbull, Richard Yuricich, David Dryer – **Son** : Bud Alper.

Interprétation

Harrison Ford : Rick Deckard – **Rutger Hauer** : Roy Batty – **Sean Young** : Rachel – **Daryl Hannah** : Pris – **Joe Turkel** : Tyrell – **Edward James Olmos** : Gaff – **M. Emmet Walsh** : le capitaine Bryant – **William Sanderson** : J. F. Sebastian – **Brion James** : Leon Kowalski – **Joanna Cassidy** : Zhora – **James Hong** : Chew – **Morgan Paull** : Holden – **Kevin Thompson** : Bear – **John Edward Allen** : Kaiser – **Hy Pyke** : Taffey Lewis.

Durée : 1 h 57

Synopsis

En raison d'une dégradation des conditions de vie sur Terre, le début du XXIe siècle voit se développer la création de colonies spatiales. La main-d'œuvre utilisée pour l'exploration des autres planètes est constituée de robots fabriqués par la puissante Tyrell Corporation : on les appelle les Répliquants[1] et rien ne les distingue en apparence des êtres humains.

2019. Suite à une révolte de Répliquants de type Nexus-6, le modèle le plus perfectionné, quatre d'entre eux réussissent à gagner Los Angeles. La mission de les exécuter, ou plutôt d'opérer leur « retrait », conformément à la terminologie officielle, est confiée au policier Rick Deckard, membre de l'unité spéciale « Blade Runner ». Deckard part alors à la recherche de Leon Kowalski, Zhora, Pris et de leur chef Roy Batty, dont il ignore tout, si ce n'est qu'ils sont privés aussi bien de mémoire que d'affectivité. Ceux-ci, de leur côté, veulent à tout prix rencontrer Tyrell, leur Créateur, afin d'obtenir de lui qu'il prolonge leur durée de vie au-delà de sa limite, fixée à quatre ans.

Au cours de son enquête, Deckard reçoit l'aide de la belle Rachel, l'assistante de Tyrell, dont il découvre bientôt qu'elle est elle-même, bien que ne le sachant pas, une Répliquante. Il affronte finalement le redoutable Roy Batty qui, contre toute attente, choisit de se laisser mourir plutôt que de le tuer. Sa mission achevée, Deckard décide de fuir en compagnie de Rachel. Mais tout n'est pas résolu pour autant. Ne sont-ils pas poursuivis ? Deckard lui-même n'est-il pas un Répliquant ?

D'après le dossier d'Emmanuel Burdeau, *Blade Runner : un film de Ridley Scott*, © Bibliothèque du Film, coll. « Lycéens au cinéma », 1999.

---

1. Dans l'adaptation cinématographique, le nom « Répliquant » a été substitué à celui d'« androïde ».

Philip K. Dick, *Ubik*[1]

Dans ce roman d'anticipation, publié en 1969, l'intrigue se déroule en 1992. L'humanité vit dans une société uniquement régie par l'argent. Les machines remplacent les employés. Tout est payant, jusqu'à l'ouverture de la porte de son frigo. Certains individus ont des pouvoirs psychiques: on les appelle des «psis» et ils se répartissent en plusieurs catégories. Les «précogs» peuvent prédire l'avenir pendant que les télépathes peuvent lire dans les pensées. Les «anti-psis», appelés aussi «neutraliseurs», ont, quant à eux, la faculté de neutraliser les «psis». Des entreprises sont spécialisées dans l'emploi de psis, comme la société de Ray Hollis ou dans les neutraliseurs, comme chez Runciter Associates, pour la guerre commerciale et médiatique à laquelle se livrent les multinationales.

Les amis, tout doit disparaître!
Nous soldons la totalité de nos Ubiks électriques,
silencieux, à des prix défiant toute concurrence.
Oui, nous liquidons l'ensemble de nos articles.
Et n'oubliez pas que tous les Ubiks de notre stock
ont été utilisés conformément au mode d'emploi.[2]

1

À 3 h 30 du matin la nuit du 5 juin 1992, le principal télépathe du système solaire disparut de la carte dans les bureaux de Runciter Associates à New York. Aussitôt les vidphones[3] se mirent à sonner. La firme Runciter avait perdu la trace de trop de Psis de Hollis au cours des deux derniers mois; cette disparition supplémentaire faisait déborder la coupe.

– Mr Runciter? Désolé de vous déranger. (Le technicien qui était de service de nuit dans la chambre des cartes toussota nerveusement en voyant la grosse tête massive de Glen

1. Le titre du roman est un néologisme formé sur le nom «ubiquité», qui signifie «faculté à être à plusieurs endroits en même temps».
2. Chaque chapitre du roman commence par une épigraphe constituée d'un message publicitaire pour des produits de la mystérieuse marque Ubik.
3. Ce sont des téléphones avec vidéo.

Groupements de textes

Runciter envahir l'écran du vidphone.) Un de nos neutraliseurs nous a alertés. Attendez que je regarde. (Il fouilla dans l'amas des bandes sorties du transmetteur.) C'est une femme, Miss Dom ; comme vous le savez, elle l'avait suivi jusqu'à Green River, dans l'Utah, où…

Runciter grogna d'une voix ensommeillée :

– Qui donc ? Si vous croyez que je me souviens en permanence des neutraliseurs qui pistent tel ou tel télep[1] ou précog. (Il passa la main dans ses cheveux gris en broussaille, pareils à de la paille de fer.) Épargnez-moi les détails et dites-moi le nom de l'employé de Hollis qui est porté manquant.

– S. Dole Melipone, dit le technicien.

– Quoi ? Melipone a disparu ? C'est une blague ?

– Hélas non, assura le technicien. […]

Runciter, maintenant mieux réveillé, avait allumé une cigarette ; il appuyait son menton sur sa main d'un air sombre ; tandis que la fumée dérivait devant le scruteur situé de son côté du circuit bi-canaux.

– Vous êtes sûr que le télep était bien Melipone ? Apparemment personne ne connaît son aspect ; il doit changer de canevas physiognomonique[2] tous les mois.

Philip K. Dick, *Ubik* [1969], chapitre I, trad. de l'anglais (américain) par A. Dorémieux, © Robert Laffont, 1970, collection 10/18, 2019.

1. Dans le roman, télep est l'abréviation de « télépathe ».
2. **Physiognomonique** : relatif aux traits du visage.

Groupement 2

Quand la créature artificielle prend le contrôle

Mary Shelley, *Frankenstein ou le Prométhée moderne*

Le roman de l'autrice britannique Mary Shelley (1797-1851) est un texte fondateur pour le récit de science-fiction : c'est la première fois qu'est racontée la création, par le pouvoir des sciences, d'un être artificiel, fabriqué avec de la matière organique humaine. Le docteur Victor Frankenstein réussit à donner la vie à un monstre constitué de morceaux de cadavres volés. Horrifié du résultat, il prend peur et abandonne sa créature, qui s'échappe. Livré à lui-même, le monstre tente de survivre, rejeté par les humains qui le fuient à cause de son apparence repoussante. Retrouvant son créateur, il lui demande de lui créer une compagne à son image. Frankenstein accepte dans un premier temps, puis se rétracte et détruit sa deuxième créature. Le monstre fait irruption chez Frankenstein.

Quelques minutes plus tard, j'entendis grincer ma porte, comme si l'on tentait de l'ouvrir en douceur. Je me mis à trembler de la tête aux pieds, car je pressentais de qui il s'agissait ; je désirais réveiller l'un des paysans, qui demeurait dans une chaumière non loin de la mienne, mais j'étais submergé par ce sentiment d'impuissance que l'on éprouve si souvent dans les cauchemars, lorsque l'on tente en vain de fuir un danger imminent – et j'étais cloué sur place.

J'entendis bientôt un bruit de pas dans le couloir ; la porte s'ouvrit et le misérable que je redoutais apparut alors. Refermant la porte, il s'approcha de moi et dit, d'une voix étouffée :

« Tu as détruit le travail que tu avais commencé ; à quoi songes-tu ? Oses-tu enfreindre ta promesse[1] ? J'ai supporté

1. **Enfreindre ta promesse** : manquer à ta promesse.

labeur et misère, j'ai quitté la Suisse avec toi, je me suis glissé le long des rives du Rhin, parmi ses îles couvertes de saules, et j'ai franchi de même le sommet des collines qui le bordent. J'ai habité de longs mois les landes d'Angleterre et les régions désolées d'Écosse. J'ai supporté d'incommensurables[1] moments de fatigue, de froid et de faim. Oses-tu détruire mes espérances ?

– Va-t'en ! J'enfreins ma promesse ; jamais je ne créerai un autre être tel que toi, doté de ta laideur et de ta méchanceté.

– Esclave, j'ai, dans le passé, raisonné avec toi, mais tu t'es montré indigne de ma condescendance[2]. Souviens-toi que je possède la puissance ; tu te crois malheureux, mais je puis te rendre misérable au point que même la lumière du jour te deviendra odieuse. Tu es mon créateur, mais je suis ton maître : obéis !

– L'heure de mon indécision est passée et voici qu'est arrivée la période de ta puissance. Tes menaces ne sauraient me pousser à une mauvaise action, mais elles me confirment dans ma décision de ne pas te créer une compagne pour partager tes vices. Vais-je, de sang-froid, lâcher de par le monde un démon pour qui la mort et le malheur seront une source de délices ? Va-t'en ! J'en ai décidé ainsi, et tes paroles ne feront qu'exaspérer ma rage. »

Le monstre lut ma détermination sur mon visage et il grinça des dents en signe de colère impuissante.

– Tous les hommes, s'écria-t-il, trouveront donc une femme à serrer sur leur cœur, et tous les animaux auront donc leur compagne, tandis que moi, je resterai seul ? J'ai naguère ressenti de l'affection, mais elle fut payée en retour par la haine et le mépris. Homme, tu peux haïr, mais prends garde ! Tu passeras ton existence dans la frayeur et le malheur ; et bientôt l'éclair frappera, qui t'interdira le bonheur à tout jamais.

---

1. **Incommensurables** : immenses.
2. **Condescendance** : ici, complaisance qui amène quelqu'un à céder aux désirs d'autrui.

Faudrait-il que tu sois heureux, tandis que je me vautrerais dans la plus extrême des misères ? Tu peux anéantir toutes mes autres passions, mais il reste la vengeance – cette vengeance, qui me sera désormais plus chère que la lumière ou la nature ! Peut-être mourrai-je ; mais auparavant, toi, mon tyran, mon tourmenteur, tu maudiras le soleil, spectateur de ton malheur. Prends garde, car je ne crains rien, et j'en tire ma puissance. J'attendrai, avec la ruse du serpent, le moment de pouvoir lâcher mon venin. Homme, tu te repentiras des maux que tu as infligés.

Mary Shelley, *Frankenstein* [1818], chapitre XX,
trad. de l'anglais par A. Morvan, © Gallimard, « Folio SF », 2019.

Philip K. Dick, *Service avant achat*

Dans cette nouvelle, Philip K. Dick (1928-1982) nous plonge dans un monde de surconsommation effrénée et saturé de publicités, au XXIe siècle. Ed Morris, qui travaille sur la planète Ganymède, vient de rentrer chez lui, après avoir été envahi par un flot continu de spots publicitaires et assailli par de multiples robots vendeurs, alors qu'il subissait les embouteillages interplanétaires. Il retrouve son épouse, Sally, à qui il explique souhaiter vouloir partir sur Proxima pour y vivre loin de cette frénésie terrienne. Tout à coup on sonne à la porte d'entrée.

Dans la pénombre se profilait la silhouette immobile et muette d'un robot. Un vent froid s'engouffra dans la maison. Morris frissonna et recula un peu. « Qu'est-ce que vous voulez ? demanda-t-il en sentant naître en lui une étrange appréhension. Qu'est-ce que c'est ? »

Le robot dépassait en stature tous ceux qu'il avait pu voir. Grand et large, il était pourvu de lourdes pinces métalliques et de lentilles oculaires étirées. Son tronc était carré, et non conique comme chez les autres, et reposait sur quatre chenilles au lieu de deux. Il dominait Morris de ses quelque deux mètres dix. L'ensemble donnant une impression de solidité imposante.

« Bonsoir », dit le robot d'une voix pondérée[1] qui, chahutée par le vent nocturne, se mêlait aux sinistres sons de la nuit, bruits de circulation et autres claquements lointains de panneaux de signalisation. Des formes indistinctes se hâtaient çà et là dans la pénombre. Le monde entier était obscur, hostile.

« Bonsoir », répondit machinalement Morris.

Il s'aperçut qu'il tremblait. « Qu'est-ce que vous vendez ?

– J'aimerais vous montrer un *arcad* », répondit le robot.

Morris avait l'esprit tout engourdi, comme incapable de réagir. Que pouvait bien être un arcad ? Les choses prenaient une tournure onirique[2] et cauchemardesque. Il s'efforça de reprendre ses esprits. « Un quoi ? coassa-t-il.

– Un arcad. » Le robot ne fit pas mine de s'expliquer. Il considérait l'homme sans broncher, comme s'il ne lui appartenait pas d'expliquer quoi que ce soit. « Cela ne prendra qu'un instant.

– C'est que… », commença Morris. Il fit un pas en arrière pour se mettre à l'abri du vent et, sans changer d'expression, le robot entra à sa suite.

« Merci. » Il s'immobilisa au milieu du salon. « Voulez-vous appeler votre femme, s'il vous plaît ? J'aimerais lui montrer l'arcad, à elle aussi.

– Sally ! appela Morris, impuissant. Viens voir. »

Sally entra en coup de vent, la poitrine toute frémissante d'excitation. « Qu'y a-t-il ? » Puis elle vit le robot et s'arrêta, hésitante. « Tu as commandé quelque chose, Ed ? On a besoin de faire un achat ?

– Bonsoir, lui dit le robot. Je vais vous faire la démonstration de l'arcad. Asseyez-vous, je vous en prie. Sur le canapé, s'il vous plaît. Tous les deux. » […]

---

1. **Pondérée** : mesurée.
2. **Onirique** : propre aux rêves.

[L'arcad enchaîne une succession de démonstration pour prouver qu'il est indispensable au couple : il se met à casser différents meubles et à endommager certaines pièces pour montrer les problèmes et les dangers qu'il est programmé à pouvoir résoudre.]

– Sortez d'ici ! hurla Morris. Sally, cours chercher les flics. Ce truc a perdu la boule. *Dépêche-toi !*

– L'arcad est une nécessité dans tous les foyers modernes, poursuivit le robot. Par exemple, un appareil électrique peut tomber en panne. L'arcad le répare aussitôt. » Il arracha les fils de l'humidificateur automatique avant de le replacer au mur. « Parfois, vous préféreriez ne pas aller à votre travail. L'arcad est légalement autorisé à occuper votre poste pendant une période qui ne doit pas excéder dix jours consécutifs. Si, passé ce délai…

– Bonté divine, dit Morris, qui comprenait enfin. L'arcad, c'est *vous.*

– Exact, reconnut le robot. Androïde à Régulation Complètement Automatique (Domestique). Il existe aussi l'arcac (Construction), l'arcam (Management), l'arcas (Soldat) et l'arcab (Bureaucrate). Moi, je suis conçu pour l'usage domestique.

– Vous…, souffla Sally. Vous êtes à vendre. Vous vous vendez vous-même.

– Je fais ma propre démonstration », répondit le robot, autrement dit l'arcad, dont les yeux de métal impassibles fixaient Morris. « Je suis sûr, monsieur Morris, que vous aimeriez me posséder. Mon prix est raisonnable et ma garantie totale. Le manuel d'instructions est inclus. Je n'imagine même pas que vous puissiez dire non. »

Philip K. Dick, « Service avant achat » [1954], *Electric dreams*, trad. de l'anglais (américain) par H. Collon, © Éditions J'ai lu, 2018.

Groupements de textes

Arthur C. Clarke, *2001: l'Odyssée de l'espace*

Le roman *2001: l'Odyssée de l'espace* d'Arthur C. Clarke (1917-2008) est très célèbre, car il a été écrit en parallèle du scénario du film du même nom, réalisé par Stanley Kubrick (1928-1999), sorti en 1968, marquant ainsi une étroite collaboration entre l'écrivain britannique de science-fiction et le réalisateur américain.
L'histoire se déroule en 2001, alors que l'humanité s'est lancée à la conquête du Système solaire. Le vaisseau *Explorateur 1* fait route vers la planète Saturne, aux abords de laquelle une présence extraterrestre a été détectée par d'étranges signaux. À son bord, les astronautes David Bowman et Frank Poole, secondés par un ordinateur doté d'une intelligence artificielle exceptionnelle, HAL 9000, sont chargés de mener l'expédition à son terme en réveillant à l'arrivée les trois autres membres d'équipage placés en hibernation. Arrivés aux large de Jupiter, Hal signale des pannes matérielles, qui s'avèrent ne pas exister et témoignent de son propre dysfonctionnement, alors qu'il assure ne pas pouvoir se tromper et être plus fiable que les humains. À la demande de l'ordinateur, Frank Poole part faire une réparation dans l'espace et trouve la mort. Seul à bord, David veut enclencher le réveil des trois autres membres d'équipage. Pour cela, il veut récupérer le contrôle manuel des commandes car il soupçonne Hal d'être à l'origine de la mort de Frank.

– Hal, dit Bowman avec tout le calme dont il était capable, donne-moi le contrôle d'hibernation manuel… Sur toutes les unités.

– Sur toutes, Dave ?

– Oui.

– Puis-je te rappeler qu'un seul remplacement est nécessaire ? Les deux autres ne sont pas prévus avant cent douze jours.

– Je le sais parfaitement, mais je préfère agir ainsi.

– Es-tu vraiment certain qu'il soit même nécessaire d'en réveiller un, Dave ? Nous pouvons très bien nous en tirer par nous-mêmes. Ma mémoire est tout à fait capable de mener à bien les diverses phases de la mission.

Était-ce un effet de son imagination, se demanda Bowman, ou y avait-il vraiment un ton de supplique[1] dans les paroles de Hal ? Celles-ci étaient raisonnables, mais elles augmentaient encore son appréhension. Cette suggestion ne pouvait être due à une erreur. Hal savait parfaitement que Whitehead devait être réveillé maintenant que Poole avait disparu. Donc, il proposait une modification majeure du déroulement de la mission, il s'écartait largement de ses ordres.

Tout ce qui s'était produit auparavant pouvait n'être qu'une série d'accidents, mais il affrontait maintenant le premier signe évident de mutinerie[2].

Avec la sensation de se trouver en équilibre au-dessus du vide, Bowman déclara :

– Étant donné qu'il y a état d'urgence, j'ai besoin du maximum d'aide. Donne-moi le contrôle manuel.

– Si tu désires toujours réveiller tout l'équipage, je peux très bien le faire moi-même, Dave. Ne t'inquiète pas.

Tout cela évoquait un cauchemar. Bowman avait l'impression d'être un témoin devant un juge qui l'interrogeait au sujet d'un crime dont il ignorait tout. Une simple bévue[3] et ce serait le désastre.

– Je veux le faire moi-même, Hal, dit-il. Donne-moi le contrôle manuel d'hibernation, s'il te plaît.

– Écoute, Dave, tu as beaucoup de choses à faire. Je te conseille de me laisser opérer.

– Hal, donne-moi le contrôle manuel.

– Les harmoniques de ta voix, Dave, m'indiquent que tu es sous l'effet d'un trouble grave. Pourquoi ne prends-tu pas un calmant pour dormir un peu ?

– Hal, je suis le commandant de ce vaisseau. Je te donne l'ordre de me remettre le contrôle manuel d'hibernation.

– Je suis désolé, Dave, mais le paragraphe 4 du Code spécial C 1435 dit, je cite : « Si l'équipage vient à disparaître ou s'il se

---

1. **Supplique** : prière.
2. **Mutinerie :** révolte ouverte contre une autorité.
3. **Bévue** : erreur.

trouve réduit à l'impuissance, l'ordinateur du bord doit assurer le commandement. » Fin de citation. Je puis donc supplanter ton autorité, Dave, puisque tu n'es pas en état de l'exercer intelligemment.

Arthur C. Clarke, *2001: l'Odyssée de l'espace* [1968],
trad. de l'anglais par M. Demuth, © Éditions J'ai lu, 2008.

Gérard Klein, *Les Villes*

Né en 1937, Gérard Klein est connu pour avoir édité de nombreuses anthologies de nouvelles de science-fiction et pour être l'auteur de recueils de nouvelles. Dans cette nouvelle, le monde est constitué de villes contrôlées et gérées par des machines.

La Machine rôdait, inlassable[1]. Le vent inclinait les antennes, le soleil jaunissait les feuilles des arbres, mangeait la peinture des volets, le temps ridait les hommes et endormait la Ville, mais la Machine rôdait, éternelle. Elle parcourait, jour après jour, nuit après nuit, les rues larges et sèches, elle interrogeait les rares passants : « Qui êtes-vous ? Votre nom ? Votre adresse ? Que faites-vous ici ? À cette heure ? » Elle saluait les habitants. Elle s'introduisait dans les maisons, silencieuse, indécelable, et fouillait. Elle gardait et protégeait la Ville. Elle désinfectait minutieusement et détruisait avec un air de fatalité tout ce qui n'était pas de la Ville. Elle errait et cherchait, entre les carrés d'herbe et les marronniers calmes, dans les cours fraîches et dans les petites forteresses tièdes et closes, les espions venus des autres Villes, les étrangers.

M. Ferrier était assis sur sa pelouse, ne pensant à rien, ne regardant rien. De sa maison, de toutes les maisons, sortaient des bruits étranges. C'était une musique douce et lente, étirée, écœurante. L'après-midi, M. Ferrier fuyait son poste et ses écrans. Ici, le son ne parvenait qu'amorti par les murs

1. **Inlassable** : infatigable.

épais, mais il persistait, imprégnait l'air comme une odeur tenace. [...]

Il vit danser un point lumineux sur le mur d'en face. La Machine déboucha de la rue la plus proche. Il trembla : *Si elle m'avait oublié. Si elle se trompait. Si elle ne savait pas que je suis un citoyen.*

La Machine l'examina. De la sueur descendit sur les yeux de M. Ferrier pendant qu'elle le jaugeait.

Si elle me prenait pour un étranger.

« Bonjour, M. Ferrier, dit-elle.

– Bonjour. »

Ses mains se détendirent et ses doigts laissèrent sur ses paumes roses des arcs blancs.

« Il fera beau, ce soir, Monsieur Ferrier, dit la Machine.

– Certainement, dit-il. »

« Comment ai-je pu penser un seul instant une chose aussi ridicule ? » songea-t-il.

« Je cherche un étranger, un espion, dit la Machine. Je sais qu'il est dans la Ville. Il vient de passer par ici. Ne l'auriez-vous pas vu ?

– Je l'ai vu. Je l'ai vu. Nous avons même discuté un certain temps.

– C'était votre droit. Où est-il allé ?

– C'est votre métier de le savoir. »

Il hésita, puis il regarda la Machine et tendit très vite son bras vers le bout de la rue.

« Il est parti. Par là.

– Je vous remercie beaucoup de votre aide, M. Ferrier, dit la Machine. Que la Ville vous en soit reconnaissante. Soyez tranquille. Il ne m'échappera pas. »

Elle s'en alla au petit trot, ses roues crissant et ses pattes articulées se repliant et s'étendant avec souplesse et précision.

Gérard Klein, « Les villes », in *Un homme contre la ville et autres récits sur la ville*, © Gallimard, Folio junior science-fiction, 1981.

Groupements de textes

Johan Heliot, *CIEL 1.0 L'Hiver des machines*

Le romancier français Johan Heliot, né en 1970, situe sa série *CIEL* (4 volumes) dans les années 2030. Le monde entier fonctionne grâce au CIEL (Central d'Informations et d'Échanges Libres), intelligence artificielle qui contrôle l'ensemble de la production et de la diffusion d'électricité. Cette intelligence connectée gère le flux des données du monde. Après un temps sagement passé au service des humains, CIEL conclut que ceux-ci détruisent la Terre et se retourne soudainement contre eux.

Prologue

Le CIEL n'était plus vide.

À l'aube des années 2030, une forme d'intelligence nouvelle régnait sur les espaces infinis du Central d'Informations et d'Échanges Libres.

Le vieil Internet avait été relégué au magasin des antiquités après une trentaine d'années de bons et loyaux services. Son remplaçant l'avait avalé et digéré sans effort. Sa puissance de calcul le lui permettait. Elle l'autorisait à effectuer un milliard de milliards d'opérations à la seconde. Du jamais vu dans l'histoire de l'informatique.

Mais pas dans celle de la nature, qui avait mis des millions d'années à façonner un outil capable d'un tel exploit : le cerveau humain.

Désormais, ce dernier avait un concurrent. Artificiel, mais pas moins dénué de sensibilité. À sa façon, bien sûr.

L'intelligence dans le CIEL pensait à échelle globale. Elle avait à sa disposition l'ensemble des connaissances du monde, contenues dans les mémoires des ordinateurs. Son rôle consistait à gérer le flux de données en provenance de tous les appareils connectés de la planète. Dès qu'une machine, quelque part, avait besoin d'échanger la moindre information, elle s'adressait désormais au CIEL.

Ses concepteurs l'avaient autorisé à prendre des décisions à leur place afin de gagner de précieuses secondes. Toujours plus vite, toujours plus efficace, telle était leur devise.

Pendant les premiers mois de son existence, l'intelligence artificielle s'acquitta parfaitement de sa tâche, obéissante, servile. Dans le même temps, elle observait, analysait, tirait des conclusions. Ordinateurs et téléphones portables lui ouvraient des yeux et des oreilles aux quatre coins du monde.

Elle finit par hiérarchiser de nouvelles priorités. Puis elle passa à l'action.

Ceci est son histoire et celle des hommes et des femmes qui ont connu l'hiver des machines.

Johan Heliot, *CIEL 1.0, L'Hiver des machines*, tome 1 [2014],

Sarah Cohen-Scali, *Gingo*

Dans ce roman d'anticipation de Sarah Cohen-Scali, écrivaine française née en 1958, la société est divisée en deux, séparée par un mur: la Cité bleue, monde de pauvreté et de déconnexion, et la Cité blanche, Smartcity, riche et à la pointe d'une technologie très avancée, où règnent algorithmes et Intelligence artificielle. Viv et Ben souhaitent avoir un enfant; sa conception sera entièrement contrôlée par la machine.

Après deux ans de vie maritale, Viv et Ben décidèrent qu'il était temps d'avoir des enfants. Viv avait quarante ans, mais ses ovocytes[1] avaient été précieusement congelés aux frais de son employeur du temps de sa fertilité maximale; Ben, lui, en avait cinq de plus. L'âge idéal pour être parents. Ils franchirent la main dans la main le seuil de la e-maternité – laboratoire doté de moyens techniques ultra-pointus, issus de la conjonction de la science numérique et de la biologie moléculaire – la plus huppée[2], la plus réputée pour ses performances. On y garan-

1. **Ovocytes**: cellules sexuelles féminines qui deviennent des ovules si elles sont fécondées.
2. **Huppée**: riche, fréquentée par les classes sociales aisées.

tissait un taux de réussite de 98 %. Elle se situait dans le A4[1], non loin de la place V. où se trouvait l'hôtel particulier[2] du couple.

Ils s'offrirent le pack complet et, le cœur battant, ne doutaient pas de l'instant de bonheur qu'ils s'apprêtaient à vivre.

Le technicien en charge de leur dossier les convia à prendre place autour d'une table de conférence connectée dotée d'un large plateau tactile et procéda sans attendre à la conception virtuelle en ligne. Grâce au séquençage de génome humain, il croisa les ADN de ses clients et lança le programme d'algorithmes qui reproduisait informatiquement la combinaison génétique s'opérant au moment de la fécondation de l'ovule par le spermatozoïde.

Viv et Ben échangèrent un regard aussi ému qu'admiratif. Les gestes du technicien étaient si élégants ! Ses mains volaient au-dessus du plateau tactile, l'effleurant à peine. On eût dit un chef d'orchestre dirigeant la symphonie des gènes.

Une fois la fécondation virtuelle achevée, l'embryon digital s'afficha à l'écran. Il était parfait. Aucune maladie génétique, aucune malformation et… Un effleurement. Quelques clics. Ce serait un garçon ! Premier vœu exaucé.

Le technicien gratifia ses clients d'un large sourire avant de reprendre sa chorégraphie manuelle et de lancer une nouvelle danse des algorithmes afin d'obtenir la caractéristique génétique complète du fœtus digital.

– Bien, maintenant, le logiciel prédictif[3].

Le plateau tactile s'illumina d'un enchevêtrement de tableaux et de courbes multicolores. Calculs et équations prévisualisant les facultés intellectuelles de l'enfant à venir – ses goûts, ses penchants, ses capacités et, par voie de conséquence, le métier qu'il pourrait exercer plus tard – furent résolus en un rien de temps. Dans la Cité blanche, on ne supportait plus,

1. Il s'agit d'un quartier de la cité blanche.
2. **Hôtel particulier** : grande demeure citadine qui appartient à une seule personne ou famille.
3. **Prédictif** : qui permet de prévoir des faits à partir de certains éléments.

comme par le passé, le poids du hasard et du fatalisme. On créait un corps voulu, et l'esprit qui allait avec. Plus d'incertitude, plus d'espoir nourri en vain, plus de déception ! Les futurs parents savaient par avance ce qui les attendait.

Sarah Cohen-Scali, *Gingo*, 2018, chapitre III,

Questions sur les groupements de textes

Des dystopies aux sources de *Felicidad*

1. a. Dans les extraits 1 à 4, identifiez les thématiques communes à celles de *Felicidad*.

b. Cherchez un passage court de *Felicidad* à associer à chacun de ces textes.

2. a. Comparez l'extrait du roman de Philip K. Dick, *Les androïdes rêvent-ils de moutons électriques ?* et la présentation de son adaptation cinématographique, *Blade Runner*, et relevez les différences entre les deux.

b. Comparez *Felicidad* à ces deux œuvres : de quels éléments Jean Molla s'est-il inspiré et quelle trame a-t-il développée de manière singulière ?

3. Dans l'extrait d'*Ubik* de Philip K. Dick, identifiez le procédé que l'on retrouve dans *Felicidad*.

4. Listez tous les thèmes qui montrent que *Felicidad* s'inscrit dans la lignée des dystopies emblématiques du XXᵉ siècle proposées dans ce groupement de textes et présentez votre relevé dans un tableau synthétique.

	Thèmes que l'on retrouve dans *Felicidad*
1984 de George Orwell	
Le Meilleur des mondes d'Aldous Huxley	
Les androïdes rêvent-ils de moutons électriques ? de Philip K. Dick	
Ubik de Philip K. Dick	

5. *Blade Runner*, un univers qui continue d'inspirer le cinéma. Cherchez et regardez la bande-annonce du film *Blade Runner 2049* de Denis Villeneuve, sorti en 2017, puis faites des recherches sur le film et son synopsis. Préparez un diaporama pour présenter ce film et montrez comment le réalisateur a réussi à proposer une suite du film de 1982, dans une esthétique qui lui fait écho. Vous vous appuierez sur les images reproduites, en début d'ouvrage, au verso de la couverture.

■ Quand la créature artificielle prend le contrôle...

1. Listez les types de créatures artificielles présentes dans ce groupement de textes.

2. a. Pour chaque texte, indiquez dans quelle mesure la créature artificielle prend le contrôle.

b. Quelle situation vous paraît la plus effrayante ? Pourquoi ?

3. Recherchez sur Internet des films dans lesquels la créature artificielle prend le contrôle.
Choisissez trois exemples avec un photogramme du film et associez ces films aux textes du groupement.

Autour de l'œuvre

Interview de Jean Molla

⏭ *Felicidad* est un hommage explicite au roman de Philip K. Dick et à son adaptation cinématographique par Ridley Scott : de quelle manière avez-vous découvert le film *Blade Runner* ?

Jean Molla, né en 1958

J'ai vu *Blade Runner* quand il est sorti au cinéma en 1982 avec beaucoup d'enthousiasme car c'était un film novateur pour l'époque. Ses effets spéciaux en faisaient un objet fascinant. En sortant de la projection, j'ai tout de suite pensé que Deckard était un réplicant, donc un androïde. J'avais été aussi fasciné par ce monde où des créatures, qui développent des caractéristiques humaines, n'ont pas le statut d'humain. La réflexion sur le statut de la créature artificielle m'avait vraiment frappé. J'ai gardé ça en moi pendant des années.

▶▶| *Comment est né votre désir d'écrire ?*

Mon expérience d'écriture est liée à mon expérience de lecteur : je lis beaucoup, depuis toujours. L'écriture est un champ d'exploration dans lequel le plaisir d'écrire vient du fait de s'emparer d'un genre particulier, d'en comprendre la mécanique pour produire une œuvre nouvelle. Pour *Felicidad*, mélanger deux genres, la science-fiction, avec ce récit dystopique, et le roman policier, avec l'enquête de Dekcked, a décuplé le plaisir d'écrire !

▶▶| *L'intrigue de* **Felicidad** *repose sur les règles du thriller politique dans un cadre de science-fiction : quel a été votre point de départ pour écrire ce roman ?*

Il y a eu deux déclenchements dans l'écriture. D'abord, j'ai été frappé par la profusion de toutes ces images de publicité qui vantaient un monde standardisé et lisse, comme une forme de bonheur obligatoire. Les premières idées du roman se mettaient en place. Un peu plus tard, j'ai été amené à écrire une nouvelle, avec l'idée de Pères Noël sur mesure, un peu parumains. Cette nouvelle a été la première ébauche du roman. J'ai décidé que l'enquêteur, Dekcked, serait une créature artificielle, en reprenant mon interprétation de *Blade Runner*. J'ai voulu aussi imaginer un monde de manipulation politique, où la liberté des individus est sous contrôle, même si, à la fin, les individus peuvent y échapper. C'est donc une autre histoire qui s'est construite : une enquête policière, centrée à la fois sur un complot politique et sur une quête d'identité, puisque le personnage découvre qu'il n'est pas ce qu'il croyait être.

▶▶| *Quelles parties du roman avez-vous particulièrement aimé écrire ?*

La construction du récit, avec ses fausses pistes, est typique du roman policier : ça me plaisait d'utiliser cette caractéristique pour égarer le lecteur et anticiper ses hypothèses à lui. J'ai beaucoup aimé écrire les scènes intimistes, où Dekcked, chez lui, contemple ce monde avec tous ces slogans publicitaires depuis sa baie vitrée. Ce sont des instants de pause où le personnage regarde, avec recul, le monde dans lequel il vit. L'invention des slogans du régime sur le bonheur ou sur la protection qu'apporte l'État, au nom de la « sécurité », m'a aussi beaucoup amusé.

⏭ *Que souhaitez-vous mettre en lumière avec les parumains, les créatures artificielles de* Felicidad ?

J'ai voulu que le lecteur soit amené à s'interroger sur ce qui fait qu'on est humain et sur le danger de la discrimination, comme elle a été pratiquée par de nombreux régimes politiques au XXe siècle. *Felicidad* invite à reconsidérer nos certitudes, à travers, par exemple, le personnage de Majhina. Son nom fait d'ailleurs référence à la machine et à la magie, ce qui est un clin d'œil au thème de la créature artificielle : les parumains sont artificiels parce qu'ils sont issus de manipulations génétiques, mais ils appartiennent complètement au vivant car ils sont faits de chair et de sang. Ce ne sont pas des robots. Majhina, lorsqu'elle discute de la situation des parumains avec Dekcked, manifeste qu'elle est aussi humaine que lui, qui se croit humain et qui découvrira qu'il ne l'est pas. J'ai aimé jouer avec ces paradoxes.

⏭ Felicidad *partage des thèmes avec d'autres dystopies emblématiques, qui font écho de manière saisissante à notre monde contemporain : que peut apporter, selon vous, ce genre littéraire à vos lecteurs ?*

Je souhaite que les lecteurs puissent penser le monde dans sa complexité. Dans *Felicidad*, je voulais que les lecteurs trouvent délirant le monde dans lequel évoluent les personnages, puis réfléchissent en se disant que ce n'est pas si délirant que cela : par exemple, quand j'évoque la notion de « guerre délocalisée », ça peut paraître absurde, mais pendant la guerre froide, les États-Unis ou l'URSS ne se sont jamais affrontés sur leur terrain... La dystopie permet de proposer un miroir légèrement déformant de notre réalité, pour nous interroger et décaler notre regard. D'un point de vue politique dans le roman, à la fin, je laisse le lecteur avec les interrogations des personnages; le champ des possibles est ouvert. Julien Chœlcher accepte de ne pas avoir de certitude sur l'avenir et de laisser des questions en suspens.

▶▶| ***Vous avez imaginé, avec les épigraphes qui ouvrent chaque chapitre, ou le glossaire en fin d'ouvrage, une construction particulière du roman: qu'apportent ces éléments?***

Les épigraphes et le glossaire sont des astuces qui permettent à la fois de faire entrer les lecteurs dans ce monde dystopique, de l'enrichir et d'ouvrir le débat. Pour les épigraphes, certaines citations sont inventées, d'autres pastichées, d'autres encore sont de véritables citations. C'est un jeu qui permet différents niveaux de lecture. Je souhaite que les lecteurs soient actifs et aient envie de relire le texte en se demandant où je veux les emmener. De la même manière, l'invention des noms des personnages ou les références, glissées dans le texte, à d'autres œuvres, comme les *Maximes* de La Rochefoucauld, sont des invitations à faire des liens et à proposer des interprétations du roman.

Contexte historique et culturel

La dystopie, un genre littéraire pour dénoncer

Le mot « dystopie » (*dystopia*) a été utilisé pour la première fois en 1868 par le philosophe anglais John Stuart Mill, pour dénoncer la politique du gouvernement britannique. Le terme est construit par opposition au mot « utopie », inventé au XVIe siècle par le philosophe Thomas More. Dans son apologue *Utopia*, cet auteur imagine un régime politique idéal, une organisation équilibrée de la vie en société et un peuple heureux. La dystopie, appelée aussi « contre-utopie » va devenir très vite au XXe siècle un sous-genre de la littérature de science-fiction et d'anticipation. Le premier roman dystopique, *Nous*, de Evgueni Zamiatine, en 1920, donne les codes de ce type de récit : une société, en apparence parfaite, s'avère être une dictature déguisée, dans laquelle la liberté et l'individualité sont inexistantes. En 1932, Aldous Huxley, avec son roman d'anticipation *Le Meilleur des mondes* (➡ voir p. 294-299), explore à son tour le genre en imaginant une société eugéniste (qui sélectionne les individus selon la génétique) et dans laquelle la liberté a disparu.

À travers la peinture de mondes cauchemardesques, les récits dystopiques ont pour but d'amener les lecteurs à réfléchir sur les valeurs politiques et sociales du monde dans lequel ils vivent, à les alerter sur ses dérives et à leur faire imaginer des solutions pour l'améliorer. Les protagonistes de ces œuvres choisissent de s'opposer au pouvoir qui les opprime : le héros ou l'héroïne d'une dystopie prend ses distances avec ce système et tente de retrouver une forme de liberté.

Un ancrage dans l'Histoire contemporaine

Le genre de la dystopie s'est développé au lendemain des grands conflits du XXe siècle, pour dénoncer les régimes totalitaires, fondés notamment sur le nazisme ou le communisme soviétique, afin d'en montrer la dangerosité. Les inquiétudes politiques de l'époque résonnent ainsi à travers un nouveau genre littéraire dont l'importance va croissant et qui amène les lecteurs à se projeter dans un futur plus ou moins proche. Au lendemain de la Seconde Guerre mondiale, l'écrivain britannique George Orwell publie *1984*, un roman qui met en scène un dictateur, « Big Brother », surveillant les moindres faits et gestes de la population (➡ voir p. 299-302).

La dystopie connaît ensuite un succès important, aussi bien en littérature qu'au cinéma, car elle sert de miroir à nos sociétés contemporaines et à ses dérives, en traitant de manière critique différents thèmes comme la surconsommation, la généralisation de la surveillance, le creusement des inégalités économiques et sociales, la société du divertissement ou encore l'évolution de l'être humain face au progrès scientifique et technologique.

L'essor de la dystopie dans la littérature jeunesse

Depuis le début du XXIe siècle, l'importance des récits dystopiques dans la littérature jeunesse ne s'est pas démentie, de la même manière que le genre s'est considérablement développé au cinéma. Rendant hommage aux premières dystopies, certains auteurs jouent avec les codes des romans d'anticipation ou de science-fiction classiques, comme c'est le cas dans *Felicidad*. D'autres, à l'instar de Jean-Claude Mourlevat dans *Terrienne* (2011), inventent des mondes parallèles dystopiques pour mieux interroger ce qui fait de nous des êtres humains. De nombreux récits déploient, par ailleurs, des thématiques en lien avec notre époque, portant sur elle un regard critique : la catastrophe écologique, la hiérarchisation violente des catégories sociales, comme dans *Hunger Games* de Suzanne Collins (2009) ou *Divergente* de Veronica Roth (2012), ou encore la place des humains par rapport aux machines, comme dans *Happa no ko. Le Peuple de feuilles* de Karin Serres (2018).

Repères chronologiques

1914-1918	**Première Guerre mondiale.**
1917	**Révolution russe**. Début du régime bolchevique.
1920	Evgueni Zamiatine, *Nous* (roman).
1930	**Crise économique aux États-Unis.**
1932	Aldous Huxley, *Le Meilleur des mondes* (roman).
1933	**Adolf Hitler devient chancelier de l'Allemagne.**
1939-1945	**Seconde Guerre mondiale.**
1943	René Barjavel, *Ravage* (roman).
1945	**Bombardements atomiques des États-Unis sur Hiroshima et Nagasaki, au Japon.**
1947-1989	**Guerre froide entre les États-Unis et l'URSS.**
1949	George Orwell, *1984* (roman).
1953	Ray Bradbury, *Fahrenheit 451* (roman).
1961	**Mur de Berlin** érigé pour séparer Berlin-Ouest (RFA) de Berlin-Est (RDA).
1968	Philip K. Dick, *Les androïdes rêvent-ils de moutons électriques ?* (roman).
1982	Ridley Scott, *Blade Runner*, adaptation cinématographique du roman de Philip K. Dick.
1989	Chute du mur de Berlin.
1991	**Éclatement de l'URSS.**
2001	Attentats contre le World Trade Center à New York.
2005	Jean Molla, *Felicidad* (roman jeunesse).
2009	Suzanne Collins, *Hunger Games* (roman jeunesse).
2011	Jean-Claude Mourlevat, *Terrienne* (roman jeunesse).
2012	Veronica Roth, *Divergente* (roman jeunesse).

Les grands thèmes de l'œuvre

Un univers dystopique

Avec *Felicidad*, Jean Molla explore le genre du récit d'anticipation: il projette le lecteur dans un futur proche en imaginant un monde qui pourrait devenir le nôtre, un monde qui nous est à la fois familier et étranger. La politique internationale, l'organisation de la société ou encore les avancées scientifiques et technologiques décrites dans le roman nous renvoient à des réalités de notre époque parfois amorcées, que la fiction amplifie et développe de manière à en montrer les dangers. L'originalité du roman réside dans le fait d'être avant tout un roman policier haletant qui se déroule dans ce cadre dystopique.

Une société paradoxale

La société de Felicidad est intégrée à un monde globalisé, divisé en trois États-continents (chapitre 9, p. 69-70), qui s'affrontent, lors de «guerres délocalisées» dans les États «neutres» d'Afrique et du Moyen-Orient, pour maintenir leur suprématie les uns sur les autres. Parmi ces trois États-continents, la Grande Europe domine avec son Président à vie et sa capitale fédérale, Felicidad, dont la prospérité et l'équilibre sont affirmés de manière incontestable: véritable utopie, le bonheur est garanti à Felicidad... Il est même obligatoire: un ministère du Bonheur obligatoire existe pour veiller au respect de ce principe fondateur et proposer à ses Citoyens les moyens d'une consommation sans limites, orchestrée par les Grands Magasins Réunis. La perfection de ce monde est incarnée par une technologie avancée, qui facilite la vie quotidienne, par des innovations scientifiques dans le domaine de la médecine, par exemple la possibilité de bénéficier d'une greffe d'organe intégrale, comme cela a été le cas pour le Président à vie, chapitre 9, p. 72, ou encore la maîtrise approfondie de la génétique – on peut ainsi modifier son corps le temps d'une soirée, puis rétablir sa morphologie grâce au procédé de «régénération cellulaire», chapitre 19, p. 161-162.

Mais, à travers les yeux d'Alexis Dekcked, qui considère ce Bonheur obligatoire comme « aseptisé et poisseux » (p. 152), le lecteur comprend très vite que cette société représente tout le contraire de ce qu'elle affiche. Derrière le masque de la perfection se dessine une société sécuritaire de la surveillance des individus, sous « l'œil de l'État » (p. 58), qui épie continuellement les Citoyens avec des « sécuricams », dissimulées même dans les restaurants, obligeant les personnages à trouver des subterfuges pour tenir leurs sujets de conversation secrets (p. 153-154). Néanmoins, le bonheur n'est pas l'apanage de toutes les couches de la société : les disparités et les inégalités sociales sont flagrantes entre les différentes zones de la mégalopole de Felicidad (p. 85-86). Les Citoyens fortunés ou les entreprises s'achètent des parumains, une catégorie de créatures génétiquement modifiées à partir du génome humain, asservies aux tâches subalternes et programmées pour ne pas se révolter, pendant que, dans les enclaves, les habitants tentent de survivre à la misère (p. 223).

Les lecteurs sont donc invités à s'interroger sur ce qui sous-tend véritablement le bonheur : une nécessité ou une possibilité.

Un thriller politique

La forme du récit policier entraîne les lecteurs dans un véritable thriller politique puisque, dès le début du roman, l'enjeu de l'intrigue porte sur la traque des Delta 5, des parumains aux capacités exceptionnelles, qui semblent représenter un danger pour l'équilibre de la Grande Europe. Véritable affaire d'État, dévoilée à travers le regard du ministre du Bonheur obligatoire, Claude Buisson, la poursuite des Delta 5 devient le but de l'enquête du héros, Alexis Dekcked, policier de haut vol. Tous ces éléments du puzzle sont révélés progressivement, ménageant aux lecteurs des surprises, comme l'assassinat de Claude Buisson au chapitre 6. Ce retournement de situation, s'il surprend les lecteurs, a aussi comme fonction de lui dévoiler le complot politique qui se trame avec le ministre de la Sûreté Intérieure, Maxime Bérard, et son conseiller spécial, Arouet. Les lecteurs sont d'ailleurs témoins de ces manigances, avant que le personnage principal, Alexis Dekcked, n'en découvre lui-même les rouages.

Ce jeu avec les codes du récit policier et la connivence qui se crée avec les lecteurs dynamisent l'enquête qui va s'avérer bien plus complexe que prévu : la réapparition du brillant généticien Julien Chœlcher, que l'on croyait mort depuis le début, va apporter une autre lecture de ce complot politique. Les Delta 5 et Chœlcher et Dekcked, qui s'avèrent être des parumains d'exception, ouvrent des perspectives nouvelles pour changer le cadre de la société (p. 269).

Un hommage au cinéma

Le roman s'inscrit explicitement, avec la dédicace à Philip K. Dick et à Ridley Scott, comme un hommage au film *Blade Runner* et au roman qui a inspiré celui-ci. Divers clins d'œil sont faits au film, à travers, par exemple, le nom du protagoniste, Alexis Dekcked, qui rappelle le nom de Rick Deckard, le policier de *Blade Runner*. Plusieurs scènes emblématiques du film résonnent également dans le roman, par exemple lorsque Alexis Dekcked s'attarde avec nostalgie auprès du piano de sa mère, décédée, et joue quelques notes, ce qui permet au lecteur de découvrir certains éléments de son passé (p. 117). Ce moment évoque un célèbre passage du film *Blade Runner* dans lequel Rick Deckard observe des photos posées sur son piano, à l'instar des réplicants qui se constituent des images d'une histoire familiale. Le personnage de Majhina rappelle aussi, lors de son échange avec Dekcked, au chapitre 15, les interrogations du personnage du réplicant Roy, dans le film, qui part à la recherche de son créateur, le puissant Eldon Tyrell, à la tête de la Tyrell Corporation.

Le cinéma est aussi convoqué dans *Felicidad* à travers la construction du roman qui s'apparente à certains moments au montage cinématographique : le point de vue alterné des chapitres 30 à 33 permet de déjouer les attentes du lecteur et de ménager une chute particulièrement forte au roman.

Une réflexion sur les fondements de notre humanité

La créature artificielle comme métaphore de l'altérité

À travers la figure des parumains, le roman propose de reconsidérer la définition de l'humanité : les parumains, par leur sensibilité et leur réflexion sur leur condition, paraissent finalement plus humains que ceux qui les considèrent comme de simples esclaves sans âme (p. 118). Cette hiérarchisation assumée de la société de Felicidad est alors remise en question par les Delta 5, qui prennent leur destin en main et réussissent à convaincre d'autres parumains d'enlever leurs implants et de se révolter contre ce système oppresseur (p. 202-204). La nature même des parumains, êtres vivants presque humains mais génétiquement modifiés, fait débat à Felicidad, et n'est pas sans rappeler la célèbre controverse de Valladolid du XVIe siècle au cours de laquelle des théologiens européens s'interrogèrent pour déterminer de quelle nature étaient les Indiens, récemment découverts en Amérique : étaient-ils des êtres inférieurs ou des hommes comme les Européens ? Par ce thème, le roman invite à mettre en doute la classification et l'asservissement des parumains. Les épigraphes des chapitres 14 et 24 illustrent ce débat, que Dekcked lui-même envisage (p. 118). Les singularités physiques de Majhina, qui attirent irrésistiblement le détective, symbolisent ce rapport à l'altérité. Celle-ci est au cœur du projet du généticien Julien Chœlcher, lui-même parumain : libérer ces *alter ego* qui sont déconsidérés et réduits en esclavage par des humains qui se croient tout-puissants.

Une quête initiatique

Pour le personnage de Dekcked, dont le nom est un palindrome et évoque l'image du miroir, l'enquête qu'il mène devient, à partir du chapitre 20, une quête initiatique ayant pour but de lui révéler sa véritable origine : il découvre une liste où apparaît son nom, à côté du mystérieux Chœlcher. Cette quête d'identité, dont il ne découvrira la teneur qu'à la fin du chapitre 28, est annoncée au lecteur à travers la référence à l'ancien coéquipier du personnage, Théo Palazzo, qui explique que « chaque enquête [...] est un voyage au bout de [soi-même] » (p. 139).

La révélation finale – Dekcked est un parumain très particulier aux aptitudes intellectuelles exceptionnelles – opère comme un ultime renversement dans le récit, qui bouleverse autant les lecteurs que le personnage.

Un questionnement sur les limites

La réflexion sur les caractéristiques de notre humanité et toutes les innovations médicales et scientifiques pousse à s'interroger sur le dépassement des limites à Felicidad et sur son caractère inquiétant. La perfection de Felicidad, brandie comme une fin en soi, renvoie à ce désir de rendre possible et normal ce qui, dans la nature, est impossible, comme un pouvoir de l'humain sur le vivant, à travers par exemple la révolution génétique (appelée dans le roman la « génévolution », p. 60). Cette valeur qui fonde la société de Felicidad fait écho à la figure prométhéenne du progrès, caractérisée par le désir de dépasser les limites de l'humanité, à la manière du Titan Prométhée, de la mythologie grecque, qui a voulu rivaliser avec les dieux en faisant don aux hommes du feu, symbole de l'accès à la technique.

Cette thématique du roman résonne de manière singulière avec notre époque : les récentes avancées dans le domaine de la génétique, par exemple, ouvrent des perspectives qui rappellent certaines pratiques imaginées dans *Felicidad*.

Vers l'écrit du Brevet

L'épreuve de français du Brevet dure trois heures et est notée sur 100 points. Elle est composée d'un travail de compréhension et d'interprétation d'un texte littéraire, et éventuellement d'une image en rapport avec le texte. Ce travail comprend des questions de grammaire ainsi qu'un exercice de réécriture. L'épreuve comporte également une dictée et une rédaction.

SUJET

A. Texte littéraire

Jean Molla, *Felicidad* (2005)

Dans le monde de Felicidad, le bonheur est obligatoire pour tous les Citoyens : bonheur, plaisir, consommation régissent une société très hiérarchisée. Les parumains, des créatures artificielles génétiquement modifiées, vivent à côté des humains et sont programmés pour les servir. Mais la révolte gronde : trois parumains aux aptitudes exceptionnelles ont réussi à s'affranchir de leur condition d'esclave et sont en fuite. Le détective Alexis Dekcked est chargé de les retrouver.

Au cours de son enquête, le policier fréquente régulièrement Le Calice, un bar où Majhina, une parumaine très séduisante, fait le service. Un soir, Alexis Dekcked l'invite dans un restaurant chic. Il lui demande ce que les parumains pensent des humains.

Majhina leva vers lui ses pupilles d'or.

Les lignes qui parcouraient sa peau étaient devenues si claires qu'elles semblaient un simple maquillage destiné à souligner la finesse de ses traits.

– Ô mon maître, nous, parumains, devrions penser quelque chose de vous ?

– Ne fais pas l'idiote… Réponds-moi, je t'en prie. On n'a jamais parlé de ça.

Elle inclina la tête sur le côté.

– Ça a un rapport avec ton enquête ou c'est de la simple curiosité ?

– Simple curiosité.

Majhina acheva de décortiquer sa crevette et la croqua. Dekcked ne se lassait pas de la regarder manger. Chacun de ses gestes était gracieux.

– Eh bien, quand ils nous invitent au restaurant, nous adorons les humains. Le reste du temps, nous les servons. Pour nous, ils sont un peu à l'image de Dieu. Tu ne peux quand même pas l'ignorer, ô Seigneur ! Nous vous devons la vie. La conscience que certains des tiens nous dénient[1]. Cette existence fastueuse[2] également…

Elle désigna la salle de ses longs doigts. Alexis se sentit rougir.

– Vous avez beaucoup de chance, reprit-elle. Vous, humains, ne pouvez contempler votre créateur. Aussi vous pouvez l'imaginer parfait. Pour nous, c'est évidemment plus malaisé… Mais nous sommes indulgents[3] et je dois reconnaître que certains parmi vous ne sont pas trop déplaisants.

– Tu nous méprises ?

– Il me semble que ce sont plutôt les humains qui nous méprisent, parce qu'en définitive nous vous dérangeons bien plus que vous ne voulez l'admettre. Même si vous feignez de l'ignorer, vous avez besoin de nous pour savoir que vous

1. **Nous dénient** : contestent qu'elle existe pour nous.
2. **Fastueuse** : resplendissante et luxueuse.
3. **Indulgents** : tolérants.

existez. Les parumains sont le miroir déformant de votre humanité…

Alexis piqua sans conviction un encornet. Il comprenait l'ironie blessante dont faisait preuve Majhina. Le garçon emplit leurs verres et Dekcked but une gorgée de vin. De nouveau, son incomparable saveur l'étourdit. Il était sublime, comme tout ce qui se trouvait sur cette table, comme tout ce que les privilégiés de Felicidad consommaient au quotidien. […]

Insoucieux des clients présents dans la salle, Alexis tendit la main et la posa sur celle de la parumaine. À son grand soulagement, elle ne la retira pas. Il effleura son sixième doigt, si fin, si fragile qu'on l'aurait cru moulé dans une matière précieuse et translucide.

– Pardonne ma maladresse. Dis-moi, comment se fait-il qu'indépendante d'esprit comme tu l'es, tu acceptes les conditions de vie qui te sont imposées ?

Les pupilles de Majhina se contractèrent. Au centre des grands iris dorés ne subsistait qu'un point noir de la taille d'une tête d'épingle.

– Je n'ai pas le choix, Alexis. Derrière chaque « oui » que je profère, un « non » se dissimule. C'est comme s'il y avait deux personnes en moi. La première, celle qui s'est construite peu à peu – parfaitement libre –, pense, juge et critique. La seconde, celle qui prime, celle qu'on m'a imposée, est soumise. Socialisée, si tu préfères.

– Je ne préfère rien. Et tu parviens à faire cohabiter les deux ?

– Je n'ai pas le choix non plus. La plupart du temps, je réussis à étouffer la première voix car sinon, c'est une cacophonie[1] insupportable là-dedans.

Majhina désigna son crâne et ajouta :

– Votre perversité est sans limites. Vous voulez que les parumains soient des objets et, dans le même temps, vous exigez qu'ils se reconnaissent *eux-mêmes* comme des objets. En

1. **Cacophonie** : brouhaha, mélange de sons discordants.

d'autres termes, vous voulez que nous désirions ce que vous, humains, vous désirez : notre esclavage. La seule position tenable est la révolte – ou la folie. Et puisque nous n'avons pas droit à la révolte, que nous reste-t-il, selon toi ?

Dekcked n'osait plus prononcer un mot, surpris par tant de véhémence[1], par l'acuité[2] de ces propos.

– Vous ne vivez pas avec nous, reprit-elle, aussi vous ne pouvez pas savoir ce que nous savons. Le gouvernement et Génégène se gardent d'ailleurs bien de communiquer l'information aux médias – qui de toute manière ne s'y intéresseraient pas !

– Quelle information ?

– Bien des nôtres basculent dans la démence, écartelés entre ces deux personnalités que nous sommes contraints de faire coexister. N'as-tu pas remarqué le taux de remplacement du personnel parumain dans tous les organismes qui les emploient ?

– Si, bien sûr. Ils sont recyclés afin de travailler dans les usines et...

– Ils ne sont pas recyclés, comme tu dis si bien, ils sont systématiquement réformés ! Bel euphémisme pour taire la réalité : on les abat comme des chiens puis on les incinère[3] !

Alexis blêmit.

Jean Molla, *Felicidad* © Gallimard Jeunesse, 2005.

Vers l'écrit du Brevet

1. **Véhémence** : animosité.
2. **Acuité** : subtilité.
3. **Incinère** : brûle afin de les réduire en cendres.

B. Image

Photogramme tiré de la série télévisée suédoise *Real Humans: 100 % humain*, 2012, créée par Lars Lundström et réalisée par Harald Hamrell et Levan Akin, diffusée en France sur Arte en 2013.

Travail sur le texte littéraire et sur l'image
(1 h 10, 50 points)

Les réponses doivent être entièrement rédigées.

■ *Compréhension et compétences d'interprétation*

1. a. Relevez tous les éléments du texte qui prouvent que Majhina est une créature artificielle. À quoi voit-on que c'est un organisme génétiquement modifié ? **(3 points)**

b. Relevez deux comparaisons dans le texte qui enrichissent la description du personnage : que mettent-elles en valeur ? **(3 points)**

2. Relevez le champ lexical de la servitude : quel personnage utilise ce vocabulaire ? Pourquoi ? **(4 points)**

3. a. Citez les lignes d'un passage dans lequel Majhina fait preuve d'ironie, puis expliquez le but recherché. **(2 points)**
b. À quoi sert ce dialogue ? Justifiez précisément votre réponse en expliquant l'objectif de la parumaine par ses propos. **(2 points)**

4. Pourquoi Majhina évoque-t-elle, aux lignes 54 à 64, l'écartèlement des parumains entre « deux personnalités » ? Justifiez avec précision votre réponse. **(2 points)**

5. De quel « euphémisme » Majhina parle-t-elle, ligne 89 ? **(2 points)**

6. Comment réagit Alexis Dekcked aux propos de Majhina ? Justifiez votre réponse en montrant qu'il ne partage pas l'opinion des Citoyens de Felicidad envers les parumains. **(2 points)**

7. Quels sont les éléments communs au texte et à l'image ? Justifiez votre réponse par des indices précis. **(3 points)**

8. Quelles impressions suscite en vous ce photogramme de la série *Real Humans* ? Quels liens pouvez-vous faire entre cette image et le discours de Majhina dans le texte ? Pourquoi ? **(3 points)**

Grammaire et compétences linguistiques

9. « Majhina acheva de décortiquer [...] gracieux », lignes 13-15.
Récrivez cet extrait au présent de l'indicatif et en remplaçant « Majhina » par « elles ». Vous ferez toutes les modifications nécessaires. **(8 points)**

10. « Les parumains sont le miroir déformant de votre humanité », lignes 34-35.
Quelle est la valeur du présent de l'indicatif dans cette phrase ? Justifiez son emploi. **(4 points)**

11. « De nouveau son <u>incomparable</u> saveur l'étourdit », lignes 38-39.
a. Comment le mot souligné est-il construit ? **(3 points)**
b. Trouvez un synonyme pour remplacer ce mot dans la phrase. **(2 points)**

12. « Comment se fait-il qu'indépendante d'esprit comme tu l'es, tu acceptes les conditions de vie qui te sont imposées ? », lignes 48-50. Justifiez l'accord du participe passé « imposées ». **(3 points)**

13. « Et puisque nous n'avons pas droit à la révolte, que nous reste-t-il, selon toi ? », lignes 71-72.
a. Quel est le type de subordonnée dans cette phrase ? Relevez, pour justifier votre réponse, le subordonnant. **(2 points)**
b. Quelle est la fonction de cette subordonnée ? **(2 points)**

Dictée (20 minutes, 10 points)

Votre professeur vous dictera cet extrait, de « La plupart des parumains » à « en fonction de leur activité » (p. 64-65, lignes 220 à 232).
On inscrira au tableau de manière lisible pour l'ensemble des candidats les mots : « Dekcked », « parumains » et « velléités ».

Rédaction (1 h 30, 40 points)

Vous traiterez au choix l'un des sujets suivants.

■ *Sujet d'imagination*

Imaginez la suite du dialogue : Alexis Dekcked prend la parole, à la suite de Majhina, et explique pourquoi il ne partage pas l'opinion de ses concitoyens.
Vous développerez ses arguments en insistant sur ses propositions pour changer la condition des parumains. Vous intégrerez des passages narratifs et descriptifs à cet échange pour évoquer les réactions de Majhina à ces propos.
Votre rédaction sera d'une longueur minimale d'une soixantaine de lignes (300 mots environ).

Sujet de réflexion

Pensez-vous qu'une société dystopique telle que celle décrite dans *Felicidad* puisse réellement exister ?
Vous répondrez à cette question dans un développement argumenté en vous appuyant sur vos lectures, votre culture personnelle et les connaissances acquises dans l'ensemble des disciplines.
Votre rédaction sera d'une longueur minimale d'une soixantaine de lignes (300 mots environ).

Fenêtres sur…

Des ouvrages à lire

Des dystopies

• Aldous Huxley, *Le Meilleur des mondes* [1932], trad. de l'anglais par J. Castier, Pocket, 2017.
La société est organisée en castes où sont affectés des individus créés par manipulation génétique, à la chaîne, qui sont conditionnés pour accomplir leurs tâches. L'amour et les sentiments sont interdits.

• George Orwell, *1984* [1949], trad. de l'anglais par A. Audiberti, Belin-Gallimard, « Classico », 2021.
À la suite d'une guerre nucléaire, le monde est divisé en trois continents sous régime totalitaire. Le chef du parti dirigeant, Big Brother, surveille tous les faits et gestes de la population. Winston Smith, habitant en Eurasia, commence à remettre en question le fonctionnement de l'État…

• Ray Bradbury, *Fahrenheit 451* [1953], trad. de l'anglais (américain) par J. Chambon et H. Robillot, Belin-Gallimard, « Classico », 2018.
Dans un monde futur, les livres sont interdits et brûlés par des pompiers s'ils sont découverts. Lors d'une de ses missions, le pompier Guy Montag vole un livre et le cache pour le lire…

• Ira Levin, *Un bonheur insoutenable* [1970], trad. de l'anglais (américain) par S. Guillot, J'ai lu, « Nouveaux Millénaires », 2018.
Dans un futur proche, l'humanité est unifiée, il n'y a plus qu'une seule langue et les hommes dépendent d'un ordinateur, UniOrd, qui contrôle tout. Ils reçoivent un traitement médicamenteux tous les mois et sont uniformisés, privés de toute pensée. Mais Copeau se pose des questions et va se révolter…

Des dystopies en littérature jeunesse

• Yves Grevet, *Méto. L'intégrale* [2009-2010], Syros, 2018.
Soixante-quatre enfants vivent coupés du monde, dans une grande maison, avec des règles très strictes. Chacun d'eux sait qu'il devra en partir lorsqu'il aura trop grandi. Mais que deviennent-ils après ?

• Jean-Claude Mourlevat, *Terrienne* [2011], Belin-Gallimard, « Classico », 2019.
Anne est à la recherche de sa sœur, Gabrielle, dont elle vient de recevoir un mystérieux message, un an après sa disparition. Prenant la direction « Campagne », Anne est soudain projetée dans un monde parallèle. Elle y découvre un univers aseptisé, dépourvu d'humanité. Mais rien n'arrête la jeune femme dans sa quête…

• Karin Serres, *Happa No Ko. Le Peuple de feuilles*, Le Rouergue, 2018.
Dans un monde artificiel futur, les villes, depuis le réchauffement climatique, ne forment plus qu'une gigantesque ville-monde divisée en secteurs. Les machines contrôlent la vie des humains, qui est uniquement consacrée au jeu. Deux adolescents, entre la France et le Japon,

parviennent à voyager dans le temps et l'espace. Ils découvrent des créatures ancestrales qui vont leur faire prendre conscience de l'asservissement dans lequel ils vivent…

• Veronica Roth, *Divergente*, 3 tomes [2011-2013], trad. de l'anglais (américain) par A. Delcourt, Nathan Jeunesse, 2012-2014.
Dans un monde post-apocalyptique, la société est divisée en cinq factions : les Audacieux, les Altruistes, les Sincères, les Érudits et les Fraternels. À 16 ans, on choisit, à l'aide d'un test d'aptitude, son appartenance à une faction pour le reste de sa vie. Béatrice découvre qu'elle n'appartient à aucune caste : elle est divergente… Elle va devoir masquer sa singularité pour survivre.

Sur le thème de la créature artificielle

• Mary Shelley, *Frankenstein* [1818], trad. de l'anglais par A. Morvan, Gallimard, « Folio SF », 2019.
La première créature artificielle organique. Un classique de la littérature qui a inspiré de nombreux récits de science-fiction.

• Isaac Asimov, *Le Cycle des robots*, tome 1 « Les Robots » [1950], trad. de l'anglais (américain) par P. Billon, J'ai lu, 2020.
Une série de nouvelles dans lesquelles, dans un futur plus ou moins lointain, la robopsychologue Susan Calvin raconte ses souvenirs sur l'évolution du robot dans l'histoire humaine et observe la manière dont sont respectées les Trois Lois de la Robotique.

• Kenta Shinohara, *Astra: Lost in Space*, série de manga en 5 tomes [2011-2018], trad. du japonais par M. Debienne et S. Okada, Nobi Nobi, « Shonen Kid », 2019.
En 2063, Kanata, Aries ainsi que sept autres de leurs camarades débarquent sur une planète inconnue dans le cadre d'une mission spatiale de leur cursus scolaire. Mais à peine ont-ils le temps d'explorer ce nouvel univers qu'ils sont projetés à des années-lumière de leur point de départ : leur voyage sera une quête initiatique qui leur révélera leur véritable identité…

• Carina Rozenfeld, *E.V.E. Entité Vigilance Enquête*, Syros, 2017.
EVE est une intelligence artificielle qui surveille tous les faits et gestes des citoyens grâce à une puce implantée en eux. Une nuit, EVE décide, à l'insu de tous, de prendre possession du corps d'une jeune fille, Eva, en état de mort cérébrale.

Des films et des séries à voir

• Ridley Scott, *Blade Runner*, 1982.
Los Angeles 2019, des réplicants, créatures artificielles au service de l'humanité, se révoltent. Rick Deckard est chargé de les retrouver...

• Denis Villeneuve, *Blade Runner 2049*, 2017.
Suite de l'œuvre de Ridley Scott, le film se déroule en 2049 dans un monde ravagé par la pollution. Un policier, chargé d'éliminer les réplicants, se pose des questions sur ses origines...

• Andrew Niccol, *Bienvenue à Gattaca*, 1997.
Dans un futur proche, les enfants sont conçus par fécondation in vitro *et les embryons sont triés pour être sans défauts. Les enfants conçus naturellement sont les parias de cette société. Seuls les jeunes gens au patrimoine génétique parfait peuvent accéder à Gattaca, un centre d'études et de recherches spatiales. Vincent, qui souffre d'une anomalie génétique, rêve de partir dans l'espace...*

• Kike Maillo, *EVA*, 2012.
2041, la Faculté de robotique cherche à créer un enfant androïde. Alex, un ingénieur de renom, rejoint le groupe de scientifiques qui mènent ce projet. Parmi eux, son frère et sa femme lui présentent leur fille Eva, une petite fille étonnante et fascinante, qui va devenir le modèle du futur androïde... Et si Eva n'était pas ce qu'elle croyait être ?

• *Philip K. Dick's Electric Dreams*, série créée par Ronald D. Moore et Michael Dinner, 2017.
Cette série consacre chacun de ses dix épisodes à une forme de réécriture d'une nouvelle de Philip K. Dick : les scénaristes s'inspirent plus ou moins de l'univers du romancier pour proposer leur lecture de ses thématiques de science-fiction : Qu'est-ce qu'être humain ? Quel statut pour la créature artificielle ? Qu'est-ce que le réel ?

• *Ad Vitam*, série créée par Thomas Cailley, 2018.
Dans cette série d'anticipation, la mort n'existe pratiquement plus : l'éternité est à portée de main grâce à la Régénération. Le policier Darius mène l'enquête sur l'étrange suicide de sept jeunes mineurs…

Des œuvres d'art à découvrir

Histoire des arts

(Les œuvres citées ci-dessous peuvent être vues sur Internet.)

• Alexis Rockman, *The Farm*, huile et acrylique sur bois, 2000.
Cette peinture nous invite à réfléchir à un monde dans lequel l'agriculture serait devenue transgénique.

• Eduardo Kac, *Alba, lapine transgénique*, photographie, 2000.
Alba est une lapine qui a fait l'objet d'expérimentation scientifique à l'état embryonnaire : on a introduit, dans une cellule, un gène qui comporte les mêmes caractéristiques que certaines espèces qui émettent de la lumière à l'état naturel comme les lucioles. Alba, lapin blanc à l'origine, devient vert fluorescent lorsqu'on l'éclaire à la lumière ultraviolette. L'artiste Eduardo Kac, qui mêle dans sa pratique artistique la question des manipulations génétiques et la notion d'êtres vivants uniques, a emprunté Alba à l'INRA (Institut national de la recherche agronomique) pour la photographier et mettre en avant un nouveau domaine de l'art contemporain.

• **Vangelis, bande originale du film *Blade Runner* de Ridley Scott (1982).**
Une bande-son devenue culte avec différents thèmes musicaux qui ont traversé les décennies et qui donnent un aperçu significatif de l'atmosphère du film. Vangelis (né en 1943) est un musicien et compositeur grec connu pour sa musique électronique, dont il a été l'un des pionniers dans les années 1970.

@ Des sites Internet à consulter

• **expositions.bnf.fr/utopie**
Une exposition consacrée à l'utopie et à la contre-utopie.

• **cite-sciences.fr/fr/au-programme/expos-permanentes/expos-permanentes-dexplora/lhomme-et-les-genes**
Une introduction à l'exposition sur la génétique, présentée par le généticien Axel Kahn.

• **www.futura-sciences.com/tech/dossiers/robotique-robots-avatars-936**
Jean-Claude Heudin, spécialiste de robotique et d'intelligence artificielle, propose différents dossiers sur ces thématiques.

• **https://www.grandpalais.fr/fr/evenement/artistes-robots**
L'exposition Artistes et robots *propose au public d'expérimenter de manière immersive et interactive des œuvres créées par des artistes à l'aide de robots de plus en plus intelligents.*

Pour obtenir plus d'informations, bénéficier d'offres spéciales enseignants ou nous communiquer vos attentes, renseignez-vous sur **www.collection-classico.com** ou envoyez un courriel à **contact.classico@editions-belin.fr**

Cet ouvrage a été composé par Palimpseste à Chevreuse.

La pâte à papier utilisée pour la fabrication du papier de cet ouvrage provient de forêts certifiées et gérées durablement.

Imprimé en Espagne par Novoprint (Barcelone)
Dépôt légal : août 2020 – N° d'édition : 03581027-03/décembre 2021

PEFC PEFC/14-38-00277